Sohreya

Wie eine Welle im Ozean

Eine spirituelle Liebesgeschichte

Sohreya wurde 1966 in Österreich geboren und entdeckte früh ihre Liebe zum Schreiben. Als Jugendliche erhielt sie für ihre Lyrik und Kurzprosa einige Jugendliteraturpreise. Beruflich schlug sie die Laufbahn einer Kulturjournalistin ein, schrieb für verschiedene Printmedien, Radio und Fernsehen.
1999 nahm ihr Leben durch die Begegnung mit dem Kernschamanismus eine neue Wendung. Die Auseinandersetzung mit Energiearbeit und Bewusstseinserweiterung folgten. Journalistisch entstanden fortan vor allem Beiträge, Artikel und Bücher über ganzheitliche Gesundheit. Die ersten spirituellen Texte wurden veröffentlicht: *„Reisen ins Licht – Geschichten aus anderen Welten“* und *„Sohreya's Herzensbriefe – Für alle Wochen des Jahres“*.
Sohreya hält Seminare wie *„Schreiben aus dem Herzen“* und begleitet Menschen – in der Einzelarbeit ebenso wie in Gruppen – auf ihrem Seelenweg.
Nähere Infos: *www.sohreya.net*

Danke der Liebe in allen Gestalten,
die mir begegnet (ist) im Leben.

FSC
www.fsc.org
MIX
Papier aus verantwortungsvollen Quellen
Paper from responsible sources
FSC® C105338

Impressum

Bibliografische Information der Deutschen Nationalbibliothek:Die Deutsche Nationalbibliothek verzeichnet diese Publikation in der Deutschen Nationalbibliografie; detaillierte bibliografische Daten sind im Internet über http://dnb.d-nb.de abrufbar.

Herstellung und Verlag: Books on Demand GmbH, Norderstedt

ISBN: 978-3-8482-0290-4

Vorwort

Der Wunsch zu schreiben war mir in die Wiege gelegt. Seit ich schreiben kann, drängt mich alles in meinem Herzen, ihm ohne Wenn und Aber zu folgen. Schon mit 14 Jahren entstand die erste Erzählung auf einer Kofferschreibmaschine, die ich „mein Roman“ nannte. Fünf Jahre später, auf der Maturareise nach Euböa, formulierte ich meine Sehnsucht: „Ich sitze einmal auf einer Insel und schreibe meinen Roman.“ Über 20 Jahre sollten ins Land ziehen, ehe ich – dank einem lieben Freund auf La Gomera (Danke Dir, Severino!) – die Gelegenheit bekam, diesen Traum wahr zu machen. Dort entstand die erste Hälfte dieses Buches. Der Rest hier auf meiner „Insel“ in Loiben, meinem Ankerplatz in der Wachau nahe dem idyllischen Dürnstein.
Die Erzählung auf den folgenden Seiten ist mir zugeflossen, sowohl in Form als auch Inhalt. Diese Geschichte wollte erzählt werden, da war nur eine willige „Zuhörerin“ auf Erden, die jeden Satz entgegennahm, der im Innersten klang. Das Erzählte ist – um allen Spekulationen vorzubeugen – ausdrücklich NICHT autobiografisch, wenngleich sowohl Weltanschauliches einfloss wie selbst Erlebtes und Gehörtes. Herzlichen Dank an alle, die dafür Inspiration waren. Danke auch meinen Leser/innen der ersten Stunde, die mich mit ihrem Feedback bereichert haben. Es ist ins Buch großteils eingeflossen.
Diese Erzählung soll Mut machen, wenn die Gezeiten der Liebe uns wie Wellen im Ozean so manches Auf und Ab bescheren. Sie erzählt die Geschichte einer tiefen Liebe aus zwei verschiedenen Blickwinkeln – von außen und von innen im steten Wechsel. Eine Ge-

schichte von uns allen nur zu gut bekannten menschlichen Unvollkommenheiten, Ängsten ebenso wie Sehnsüchten, aber auch vom Versuch eines bewussteren (spirituellen) Umgangs mit Beziehungshürden. Vielleicht kann sie zum Nachdenken anregen oder eine etwas andere Perspektive zum Thema (menschliche) Liebe beitragen.
So entlasse ich mein „Kind“ in die Welt – möge es zu den Ufern gelangen, die der große Ozean für es vorgesehen hat, und Licht und Liebe in die Welt bringen!

Herzlich(t)e Grüße, Sohreya

Die Schleier lichten sich

Es gibt Momente, in denen die Zeit den Atem anhält. Ein Blick in Augen von unendlicher Tiefe; die fast sakrale Andacht bei Sonnenuntergang am Strand; das Lachen eines Kindes. Momente, in denen die Ewigkeit das Hier und Jetzt berührt. Als würde der Himmel für Sekunden seine Pforten öffnen und Einlass gewähren und das Herz überwältigt zu schlagen aufhören.

Es war ein Moment von diesen Momenten, als er sie am Strand entdeckte. Den Blick in die Ferne gerichtet, stand sie wie eine Erscheinung da, nahezu unbeweglich. Nur der Wind spielte mit ihrem langen dunklen Haar. Es schien, als wäre sie eins mit allem, als würden die Grenzen zwischen den Welten verschwimmen. Ein Windstoß riss ihn aus seinen Gedanken. Die Reste der Sturmflut letzte Nacht lagen verstreut auf dem Strand. Er musste auf seine Schritte achten. Sie stand noch immer versunken in den Anblick des tosenden Meeres. Der Himmel war wolkenverhangen und manchmal drang der Schrei einer Möwe in sein Bewusstsein. Wer war sie? Er hatte sie hier noch nie gesehen.

Als er langsam an ihr vorbei ging, war ihm, als ob ihre Augen ihm folgten. Für den Bruchteil einer Sekunde spielte er mit dem Gedanken, sich nach ihr umzudrehen, doch etwas hielt ihn davon ab. Als er auf dem Rückweg seines täglichen Strandspaziergangs wieder an der Stelle vorbei kam, war sie gegangen. Vielleicht würde er ihr nie wieder begegnen. Vielleicht hatte er die Chance seines Lebens vergeben, indem er nicht gleich reagiert hatte. Er hätte sie ansprechen können. Ärgerlich verwarf er seine Gedanken und zwang sich zu etwas anderem.

Bald könnte sein großer Tag sein. Seine Firma ging an die Börse. Alles, wofür er in den harten letzten Jahren gearbeitet hatte, wurde mit einem Mal wahr. Trotzdem fühlte er eine unerklärbare Leere in seinem Herzen. Es konnte ihn nicht wirklich berühren. Seine Erfolge, die tollen Berichte über die Höhenflüge der Firma, alles war so unwirklich und so weit weg, als ginge es ihn gar nichts an. Dabei war er sich immer sicher gewesen, wenn er an seine Ziele gedacht hatte, an Anerkennung und Wohlstand, dass es ihn glücklich machen würde, sie eines Tages erreicht zu haben.
Im tiefsten Innersten fühlte er sich unsagbar einsam. Die schönsten Frauen standen Schlange, er war einer der heißest begehrten Junggesellen des Landes, erfolgreich, gutaussehend, intelligent und charmant, und trotzdem interessierte ihn keine von ihnen wirklich. Spätestens am Morgen danach war er meistens dankbar, wenn sie sein Haus verließen, und zwar am besten für immer. Er hatte sich zu einem jener Menschen entwickelt, die er immer gehasst hatte, war berechnend, zynisch und gefühlskalt geworden. Zumindest war das die Ansicht einer seiner Freundinnen, die ihn lange Jahre regelmäßig besucht hatte. Seit er beruflich im Aufwind war, ging es mit seinen Gefühlen bergab.
Wo waren seine Träume geblieben, die Welt von Grund auf zu verändern? Wo waren seine Pläne, es anders zu machen, wenn er selber Erfolg hatte? Ließ das Business noch Platz für Menschen oder nur noch für Zahlen? Er erkannte sich selbst nicht mehr. Wo war der ambitionierte Jungunternehmer mit den strahlenden Augen und dem herzlichen Lachen geblieben, das alle innerhalb von Sekunden mit seiner Fröhlichkeit

anstecken konnte? Sein Wesen hatte verzaubert und die Kraft, die er ausstrahlte, war für alle, die ihm begegneten, deutlich spürbar gewesen. Wo war sie hin, diese Kraft? Wohin war sie geflossen? Was wollte er damit anfangen? Alle Wege standen ihm offen, er hatte es tatsächlich geschafft. Und doch war da eine Stimme in ihm, die ihm sagte: Es gibt noch etwas anderes. Das ist erst der Anfang. – Er war noch lange nicht angekommen.

Eine Sehnsucht im Herzen zog ihn zurück an den Strand – und da war sie wieder. Mit wehendem Haar und einem Lachen ging sie an ihm vorüber und für den Bruchteil einer Sekunde berührten ihre Blicke einander und glitten tiefer und tiefer, bis auf den Grund ihrer Seelen. Er rang nach Luft und sah ihr nach, wie sie sich mit schnellen Schritten immer weiter entfernte, und er wusste mit einem Mal: Das war der Beginn von etwas, das er bisher nicht kannte. Ein Tor hatte sich geöffnet und er war im Begriff durchzuschreiten, ohne zu wissen, was ihn auf der anderen Seite erwartete. Doch er hatte keine Wahl, etwas in ihm zog ihn weiter in ein noch unbekanntes Land, in seine Seelenlandschaft.

Als er am nächsten Morgen erwachte, war etwas anders. Die Farben strahlten leuchtender, der Schrei der Möwen klang freudvoller und er roch den nahenden Frühling. Er räkelte sich in seinen Federn und genoss es, ganz langsam wieder im Körper anzukommen. Es war Sonntag, ein Tag zum Feiern und Nichtstun. Vielleicht sollte er ein paar Freunde zu sich nach Hause einladen? Nein, der Gedanke an ihre oberflächlichen Storys über Sex und Drogen war ihm zuwider. Er sehnte sich nach Tiefgang, nach Diskussionen über den Sinn des Lebens und warum er erlebte was er erlebte. Was

genau sollte das alles? Wozu das Ganze, wenn er ohnehin sterben musste und nichts mitnehmen konnte?
Die Sonne schickte ihm einen ihrer wärmenden Strahlen direkt durch sein Schlafzimmerfenster und riss ihn aus seinen trüben Gedanken. Zeit aufzustehen und sein Frühstück zu machen. Er liebte die Momente am Morgen, wenn der Tag ganz langsam erwachte und der Nebel sich auflöste, der den Blick auf den Ozean trübte. Dann saß er auf der Terrasse am Strand mit einem großen Espresso und war mit sich und der Welt zufrieden. Zumindest ein Haus in Santa Monica hatte er sich erschaffen. Ein Vogel pickte sich mit seinem Schnabel Häppchen aus der feuchten, löchrigen Sanddecke, immer auf der Flucht vor den Wellen. Menschen sah man selten um diese Zeit am Strand. Der blaue Himmel strahlte ihm klar und sonnig entgegen. Er lächelte gedankenversunken. Würde er sie wiedersehen? Diese Fremde mit dem wehenden Haar ging ihm nicht mehr aus dem Sinn. Wo kam sie her? Was machte sie hier? Lebte sie in der Gegend? Warum hatte er sie bisher noch nie gesehen?
Er beschloss, nach dem Frühstück wieder einen Spaziergang zu machen. Das Wetter war schön und der stürmische Wind hatte spürbar nachgelassen. Vielleicht würde er sie wiedersehen und sie auf einen Drink einladen. Er wollte sie unbedingt kennenlernen. Ganz in Gedanken bestrich er sein Sandwich mit Butter und schlürfte seinen heißen Kaffee. Er hatte alle Zeit der Welt, die Zeit der wirklich Erfolgreichen. Wenn er Lust darauf verspürte, konnte er auf die Bahamas jetten und sich die karibische Sonne auf den Bauch scheinen lassen. Vielleicht wollte SIE ja mitkommen? Seine Phantasien trugen ihn weiter und er musste schmunzeln. Sie

hatten noch kein einziges Wort gewechselt, aber in seinen Gedanken lagen sie sich schon in den Armen. Besser er kühlte sein heißes Gemüt im Pazifik etwas ab.
Die Wellen rauschten ihm entgegen, als wollten sie ihn einladen, barfuß durch die Brandung zu laufen. Das hatte er schon ewig nicht mehr gemacht. Als kleiner Junge hatte er die Vorliebe gehabt, mit den Wellen Fangen zu spielen, bis sie ihn erwischten. Sein Vater lachte aus ganzem Herzen, wenn er prustend vor ihm stand, weil ihn eine besonders große Flutwelle plötzlich erwischt hatte. Seine Mutter empfing ihn lachend und mit trockenem Gewand. Er fühlte sich rundum geliebt und geborgen bei ihnen. Wo waren diese Jahre mit ihrer Leichtigkeit geblieben, dieser kindlichen Freude am Spielen?
Was ihm in den Jahren seiner Jugend wie Armut vorgekommen war, der er entfliehen wollte, schien ihm jetzt wie großer Reichtum. Er hatte nie gesehen, was ihm seine Eltern trotz der bescheidenen Umstände, in denen sie gemeinsam lebten, mitgegeben hatten. Er konnte ihnen beiden nicht mehr sagen, wie sehr er sie liebte und ihnen dankbar war. Sein Vater war in den letzten Jahren aus dieser Welt gegangen, kurz nachdem sein geschäftlicher Höhenflug begonnen hatte. Als hätten er sich gesagt, jetzt müsste er sich keine Sorgen mehr machen, er würde es auch ohne ihn schaffen. Sie waren stolz auf ihn gewesen, das Kind aus einfachen Verhältnissen, das sich mit unentwegtem Eifer hochgearbeitet hatte in den „Olymp der Reichen und Schönen“, wie es eine Gazette nannte. „Es ist nicht alles Gold, was glänzt“, meinte sein Vater immer. Wie recht er damit gehabt hatte. Glitter und Glamour, High-Society-Partys und die Einsamkeit der Nächte in den Armen seiner

meist betrunkenen und vollgekoksten weiblichen Zufallsbekanntschaften konnten seine Sehnsucht nicht stillen. Wo war die Liebe seiner Kindertage geblieben? Er wischte sich einen salzigen Tropfen aus dem rechten Augenwinkel. Der Wind und die Wellen mussten wohl daran Schuld sein.
Mit melancholischer Schwere im Herzen lief er durch den feuchten Sand, ohne die Brandung zu genießen, als er SIE sah. Sie saß auf einem der Baumstämme, die das Meer an den Strand geschwemmt hatte, als würde sie auf ihn warten. Als er langsam näher kam, wandte sie ihm den Kopf zu und sah ihn unvermutet an. Ihr Blick war ernst und forschend, als könnte sie seine Qualen spüren. Er verlangsamte sein Tempo und ging auf sie zu. Noch einmal würde er nicht an ihr wortlos vorüber gehen. „Hallo! Neu in der Gegend?", bemühte er sich um einen lockeren Tonfall. Sie sah ihn weiterhin forschend an, ohne die Frage zu beantworten. – „Bist du glücklich?" Ihr erster Satz holte ihn auf den Boden der Realität zurück und die Erde wankte unter seinen Füßen. Verdattert starrte er sie an, ohne etwas zu sagen.
Glücklich? Nein, er war definitiv nicht glücklich, schon seit vielen Jahren. Aber in der Gesellschaft, in der er verkehrte, vermied man, solche Fragen zu stellen. Als er sich allmählich von seinem ersten Schrecken erholt hatte, setzte er sich zu ihr auf den Baumstamm und starrte auf das offene Meer. „Was ist Glück für dich?", versuchte er, mit einer Frage zu kontern, um etwas Zeit zu gewinnen. – „Jedenfalls nicht, was du ausstrahlst." Da war es wieder, ihr Lachen, das ihn so eingenommen hatte. Er lachte mit, und das Eis war gebrochen. Schlagfertig war sie, das musste er ihr zugute halten. „Nein, ich bin nicht glücklich. Das hast du richtig er-

kannt.“ Sie sah ihn mit ihren warmen dunklen Augen forschend an. Er hatte mit einem Mal das Vertrauen, dass er dieser fremden Frau sein Innerstes offenbaren konnte, ohne verletzt zu werden. – „Schön, dass du da bist.“ Sie strahlte ihn an und sein Herz wurde weit. Er entspannte sich immer mehr, als er zu erzählen begann. Und sie blickte ihn an, als würden sie einander schon ewig kennen.

Sonne auf meiner Haut

Als ich ihn das erste Mal gesehen hatte, war er mir sofort aufgefallen. Er ging den Strand entlang, als hätte er irgendetwas verloren. Vielleicht sich selbst. Ich hatte das Haus meines Vaters gefunden und stand versunken am Ozean, als er direkt auf mich zukam. Eine Sekunde lang dachte ich, er würde mich gleich ansprechen, aber er ging weiter, und ich schaute ihm lange nach. Er erinnerte mich an Altes, das ich zurückgelassen hatte, die Schwere längst vergangener Tage.

Als ich wieder auf das Meer sah, näherte sich die Sonne schon dem Horizont und zeichnete ein Gemälde in zartem Blau-Rosa. Ich beschloss, ein Stück zu gehen und den Gedanken nachzuhängen. Was hatte ich hier gefunden? Das Haus meiner Kindheit? Ein Stück verlorene Seele? Ich hatte schon seit Jahren keinen Kontakt mehr zu meinem leiblichen Vater und diesem Haus am Strand gehabt. Umso mehr war ich erstaunt als der Brief vom Notar kam, dass er es mir vererbt hatte. Er war gegangen, ohne Lebewohl zu sagen. Typisch Vater. Als er meine Mutter und mich verlassen hatte, war

er ebenso schnell verschwunden. Nur ein Brief auf dem Küchentisch war von ihm zurückgeblieben und meine fassungslose Mutter. Sie hatte es nie ganz verwunden.
Als ich im Haus meines Vaters ankam, roch es noch nach ihm. Hier hatte er also all die Jahre verbracht und geschrieben. Er war ein Einsiedler gewesen, so wie ich selbst manchmal, aber er hatte uns geliebt. Auf seine Art, er konnte nicht anders. Heute sah ich die Vergangenheit in einem anderen Licht. Die Jahre, die ich genutzt hatte, um mich selbst zu finden und das Leben zu ergründen, das ich mir geschaffen hatte, vermittelten mir einen neuen Blickwinkel. Ich sah mich nicht mehr als Opfer der Umstände, sondern meinen Anteil an dieser Schöpfung, mein „Drehbuch", das ich mit all den anderen Seelen und mit Spirit gemeinsam schrieb, um Erfahrungen zu machen und daran zu wachsen. „Es hat alles einen Sinn", das hatte schon meine Großmutter zu mir als Kind gesagt, und sie musste es wissen. Ihr Leben war hart gewesen, und sie hatte es trotzdem immer genommen, wie es kam. Ihr Anker war der Glaube an Gott.
„Danke dir, Spirit, dass es mich gibt!", flüsterte ich beim Strandspaziergang und fühlte die warme Welle im Herzen, diese Liebe zu allem was ist. Als ich zum Haus zurückkam, war ER wieder da. Er kam mir entgegen. Ich musste lachen. Das Leben ist schon eigenartig. Wer war dieser Mann? Warum war er da? Warum kreuzten sich unsere Wege? Hatte ich eine Aufgabe in seinem Leben und er in meinem? Was war die Botschaft? „Warte ab und sieh", meinte die innere Stimme, die immer zur Stelle war, wenn ich fragte.
Als ich am nächsten Morgen auf dem Treibholzstamm vor dem Haus saß, kam er mir von weitem entgegen.

Ich hatte ihn gleich erkannt. Diesmal würde ich ihn nicht so einfach davonkommen lassen. Ich sah ihn an, als er auf mich zukam. Sein Gesicht war traurig, ganz gedankenverloren. Er sprach mich an, siehe da. Ich hatte die Worte kaum verstanden, nur den verzweifelten Tonfall. „Bitte, hilf mir!“, kam bei mir an. – „Bist du glücklich?“, habe ich ihn daraufhin gefragt. Er sah mich verdattert an. Damit hatte er nicht gerechnet. Er wirkte wie ein Lebemann, reich und sehr kühl. Doch tief unter der Fassade war noch ein Funke spürbar. Ich wollte dieses Feuer wieder entfachen, ich wollte sein inneres Leuchten sehen, das noch nicht erloschen war. Es war noch nicht zu spät, um zu leben.

Als er sich wieder gefangen hatte, nahm er neben mir Platz und begann zu reden. Sein Leben nahm vor uns Gestalt an, ich konnte es vor mir sehen. Als er mir von sich erzählte, war er der kleine Junge, der trotzige Halbstarke und der verwundete Mann. Ich konnte ihn so gut verstehen, weil ich das alles selbst gefühlt hatte, in meinem eigenen Leben, auf meine eigene Art. Er kam zu einem Ende und wir saßen noch lange schweigend nebeneinander und sahen auf den Ozean.

Die Sonne war schon tiefer gewandert, die Strahlen waren warm auf der Haut. Ich liebte es, die Sonnenstrahlen tief in mich einzusaugen, das Licht förmlich in jede einzelne Zelle einzuatmen und mit jeder Faser des Körpers und meiner Seele aufzunehmen. Ich fühlte dieses Leuchten und Strahlen auch in mir selbst und ließ es gerne in die Welt hinaus strahlen, um die Herzen ein wenig zu wärmen, die mir auf meinem Weg begegneten. Manche strahlten mich ebenfalls an, wenn sie sich an sich selbst erinnerten, an ihr eigenes Leuchten und Strahlen. Andere zogen weiter, ohne etwas zu bemer-

ken, doch der Funke begann zu glühen und irgendwann würde er auch wieder von einer anderen Seele entfacht werden, die in der Liebe lebte, und von Neuem erstrahlen.
Als er sich an diesem Abend von mir verabschiedete, war es schon dunkel geworden. Wir hatten lange beisammen gesessen, viel geredet, gegessen, getrunken. Ich kannte sein halbes Leben, seine erloschenen Sehnsüchte und die vergessenen Träume. Ich fühlte seine Traurigkeit und die Schwere, die Angst vor dem Leben, vor allem was auf ihn zu kam. Er wollte leben, nicht sterben, aber er hatte nicht die leiseste Ahnung, wie er es anstellen sollte, ohne unterzugehen.
Jetzt, wo er dem Ziel so nah war, wo der Erfolg, dem er all die Jahre so verzweifelt nachgejagt war, endlich dicht vor ihm lag, fühlte er sich, als hätte er den falschen Weg eingeschlagen. Das Glück, das er sich erhofft hatte, die Befriedigung am Abend, wenn er aus dem Büro nach Hause kam, waren nicht vorhanden. Er fühlte sich um sein Leben betrogen. Wer war der Gott, der ihm diese Lektionen erteilen wollte? Er begann, mit dem Leben zu hadern, Gott dafür anzuklagen und ihn für das, was er erlebte, allein verantwortlich zu machen. Er konnte seine Freiheit aus tiefster Seele zu wählen, was er erfahren wollte, nicht mehr erkennen und fühlte sich als Opfer der Umstände. Deshalb war er zu mir gekommen. Ich hatte seinen Ruf vernommen und ich war da, war zu ihm gekommen. Etwas an ihm rührte mich an.

Der Tag der Tage

Als er an diesem Abend nach Hause kam, fühlte er sich wie gerädert. Er hatte sein halbes Leben erzählt und noch einmal erlebt. Er wollte nur noch schlafen. Diese Frau mit ihrer stillen und einfühlsamen Art hatte es tatsächlich geschafft, ihn alten Eisblock aufzutauen. Er floss über, als wäre ein Damm gebrochen. Was so lange aufgestaut gewesen war, kam nun wieder ins Fließen. Er war dankbar dafür. Wie lange hatte er nicht mehr gefühlt, was er während dieses Tages am Strand mit ihr gespürt hatte? Er glaubte es schon verloren, aber es war da gewesen, all die Jahre, tief verborgen. Es hatte sich bloß zurückgezogen, weil er zu beschäftigt gewesen war, um auf die innere Stimme zu hören, und irgendwann hatte sie geschwiegen. Doch dieser Funke, das innere Leuchten, das er immer gefühlt hatte, als er noch ein Kind war, war noch immer lebendig und ließ sich wieder entfachen. Er wollte dieses Feuer noch einmal fühlen, das Feuer der Liebe. – Er kroch in sein Bett, ohne zu duschen und war auf der Stelle eingeschlafen.

Als ihn der Wecker am nächsten Morgen unsanft aus dem Schlaf riss, musste er sich erst orientieren. Wo war er? – Ach ja. – Hatte er geträumt oder war der letzte Tag wahr? Sie schien ihm manchmal wie ein Engel, den der Himmel geschickt hatte, um ihn an sich selbst zu erinnern und an seine gewählten Aufgaben in diesem Leben. Man hatte ihn also nicht vergessen. Er musste schmunzeln und schleppte sich unter die Dusche. Der letzte Tag hatte Spuren hinterlassen. Sein Körper arbeitete auf Hochtouren, um all das zu verarbeiten, was er erlebt hatte. Alle Zellen vibrierten.

Es war, als würde er unter Strom stehen und die Spannung langsam steigen. „Die Frequenz wird erhöht“, kam in seine Gedanken. – Was? – Woher diese Einfälle kamen? Was mochte das nun wieder bedeuten? – Er schob den Gedanken beiseite und zog sich langsam an. Den dunklen Anzug von Armani, die Designerkrawatte von Gucci, die Schuhe aus feinstem Nappaleder. Man sah ihm sein Leben an. Die Banker an seiner Seite hatten ihm den Tipp gegeben: Willst du ganz oben mitspielen, musst du so wie sie aussehen. Er hatte mitgespielt, viel zu lange. Wie sehr er die Jeans und Pullover genoss, die er bei seinen Strandspaziergängen überziehen konnte!
Heute war sein großer Tag, da ging nichts ohne Anzug, das war ihm klar. Dann auf ein Neues, auf in den Kampf! Er fühlte sich ein bisschen, als würde er in den Krieg ziehen. In diesem Business konnte er niemand vertrauen, nicht mal sich selbst. Er seufzte, zog den Krawattenknopf fester und die Tür hinter sich ins Schloss.
Als er am Abend zurück kam, dröhnte ihm der Kopf. Er lockerte seine Krawatte, streifte sie ab und hängte sein Sakko an den Haken. Jetzt ein heißes Bad nehmen und zeitig schlafen gehen. Der Tag war ein voller Erfolg gewesen, der Börsegang war gut gelaufen, alle in seiner Firma hatten darauf mit ihm angestoßen und ihn hoch leben lassen, doch allmählich schien ihm, sein persönliches Wohlbefinden verhielt sich zum Grad seines Erfolges umgekehrt proportional.
Er wollte nicht mehr nachdenken. Mit einem großen Glas Whisky und einer seiner besten Zigarren stieg er in das dampfende Nass. Sein Körper gab sich der Wärme hin und entspannte sich zunehmend. Wo SIE

wohl war? Seine neue Bekanntschaft ging ihm nicht aus den Gedanken. Sie war ihm so nah wie kaum ein Mensch aus seinem „alten“ Leben. Lächelnd registrierte er, dass er mit ihrem Kennenlernen den ersten Tag seines „neuen“ Lebens angesetzt hatte. Na, das konnte ja heiter werden! Er kannte diese Frau noch gar nicht und trotzdem kamen ihm diese Gedanken. Das war irgendwie unheimlich.
Mit einem tiefen Seufzer stieg er aus dem Wasser und trocknete sich ab. Die Müdigkeit kroch durch den Körper und machte der Erschöpfung Platz. Jetzt nur noch schlafen. Er sank in die Daunenkissen und in einen tiefen Schlaf. Und plötzlich war sie da, ganz nah, näher als er sie je gefühlt hatte. Sie tanzten einen unendlichen Tanz, zogen gemeinsam durch die Zeiten, liebten einander, verloren einander und gelobten, sich wieder zu finden.
Als er am Morgen aufwachte, waren die Bilder der Nacht noch spürbar. Er musste sie wiedersehen und ihr davon erzählen. Nach seinem gestrigen Erfolgstag beschloss er, sich heute frei zu nehmen und an den Strand zu gehen. Bei dem Gedanken, sie dort zu treffen, schlug sein Herz mit einem Mal schneller. Er war verliebt, wie schon lange nicht. Als er an den Strand kam, sah er sie schon von Weitem auf ihrem Baumstamm sitzen und auf das offene Meer starren. Wie eine Fata Morgana, flirrend in der Morgensonne, hob sie sich kaum von der Landschaft ab. Sie war da und auch nicht da, irgendwie unwirklich, aber von einer Schönheit, die er nie zuvor gesehen hatte. Sie strahlte aus dem tiefsten Innersten und wenn ihre Augen ihn ansahen, stürzte das Universum förmlich in sich zusammen. Er fühlte eine Vertrautheit, die nicht aus

diesem Leben stammte, eine tiefe Verbindung mit dieser Frau.
Sie hörte seine Schritte im Sand erst, als er beinahe schon vor ihr stand. „Wo warst du gerade?“, fragte er, als sie von ihrer Reise zurückkam. „Auf einem anderen Planeten“, antwortete sie lächelnd, und so, wie sie es sagte, war er nicht sicher, ob sie es tatsächlich ernst gemeint hatte.
Er ließ sich neben ihr nieder und sah sie an, während sie seinen Blick erwiderte. Ohne ein Wort zu sagen, saßen sie schweigend auf dem Baumstamm und ihre Seelen reisten gemeinsam durch Zeit und Raum und in alle Leben, die sie miteinander lebten. Nach einer Weile des Schweigens und Betrachtens begann er langsam zu sprechen. Er wollte von letzter Nacht erzählen, von den verwirrenden Traumbildern und der Erinnerung an die Vertrautheit und die Nähe, die sie geteilt hatten. Sie sah ihn an: „Schön, dich wiedergefunden zu haben.“ Noch ehe er ein Wort gesagt hatte, traf ihr Satz wieder mitten ins Schwarze. – „Was weißt du?“ Er brannte darauf zu erfahren, ob sie die selben Erinnerungen an gemeinsame Leben hatte. Sie sah ihn nur wortlos an. Doch vor seinem inneren Auge liefen die Bilder der letzten Nacht wie im Zeitraffer noch einmal ab. Atlantis, Ägypten, die Welt der Maya, Amerika zur Zeit der Siedler, England im 18. Jahrhundert und ferne Sternenwelten. Wo waren sie hergekommen? Was passierte mit ihm gerade?
„Hab keine Angst.“ – Hatte sie das gesagt? Realität und Traum verschwammen. Was war wirklich real? Sie sah ihn an und strahlte aus tiefster Seele. Um sie herum war ein Leuchten, das er zum ersten Mal wahrnahm. Auch um Pflanzen hatte er diesen hellen Schein schon als

Kind gesehen, ehe das „wirkliche“ Leben mehr und mehr Raum einnahm und das Strahlen langsam wieder verblasste. Zum ersten Mal seit langem erinnerte er sich an diese Erlebnisse. Damals waren auch Zwerge um ihn gewesen und Elfen, ätherische Sylphen und erdhafte Gnome, Freunde aus seinen Kindertagen. Wie lange er sie nicht mehr besucht hatte. Ob sie noch immer auf ihn warteten?
„Hast du die Bilder gesehen?“ Sie holte ihn aus den Gedanken mit ihrer Frage. „Ja, letzte Nacht und jetzt wieder, die selben. Hast du sie auch gesehen?“ – „Ja.“ – „Und das ist wahr? Kennen wir uns wirklich schon so lange?“ Er fühlte, wie seine Nerven flatterten bei dem Gedanken. Vergangenheit und Zukunft fielen in einem Punkt zusammen. Nur das Jetzt existierte und alles war immer gleichzeitig da. War das tatsächlich wahr? Die neue Erkenntnis verwirrte ihn, plötzlich war nichts mehr linear. Er konnte es so betrachten, um es einfacher zu erfassen, doch das Gefühl, dass alles jetzt war, fühlte sich richtiger an.
„Willkommen zu Hause!“ Sie nahm ihn in ihre Arme und eine Welle der Liebe flutete durch seinen Körper. Ihre Herzen verschmolzen zu einem und die Zeit existierte nicht länger. Sie waren angekommen. Als sie sich von einander lösten, schien ihm, dass sie sich nie getrennt hatten. Über Äonen waren sie einander immer wieder begegnet, hatten den Traum des Lebens geträumt, einander scheinbar verloren, verlassen und wiedergefunden. Doch in Wahrheit war alles ewig und im Jetzt präsent. Sein Herzensraum konnte all das erfassen, aber in seinen Gedanken war Chaos. Seine ganze Lebensauffassung brach mit einem Mal zusammen. Alles, was er bisher immer für wahr

gehalten hatte, stellte sich plötzlich in Frage. Er wusste nicht mehr, was Realität und was Einbildung war. Die Erinnerungsbilder und seine starken Erlebnisse während der letzten Tage flossen ineinander.
Er starrte sie sprachlos an. Sie hob sein Leben aus den Angeln, und er war nicht mehr sicher, ob er das wirklich gut fand. Alles, was bisher vertraut gewesen war, stürzte in sich zusammen. „Hab keine Angst.“ Ihre Augen fanden einander und mit einem Mal waren da nur Vertrauen und Liebe. Er wusste, dass alles wahr und trotzdem Illusion war. Sein Leben krachte in sich zusammen, das, was er zu sein dachte, war in diesem Moment gestorben. Doch am Horizont war sein neues Leben schon sichtbar. Er fühlte sich wie neu in seinen Körper hineingeboren, als würde er zum ersten Mal in die Wahrheit erwachen.

Damals, als alles begann

Als ich ihn am Strand sah, nach dieser Nacht der Bilder, wusste ich gleich, was passiert war. Ich war ihm so nah gewesen und die Traumbilder waren so real in meinem Innersten, dass ich nicht eine Sekunde lang Zweifel an ihrer Wahrheit hatte. Als er mich ansah, stürzten die Sterne in sich förmlich zusammen, der Urknall im Rückwärtsgang. Einen kurzen Moment lang war der Funke noch fühlbar, mit dem es damals begonnen hatte, der Ausgangspunkt für Äonen von Lebenserfahrungen.
Es tat gut, ihn wiederzufinden und sich gemeinsam zu erinnern, doch es brach mir das Herz zu sehen, wie er sich dabei quälte. Ich wollte ihm so gerne seine

Schwere tragen helfen und wusste doch, dass ich es nicht konnte. Er wollte das alles noch erleben und ich hatte kein Recht dazu, ihm die Erfahrungen abzunehmen. Ich konnte einfach nur da sein und ihn dabei unterstützen. Die Zeit hatte ihre Wahrheit verloren, aber ich war kein geduldiger Mensch, wenn ich Leiden erlebte. War es wirklich notwendig, es sich immer so schwer zu machen? Wollten wir durch Schmerzen erwachen? Lernt der Mensch nur durch Leiden? Der Schmerz kann ein Lehrmeister sein, doch ich fühlte, dass es leichter ging. Wir können freiwillig lernen und wachsen, mit der selben Freude wie Kinder, die spielend lernen, wenn sich ihr Körperbewusstsein erinnert, wie Füße einen Schritt machen oder die Lippen Laute bilden.

Alles ist in uns angelegt, wenn wir das Vertrauen haben, es sich entwickeln zu lassen. Aber wir leben in Angst und glauben, alles hänge von uns alleine in der irdischen Realität ab. Dabei vergessen wir oft auf zu Hause, auf den Träumer, die Träumerin, die den Traum träumen und denken, sie seien das alles. Wir erschaffen auf einer anderen als der irdischen Ebene, dort wo wir göttliche Wesen sind, eins mit dem Großen Ganzen. Aber wie sollte ich ihm das sagen, ohne völlig versponnen zu wirken?

Ich kramte meine Sachen zusammen, um mir in Vaters Chaos meinen eigenen Platz zu schaffen und das Haus zu meinem zu machen. Er hatte es mir hinterlassen, aber er war in jedem Winkel noch so präsent und spürbar, als hätte er es nie verlassen. „Hallo, Vater! Ich bin da, ich bin deine Tochter, die dich von Herzen geliebt hat. Danke für alles, was du mich durch dein Dasein gelehrt hast. Und durch dein Nicht-mehr-da-

Sein ebenso.“ Ich holte einen Müllsack und begann, die Sachen zu ordnen, die ich aussortieren wollte. Es hatte sich vieles angesammelt im Laufe dieser Jahre. Der Staub hing in allen Ritzen und die Spinnweben in den Winkeln des Raumes.

Wenn Vater schrieb, vergaß er die Welt um sich herum immer völlig. Das war schon so, als ich noch ein Kind war und er zu Hause arbeitete. Wir konnten ihn manchmal dreimal hintereinander zum Essen rufen, er reagierte mit keinem einzigen Wimpernzucken. Er war in einer anderen Realität und ihn von dort zurückzuholen, war nicht immer einfach. Meine Mutter hatte Probleme, ihn, wenn er schrieb, zu erreichen und litt darunter. Er war häufig da und doch nicht da, nur sein Körper war anwesend, aber er war nicht mehr fühlbar. Wie entrückt und völlig gefangen von den Geschichten, die ihm im Kopf herumgingen. Seine Realitäten waren in anderen Welten, und wenn er Geschichten erzählte, konnte er alle begeistern und in seinen Bann ziehen.

Leider ernährten die Geschichten nicht unsere Familie und Mutter war ungeduldig und überfordert mit Kind, Job und Haushalt. Vater schrieb und sie war zuständig für die Realität auf Erden, die irdischen Dinge wie Kochen, Waschen, Putzen, Bügeln, Kind und Mann versorgen und daneben Geld verdienen. Sie jobbte in dem Lokal um die Ecke und war am Abend meist zu müde, um noch irgend etwas anderes wahrzunehmen, als ihre häuslichen Pflichten. Ihre Vorwürfe wurden lauter, Ruhe und Frieden seltener. Ich verkroch mich, wenn ich das Knistern fühlte, ehe es wieder krachte. Manchmal hatte ich Angst vor der Stille, wenn sie unvermutet nach einem Streit kam. Ich ahnte es schon

lange, dass etwas Schweres in der Luft lag. Als Vater uns verlassen hatte, war es für mich nicht überraschend, doch für meine Mutter brach eine Welt zusammen. Sie war seither nie mehr die Alte. Am Abend saß sie manchmal sinnierend vor einem Glas mit Wein. Ich sah sie kaum noch lachen und sie nahm mich nicht wirklich wahr.
Als mein zweiter Vater dann in unser Leben trat, war sie wie ausgewechselt. Sie gingen wieder gemeinsam tanzen, er holte sie mit dem Auto ab und sie lebte endlich das Leben, von dem sie immer geträumt hatte. Aber ich war allein und erschuf mir meine eigene Realität. – Als mein Vater starb, bemerkte ich, wie nah ich ihm gewesen war. Ich war ganz nach ihm geraten. Auch meine Wahrnehmung war nicht ganz von dieser Welt. Ich fühlte mich manchmal wie verloren unter anderen Menschen, so als würde ich hier nicht wirklich hingehören. Doch in der Welt der Geschichten und Träume war ich zu Hause. Ich lebte jenseits der irdischen Realität, und nur selten gelang es jemand, mich dort, wo ich war, zu erreichen und liebevoll dazu einzuladen, ganz auf der Erde zu landen. Es war eine andere Welt jenseits der materiellen Welt, mein wirkliches Zuhause, in dem ich mich geborgen fühlte. Doch ich war oft einsam unter all den Menschen, die rund um mich auf der Erde lebten. Ich wollte gerne landen, doch ich wusste nicht, wie ich das anstellen konnte, ohne mich unsicher und verletzlich zu fühlen.
Gott sei Dank waren mir in den letzten Jahren immer mehr Menschen begegnet, die ich als meine Familie fühlte. Sie würden mich nie bewusst verletzen, sie kamen aus ähnlichen Welten und ihre Herzen strahlten vor Liebe. Es waren die erwachten Seelen, die anderen

dabei beistanden, selbst aus dem irdischen Traum zu erwachen. Sie streckten mir die Hand entgegen und begleiteten mich mit sehr viel Einfühlungsgabe auf meinem Weg. Als ich die Augen aufmachte und zum ersten Mal selber sah, fühlte ich mich eins mit allem. Die Welt, das Universum, alles war in mir vorhanden. Es gab nichts mehr außerhalb und ich sah mir selbst zu wie man liebevoll seinem Kind beim Gehenlernen und Wachsen zusieht. Ich war die Realität, der Ursprung, aus dem sich alles entfaltete. Im Nichts war alles enthalten, aus dem Nichts entstand alles, aus reiner Lust und Freude am Erfahrungen sammeln und sich in dieser Welt verkörpern.

Als ich die Wahrheit jenseits der irdischen Wirklichkeit erfasste, wusste ich um die Dinge, doch ich hörte nicht auf in meinem Körper zu existieren. Ich war zum ersten Mal wirklich da. Und ich war plötzlich gerne da. Die Farben leuchteten intensiver, das Meer, die Wärme der Sonnenstrahlen erfüllten mich voll und ganz. In mir war ein tiefer Frieden. Dankbarkeit und Freude strahlten aus meinem Innersten und die Liebe war fühlbar für jene, die mit dem Herzen sahen.

Als ich IHN traf, war ich offen für alle, die mich von sich aus fanden. Ich wollte Menschen dabei unterstützen, zu sich selbst zu erwachen. Als er über den Strand auf mich zu kam, fühlte ich die Nähe, die wir zu einander hatten, und ich fühlte auch, wo er stand. Ich war da und bereit für ihn, wenn er für mich ebenfalls bereit war. Aber die Nähe im Außen ließ eine Weile auf sich warten. Er war da und doch nicht da. Wie bekannt mir das vorkam. Er schützte sich mit einem Panzer, durch den, wie er noch meinte, niemand durchsehen konnte und der sein Innerstes einhüllen sollte. Doch mein Herz fühlte seines unter der dicken Schale und den verwundbaren Kern. „Ich werde dich nie verletzen, niemals absichtlich, wenn es sich vermeiden lässt. Ich kreiere zum Wohle des Ganzen." Jetzt galt es abzuwarten, bis er auf mich zukam. Und er kam. Er war dabei, zu erwachen.

Das Alte machte dem Neuen Platz. Wie oft im Leben, wenn das Neue noch nicht greifbar war, während das Alte schon verschwand, kam als ein Vorbote erst die Angst. Ich konnte seine Ängste fühlen, wenn ich bei ihm war. Sie waren mir so vertraut. Sie hatten mich allzu lange begleitet, nachts und tagsüber manchmal ohne Vorwarnung überfallen und mich gewürgt und gelähmt. Gottlob hatte ich Begleiter und Begleiterinnen, die mich an das Vertrauen erinnerten, immer und immer wieder, und dass es meine Entscheidung war – für die Angst oder das Vertrauen. Ich traf die Entscheidung von Mal zu Mal, bis ich das Vertrauen hatte und die Angst nur noch selten kam. Wenn sie da war, dann konnte ich mich ihr wie einer Freundin ergeben, sie im Körper fühlen und wieder gehen lassen.

„Es ist alles da, was ich brauche." Zumindest diese Gewissheit war in mir stetig gewachsen. Auch wenn mir nicht wirklich klar war, wie das Universum oder mein Selbst es schaffte, es immer weitergehen zu lassen, obwohl ich noch keinen Ausweg sah. Es war jedes Mal Hilfe da und ich nahm die irdischen Engel immer deutlicher um mich wahr. Ich war dankbar für die Rollen, die sie für mich übernommen hatten, um mich zu unterstützen und mir auf meinem Weg zu helfen. Allmählich kam die Entspannung und ich lernte zu genießen, was ich mir erschaffen hatte. Mein Leben

wurde bunter, freudvoller und die Menschen, die meine Unterstützung schätzten, begannen mich zu finden.
Und dann kam er, am Strand. Alles war wahr, was ich lange gefühlt hatte, als ich einen Mann auf mich zukommen sah, der für mich wichtig sein würde. Jetzt hatte es den Anschein, ich war auch wichtig für ihn. Er sah mich lange an nach der Nacht seiner Erinnerungsbilder und wir fanden einander einen Herzschlag lang inmitten aller Zeiten wieder. Wir hielten hier und jetzt die Zeit an und lebten gegenwärtig gemeinsam. Alles war da, immer da gewesen, wir konnten es bloß nicht sehen, weil unsere Augen blind dafür waren. Jetzt, da wir sehen lernten, kamen die Bilder wieder und wurden mit einem Mal real. Alles war jetzt vorhanden und wir tanzten einen Augenblick lang den ewigen Tanz.

Gesucht und gefunden

Er sehnte sich nach einer Umarmung, die niemals endete. Ihre Blicke waren in einander gefallen, ihre Herzschläge eins geworden. Sein Körper vibrierte ihr entgegen und wollte sie fühlen, mit jeder Faser. Er kam näher und seine Lippen suchten die ihren. Als sie einander sanft berührten, fühlte er das Verlangen. Er zog sie näher und spürte ihren biegsamen Körper an seinem, in dem allmählich die Lust erwachte. Seine Hand begann über ihren Rücken zu wandern, suchte die Stelle unter dem Rand ihres T-Shirts und glitt über ihre sonnendurchflutete Haut. Er tastete sich langsam höher zu ihren Brüsten, spielte mit ihren Knospen, während ihre Küsse leidenschaftlicher wurden.

Der Strand war menschenleer und die Möwen waren die einzigen Zeugen ihrer Liebe. Wie warme Wellen glitten die Wogen der Lust über sie und trugen ihre Körper einander entgegen. Ihre Schenkel öffneten sich und ließen ihn tiefer wandern und ihre Sehnsucht fühlen. Der Tempel der Liebe hieß ihn willkommen und er wollte keine Sekunde mehr länger warten, das Einssein zu spüren. Als er in sie eindrang, kam sie ihm entgegen und umfasste ihn ganz und gar. Ihre Körper passten perfekt in einander und ließen sich von den Wellen der Liebe weiter und weiter aufs offene Meer hinaus tragen, wo sie in einer sich immer höher auftürmenden Woge versanken und sich im großen Ganzen auflösten.
Als sie wieder zu sich kamen und allmählich in ihren Körpern landeten, lächelten sie scheu wie Kinder, die im Eifer des Spieles alles um sich vergessen hatten und wieder zur Realität zurückfanden. Sie kannten einander noch kaum, doch ihre Körper sprachen eine andere Sprache. Alles fühlte sich so vertraut an, als hätte sich in vielen Leben diese Nähe entwickelt, die sie jetzt weich und warm umfing.
Er löste sich sanft aus ihrer Umarmung und setzte sich auf. Die Sonne wärmte den Sand und das Meer rauschte immer noch so vertraut wie zuvor. Sie setzte sich neben ihn in den Sand und lehnte sich an den Baumstamm. Das Meer erzählte von fernen Tagen gemeinsam in anderen Zeiten und fremden Kulturen. Die Liebe war geblieben und war immer da, egal wo sie einander fanden. Sie saßen lange zusammen schweigend im Sand und lauschten und sahen, fühlten sich in Stille verbunden. Kein Wort war nötig, um zu verstehen.
Sie lehnte ihren Kopf an seine Schulter und er legte den Arm um sie. Wie ein Liebespaar saßen sie dicht bei ein-

ander und hatten sich doch erst vor wenigen Tagen gefunden. Zeit spielte keine Rolle. Sie gaben sich dem Leben hin und ließen sich von ihm tragen, erstaunt und fast erschrocken über die Größe und Weite ihrer Gefühle. Er strich ihr über das Haar und küsste zärtlich ihre Schläfe. Wie schön sie war. Er hatte nie eine schönere Erscheinung gesehen. Sie genoss seine Berührung, durstig nach Zärtlichkeiten. Trotz aller Liebe, die sie verströmte und mit anderen teilte, wollte ihr Körper gehalten und sanft berührt werden. Sie war dankbar für seine Nähe. Eine Nähe, die sie lange vermisst hatte. Jetzt war sie da und sie wollte den Augenblick auskosten.
Sie sah ihn an und lächelte. Wie ein großer Junge saß er vor ihr, mit großen Augen, fassungslos staunend über das, was hier mit ihnen geschah. Er liebte das Leben mit einem Mal wieder und das Leben liebte ihn. Er wusste, das war erst der Anfang und was immer noch kommen mochte, er sagte dazu Ja. Sie küsste ihn zart zum Abschied und als er den Heimweg antrat, war eine Leichtigkeit in seinem Gang, die völlig neu für ihn war.

Gezeiten der Liebe

Er ging und in mir war Frieden. Ich war endlich angekommen. Frieden erfüllte jede Zelle und alles in mir kam zur Ruhe. Keine Angst mehr, Zeit zu verlieren, das Ende der Suche nach etwas, das ich nie benennen konnte. Jetzt war es fühlbar: Wir suchen einander, um ganz in uns zu werden. Und doch sind wir längst das Ganze. Erst wenn wir das erkennen, können wir völlig loslassen und uns vom Leben tragen lassen, von dem

Moment der Gegenwart, dem einzigen, den wir ewig haben. Liebe ist ewig im Hier und Jetzt.
„Liebe ist, was ich bin", fiel mir ein Satz ein, der in meinem Notizbuch für schöne Gedanken stand. Liebe ist. Wie traurig ich war, als ich das eine Weile in meinem Leben vergessen hatte. Ich suchte die Liebe in jedem Mann, doch ich fand nur die Verliebtheit, bis diese wieder verblasste. Die Liebe ist immer da. Ich brauche sie nur zu erkennen und in mir zuzulassen. Sie war immer da. Ich hatte nur vergessen, sie dort zu suchen, wo sie für immer zu Hause war: in meinem Herzen. Er hatte mich daran erinnert, weil alles in mir sich plötzlich öffnete und ich die tiefsten Ritzen und Winkel meines Innersten vor mir sah. Ich erinnerte mich, wer ich war und welche Kraft durch mich strahlte und wirkte.
Ich war ihm dankbar für sein Dasein. Und ich wusste, wir würden noch viele Wochen gemeinsam verbringen, möglicherweise auch viele Leben. Was auf mich zukam, konnte ich noch nicht erahnen, aber ich wusste, ich hatte seiner Seele versprochen, ihn nicht allein zu lassen in diesen Tagen. Der Wind streifte über den Ozean, wehte meine Gedanken weiter und allmählich wurden die Farben blasser und die Sonnenstrahlen flacher. Pastellrosa Wölkchen kräuselten sich am Horizont, die Wellen liefen mir entgegen und nahmen den Rest des Tages mit sich auf das offene Meer.
Am nächsten Tag kam er nicht mehr und auch nicht am übernächsten. Es schnitt mir tief ins Herz. War die Nähe zu viel gewesen, brauchte er wieder mehr Abstand? Die Gefühle waren intensiv, wir standen ja erst am Anfang. Wo sollte uns das hinführen? Aber ich hatte gehofft, er würde dranbleiben und sich stellen, auch mir und unserer Liebe, nicht nur sich selbst. Die Sonne

schien um nichts weniger strahlend und leuchtend blau lag das Meer vor mir, doch mein Herz war zerbrechlich und lag offen da. Die Traurigkeit ließ mir die Tränen in die Augen steigen, und plötzlich wurde mir klar, wo sie herkam. Ich sah das Kind, das ich war und die Mutter, nach deren Nähe es sich sehnte. Die Momente der Zurückweisung, wenn sie überfordert aus der Arbeit nach Hause kam und der Haushalt auf sie wartete. „Geh in dein Zimmer spielen." Den ganzen Tag hatte ich gewartet, auf den Vater oft Wochen, ehe ich beide zu Gesicht bekam. Und jetzt wiederholte sich plötzlich alles mit diesem Mann. Das verletzte Kind in mir weinte, die Frau in mir nahm es in den Arm. Es wollte nur gehalten werden, es war einsam und niemand war da, der es hätte trösten können.

Ich ließ die Traurigkeit fließen und sich langsam wieder auflösen, ohne sie wegzudrängen. Sie wollte endlich gefühlt werden, anerkannt werden als Teil meines Lebens, das ich mir selber erschaffen hatte, um daran zu wachsen und Erfahrungen zu machen. Glück und Unglück, Licht und Schatten, Freude und Trauer – in der polaren Welt gehörten sie zu einander. Ich wollte nur eine Seite, die lichte, freudvolle Seite leben, während die andere Seite stetig um Anerkennung rang. Nichts mehr verdrängen, alles zulassen und dadurch wieder heil werden, mich verletzlich und offen in Verbindung mit Menschen zeigen, das war es, was ich gewählt hatte. Jetzt hatte ich Gelegenheit, zu meinem Wort zu stehen, widerstandslos zu leben. Wo mein Widerstand aufrecht war, das blieb bestehen in meinem Leben. Der Kampf war nie eine Lösung, weder der Kampf gegen meine Gefühle, noch gegen andere Menschen oder Gott und die Welt. Frei von Widerstand le-

ben, das war Hingabe an das Leben, immer im vollsten Vertrauen, dass das Beste geschah für uns alle.
Ich fühlte Liebe und die Weichheit meines Herzens. Allmählich ließ der Schmerz wieder nach. Mein versonnener Blick flog über das Meer und ich dachte nach. Was würde aus uns werden? Was, wenn ich ihn nie wieder sah? War das schon alles gewesen, was wir zu teilen hatten? Es fiel mir schwer, das zu glauben. Es fühlte sich ganz anders an. Vielleicht war es auch meine Angst und mein eigener innerer Abstand, die er mir spiegelte. Ich hatte auch Angst, verletzt zu werden und vor wirklicher Nähe. Aber der Panzer bröckelte und das war gut so. Ich war verletzlich, aber ich kam mir auch selber nahe und damit auch wieder näher an andere.
Die Einheit in mir wahrzunehmen und die Gewissheit, dass ich von nichts getrennt war, ein göttliches Wesen, verbunden mit allem, hatte mich nicht davor bewahrt, als Mensch das Menschliche zu fühlen. Beides ging Hand in Hand. Ich verlor nicht das göttliche Wesen, wenn ich die Traurigkeit zuließ, und ich trennte mich nicht von meinen irdischen Gefühlen, wenn mein Leben Meditation war. Ich war im Augenblick voll da und fühlte, das war alles. Mehr war nicht zu tun. Alles andere ergab sich aus meinem Fühlen und Dasein. Die Momente, zu handeln, aus der Stille hinauszutreten in das Leben, aktiv zu werden und mich dann wieder zurückzuziehen und die Wellen zu beobachten, die mir Gelegenheiten förmlich an meinen Strand schwemmten. Ich fühlte tiefe Ruhe und beschloss, spazieren zu gehen. Die Sonne lockte draußen, während ich in den kühlen dunklen Räumen des Hauses fröstelte.

Ich schlüpfte in meine Jacke, griff nach der Sonnenbrille und schloss die Tür. Die Wärme draußen umfing mich und wärmte mich bis in mein Herz. Ich spürte, wie die Freude zurückkam über dieses Leben am Meer, mit der Weite des Ozeans vor mir, Wogen im Außen und Innen, die mich bewegten und wachsen ließen. „Alles ist gut, wie es ist“, war in meinen Gedanken. Und meine Füße stapften ihre Spur in den Sand.
Ich war noch nicht sehr lange gegangen, da sah ich ihn. Er saß auf einem großen Stein mitten am Strand und starrte ins Wasser. Ich ging langsam zu ihm. Als ich schon fast neben ihm war, wandte er sich mir zu und sah mich schweigend an. Sein Blick war ganz nach innen gekehrt und sehr ernst. Eine tiefe senkrechte Falte grub sich in seine Stirn.
„Wie geht es dir?“ Ich bemühte mich, nicht allzu sorgenvoll zu wirken, doch was er ausstrahlte, machte mir Angst. – „Ich weiß nicht, ich weiß gar nichts mehr“, sagte er und wandte seinen Blick wieder in Richtung Wasser. „Sprich mit mir.“ Ich wollte ihn rütteln, damit er wieder aus diesem Zustand seiner Starre erwachte, doch er war unerreichbar für mich, ganz versunken in seinem Verstand. Die Gedanken in ihm kreisten und ich konnte sie förmlich hören. – „Es gibt nichts zu sagen.“ Er starrte das Meer an, während ich fassungslos wie ein Fisch nach Luft schnappte. Wo war der Mann geblieben, der mich noch vor zwei Tagen so lustvoll und innig geliebt hatte? Wohin war das alles verschwunden? „Ich bin nicht Schuld an deinem Unglück“, war alles, was ich noch sagen konnte. – „Aber du hast es mir bewusst gemacht. Und ich weiß nicht, was ich tun soll!“ Die Verzweiflung war spürbar. Der alte Boden verlor an Tragkraft unter seinen Füßen und der neue

war noch nicht sichtbar. Er fühlte die nackte Angst vor dem Fallen in einen Abgrund, von dem er nicht wusste, wie tief er tatsächlich war. „Fühl' die Angst – und lass sie gehen. Mach dich nicht zu ihrem Sklaven!" Ich versuchte, noch zu retten, was im Moment zu retten war. Seine Angst hatte ihn in den Klauen und es gab kein Entrinnen, es sei denn, er entschied sich für das Vertrauen und für die Liebe.
Er seufzte tief und ich merkte, wie die Spannung allmählich nachließ. Als er mich wieder ansah, war in seinem Blick mehr Wärme und die Weite war wieder fühlbar. Der Panzer um seinen Brustkorb gab nach. Ich begann, mich zu entspannen und setzte mich neben ihn. „Was war das denn?" Er dachte kurz nach. „Ich weiß nicht mehr, was ich tun soll. Mein altes Leben passt nicht mehr zu mir, doch was soll ich stattdessen machen? Das alles aufgeben, wofür ich so viele Jahre, Jahrzehnte gearbeitet habe? Womit soll ich mein Geld verdienen?" – „Verdient es dir nicht die Bank?", war meine scherzhafte Antwort, doch er konnte nicht lachen. „Es braucht mich noch in der Firma, ohne mich geht dort alles den Bach hinunter, was ich erarbeitet habe. Ich kann nicht einfach zusperren und die Leute im Stich lassen, die immer an mich geglaubt haben." Seine Sorge war ernsthaft und er sah keinen Ausweg aus seiner Lage.
„Musst du dich gleich von allem trennen, um als Seele zu überleben? Gibt es nicht einen anderen Weg?" Ich sah ihn an. Er runzelte mit fragendem Blick die Stirn. „Was sonst? Ich kenne nichts anderes: ganz oder gar nicht." Ich spürte sein inneres Dilemma und die Sackgasse, in die ihn sein Denken hineinmanövriert hatte. Endstation Sehnsucht. Alles aussteigen. Hatte es in

meinem Leben immer fließende Übergänge von einem zum anderen gegeben, kannte er nur die harten Schnitte. Natürlich machte das Angst. „Du musst das heute nicht entscheiden. Lass uns nichts überstürzen“, versuchte ich, mehr Zeit zu gewinnen. Er sollte seine Gefühle wieder stabilisieren. In diesem Zustand würde er keine Entscheidungen treffen können. Seine Basis war Angst, nicht Liebe.

„Lass mich allein, bitte, ich muss nachdenken.“ Sein Rollbalken war gefallen und kein Durchkommen mehr möglich. Ich erhob mich seufzend und bemühte mich angestrengt um meine innere Ruhe. Es wollte mir nicht wirklich gelingen. Ich machte mir große Sorgen um ihn. Immer wieder ließ ich mich in die Geschichten von Menschen hineinziehen, die ich von Herzen liebte und machte sie zu meinen eigenen. Aber ich konnte seine Probleme nicht für ihn lösen. Das würde ihm auch nicht dienen. Er wollte diese Erfahrungen machen und seine Seele hatte sich diesen Plan selbst ausgedacht. Ich spielte für ihn die Rolle, die ich übernommen hatte, und war da für ihn, er für mich. Unser Drehbuch spielte auf der Bühne des Lebens und wir hielten es für wirklich. Nach einem tiefen Atemzug küsste ich ihn sanft auf die Stirn, ehe ich den Heimweg antrat. Er würde alles lösen können, da war ich sicher. Nur was es für mich bedeutete, war mir noch nicht ganz klar. Ich würde es auf mich zukommen lassen, das war meine eigene Wahl.

Als ich ihn allein ließ, fühlte ich mich wie ein weidwundes Reh. Mein Kopf begann zu schmerzen. Schon als Kind hatte ich immer wieder die Gefühle von anderen Menschen übernommen, vielleicht auch, um transformieren zu helfen. Das fühlte sich nicht immer ange-

nehm an. Ich hatte sein Rasierwasser noch in der Nase, als ich langsam zurück ging. Die Sonne im Außen half mir, die Schatten im Inneren wahrzunehmen. Wenn es außen Grau in Grau war, schaltete ich in mir gerne auf sonnig zum Ausgleich. Das sonnige Klima hier im Süden am Strand war unterstützend, um an die tiefsten Schatten zu kommen. Er half mir, auch meine Themen zu lösen. Er berührte vieles in mir, das noch auf Heilung wartete. Ich sah es als eine Chance, daran zu wachsen und all das zu integrieren, was ich lange vermieden hatte und wo ich ganz alleine nur schwer herankam.

Meine letzte Beziehung war schon einige Jahre her. Kurze Begegnungen mit ein paar Männern, die sich allesamt nach ein paar Monaten wieder von mir verabschiedeten oder sich nicht wirklich festlegen wollten, lösten seither einander ab. Ich wollte mich selber wohl nicht ganz festlegen. Ich wollte Freiheit leben, aber auch zu jemand gehören. Freiheit für meinen Weg und trotzdem Ja zu einander sagen, einander unterstützen, lieben, die inneren Geschenke teilen. Ich dachte, in ihm hätte ich einen Mann gefunden, der bereit dazu wäre. Aber ich schien mich getäuscht zu haben und die Enttäuschung folgte.

Ich ging in mein neues Strandhaus und schloss die Tür hinter mir ab. Heute wollte ich niemand mehr sehen, mich nur noch zusammenrollen, tief und fest schlafen und fühlen, was hochkam. Ich streifte mein Gewand ab und verkroch mich unter der Decke wie ein Embryo in der Gebärmutter. Keine Fragen, keine Antworten. In mir war eine große Leere. Die Müdigkeit wurde stärker und ich gab ihr allmählich nach. Ich ließ mich fallen,

ergab mich, ließ die Erde mich tragen, übergab ihr meinen Körper und sank in einen tiefen Schlaf.
Als ich wieder erwachte, fühlte ich mich leichter und freier. Der Kopfschmerz hatte nachgelassen und es meldete sich der Hunger. Ich streifte den Morgenmantel über und suchte in der Küche nach Essbarem. Meine Vorräte gingen zur Neige, doch die Lust einzukaufen, hielt sich momentan in Grenzen. Ich begnügte mich mit den Resten von Brot und Käse in meinem Kühlschrank, trank ein Glas Wasser und öffnete vorsichtig meine Türe zum Strand. Er lag menschenleer vor mir, nur die Möwen schaukelten sanft mit den Wellen auf dem Wasser.
In mir entspannte sich alles, wenn ich den Ozean betrachtete. Auf den Stufen zu meinem Holzhaus genoss ich die Abendsonne und ließ mich wärmen bis in die Seele. Es tat gut, hier zu sein. Mein Vater war noch immer spürbar und ich ließ mich gerne von seinen Armen umfangen. Ich wünschte mir manchmal jemand zum Anlehnen, jemand, der mir den Rücken stärkte, wenn ich auch einmal schwach sein wollte. Immer die Starke zu sein macht müde. Ich sehnte mich nach einem Rückhalt, nach einem Lebensgefährten, der die Gezeiten des Lebens teilte. Für einander da sein in Liebe schien mir noch immer erstrebenswert.
Ließ sich die Freiheit vereinbaren mit diesem Bild von Liebe? Die erleuchtete Beziehung, wie ich sie immer nannte, war mein innigstes Ziel. In Verbindung mit dem Ganzen, Liebe, Lust und Spirit mit einander zu verbinden, das wollte ich so gerne erleben. Ich kannte immer mehr Paare, die das tatsächlich lebten, was ich tief in mir als Sehnsucht fühlte. Auch sie hatten ihre Krisen und ihre Themen, doch sie standen zu einander,

und das Wissen um die größeren Zusammenhänge, ihre Liebe zum großen Ganzen, hielt sie im Innersten zusammen. Sie hatten Ja zueinander gesagt, standen in Verbindung mit dem Göttlichen und mit der Welt, und entschieden sich für ein Leben in Wahrheit und Liebe.
Ich fühlte eine warme Woge aus meinem Herzen aufsteigen, wenn ich die Vision betrachtete. Ja, es war möglich, ich wusste es. Freiheit war der Weg dorthin. Wir konnten uns in Freiheit und in Liebe verbinden und all das leben, was wir miteinander erleben wollten. Es ging darum, in uns ganz zu werden und uns als ganze Menschen zu finden. Die Vereinzelung unserer Tage war für mich nicht natürlich. Auch wenn wir unseren Rückzug ebenso brauchten und wollten wie Nähe und ihn einander zugestanden, war das Leben alleine, jeder und jede in einer Wabe abgeschlossen vom Rest der Welt, nicht auf ewig das Wahre.
Mein Körper gab der Sonne nach und ich streckte die Glieder. Der Sand war noch warm unter meinen Füßen und lockte mich, ein paar Schritte zu gehen. Ich schlenderte dem Meer entgegen, spielte mit den Wellen, die auf mich zu rollten, und fühlte die Leichtigkeit, die ich in den letzten Tagen so sehr vermisst hatte. Langsam kam das Strahlen zurück und ich fühlte das Lachen, das sich in mir breit machte. Ja, ich war da, und war da, um zu lieben. Alles andere schien mir sinnlos. Ich wollte lieben und abwarten, was das Leben mir brachte, nicht davor flüchten. So erneuerte ich mein Ja zu ihm und zu unserer Liebe und war gespannt, wie die Dinge sich schließlich fügen würden.

Nähe und Distanz

Als sie ging, war er erleichtert. Sie sollte ihn so nicht sehen. Er hatte seinen Blues schon seit Tagen und konnte nicht wirklich herausfinden aus dieser Melancholie. Alles in ihm brach zusammen, woran er immer geglaubt hatte. Alle Werte und Inhalte fühlten sich plötzlich sinnlos an. Er trieb auf dem offenen Ozean ohne Ziel und Orientierung. Da war sie und sie zog ihn an, aber wo sollte das hinführen? Er hatte keine Ahnung, wollte sich nur zurückziehen, grübeln.
Sein Kopf schmerzte schon seit Tagen. Das, was sie von ihm verlangte, war ihm zu viel auf einmal. Er fühlte, sie wollte ihn dorthin mitnehmen, wo sie schon war, doch es machte ihm Angst. Alles ging ihm zu rasant und er brauchte Abstand. Sie war in seinem Herzen, doch er wollte Distanz, sie nicht fühlen, nicht wieder völlig zerfließen in ihren Augen, ihren Umarmungen. Sie war ihm nahe gekommen, zu nahe, und sie konnte ihn sehen, so wie er war. Er war ein Anblick des Jammers, nicht strahlend und erfolgreich wie in den letzten Jahren, sondern ein nervliches Wrack. Der Boden unter ihm wankte, die Wellen drohten ihn zu verschlingen und die Sonne brannte ihm Löcher in die verwundbare Seele. Alles Alte verbrannte in dieser sengenden Hitze.
Der Morgen danach war zu viel gewesen, die Sehnsucht und die Liebe. Er ließ sie nie wieder gehen, in seinen Gedanken, doch er wusste, das konnte er nicht von ihr verlangen. Sie lebte nicht hier am Strand. Würde er sich tiefer einlassen, würden sie beide nur leiden, wenn der Abschied auf sie zukam. Und er kam mit Sicherheit, wie er immer irgendwann kam. Es

würde ihm das Herz zerreißen, sie wieder gehen zu lassen. Gleichzeitig hatte er keine Wahl. Er konnte sich nur einlassen, denn er hatte sie längst schon in sein Leben hereingelassen.
Sie sah in ihn hinein, das beunruhigte ihn. Er konnte sich vor ihr nirgends verstecken, in keinem inneren Winkel. Ihre dunklen Augen, die er so sehr liebte, konnten durch alles hindurchsehen, durch alle Masken und Schutzschichten. Wenn er bei ihr war, dann war er nackt und er war noch nicht bereit dafür, sich völlig nackt zu zeigen. Teile von sich mochte er selbst nicht, wenn sie zum Vorschein kamen, andere fand er zu verletzlich, um sie zu offenbaren. Sich selbst zu lieben, so wie er war, war das schwierigste Unterfangen. Er war beliebt für das, was er machte und was er im Leben leistete, nicht für das, was er war als Seele, tief in seinem Herzen. Zum ersten Mal seit langem war ihm wieder ein Mensch begegnet, der nicht an dem, was er hatte, interessiert war, sondern an ihm als Mann. Er war verwirrt. Wie lange hatte ihn niemand mit Augen der Liebe betrachtet.
Er dachte an seine Schulzeit, an die Kinder, die Spiele. Damals war es noch nicht wichtig, wer aus welchem Umfeld kam. Sie spielten alle zusammen, der schwarze Junge vom Nachbarhaus ebenso wie die kleine Asiatin und der Latino. Er war mitten unter ihnen. Erst später kamen die Vorbehalte, die gerümpften Nasen, die abfälligen Bemerkungen auf dem College, wenn einer nicht mit der Limousine von Daddy ankam. Plötzlich war Status wichtiger als der Mensch dahinter, das was einer repräsentierte und die Macht, die er hatte. Er wollte immer dazugehören, sich nicht aufgrund seines Standes ausgeschlossen fühlen, und er wollte es anders

machen, wenn er selber einflussreich war. In seinem Unternehmen sollte die Menschlichkeit zählen, nicht die Hautfarbe oder die Abstammung. Er wollte Leistung, aber trotzdem immer die Würde des Menschen wahren. Das waren seine Absichten. Und wo war er gelandet? In seiner Firma tummelten sich die Harvard-Absolventen in schicken teuren Anzügen, schliefen mit ihren gestylten jungen Assistentinnen und gaben keinen Cent auf die menschlichen Werte.
Es war ihm entglitten. Er hatte alles verloren, wonach er immer gesucht und gestrebt hatte. Heute war er Unternehmer und unterschied sich nicht von den anderen. Alles, was zählte, waren die Zahlen. Börsenkurse, Aktienmärkte, Kaufen, Verkaufen, Geld machen. Mehr, immer mehr und noch mehr. Er konnte das nicht länger aushalten. Am liebsten würde er die Firma zu einem guten Preis verkaufen und noch einmal neu anfangen. Er hielt inne. Wer hatte diesen Gedanken? Wo kam er her? War das die Lösung, nach der er gesucht hatte? Konnte er das wirklich wagen? Ein Aufschrei würde durch die Branche gehen. Jetzt, auf dem Zenit des Erfolges, allem den Rücken zukehren, wofür er so lang gearbeitet hatte, das war wirklich gewagt. Die Firma stand sehr hoch im Kurs. Er könnte sich zur Ruhe setzen und nur mehr tun, was ihm Spaß machte. Kein so schlechter Gedanke. Der Spaß war der Routine gewichen und er musste sich nicht mehr beweisen, wozu er fähig war, wenn er etwas wirklich wollte. Also, warum nicht verkaufen?
Er musste ihr davon erzählen, gleich morgen wollte er zu ihr gehen. Erst einmal darüber schlafen und die Nacht noch abwarten, wie er es sich angewöhnt hatte, ehe er eine Entscheidung traf. Dieser Gedanke ließ ihn

lachen. Frei sein! Wie lange hatte er daran nicht mehr gedacht. Er wähnte sich frei und unabhängig durch die Gewinne, die er machte, aber die wahre Freiheit des Herzens war ihm abhanden gekommen. Er war ein Sklave der Zwänge, die er sich selbst erschaffen hatte, die ihn unfrei in seinem Fühlen und seinem Handeln machten. Er saß in einem goldenen Käfig, nicht mehr fähig, auszubrechen und wirklich anders zu denken als in den lange gewohnten Bahnen.
Als er sich an diesem Abend in sein Haus zurückzog und durch die weite Glasfront den Sonnenuntergang betrachtete, schien ihm, als hätte er gerade einen großen Schritt gemacht, dessen Auswirkung er jetzt noch nicht völlig erfasste. Die Rädchen des Universums begannen sich zu drehen und die Weichen zu stellen für seine neue Wahl.
Am nächsten Morgen kam mit den Sonnenstrahlen als erster Gedanke: „Ich muss zu ihr und ihr alles erzählen.“ Er zog sich an, trank eilig seinen Espresso und lief den Strand entlang zur Hütte. Die Tür und alle Fenster waren geschlossen. Er ließ sich auf der Veranda nieder und schaute auf das offene Meer. Die Möwen waren auf Fischfang, die Wellen rollten an den Strand und das Bild, das sich ihm bot, war voller Frieden. Er hörte sie im Haus rumoren. Sie stand wohl jetzt erst auf. Die hellen Vorhänge wurden schwungvoll zur Seite gezogen, dann stieß sie die Fenster auf. Als sie ihn sah, war Erstaunen in ihren Augen und große Freude. Sie strahlte ihn mit Wärme an. Sein Herz begann kräftiger zu schlagen, als er ihr entgegenkam und sie zärtlich umarmte. Als wären sie nie getrennt gewesen, fielen sie sich in die Arme und hielten sich lang und innig umfangen. Seine Wange streifte ihre

Wange und er roch sie ganz nah, ihren Duft, der ihm so vertraut war.
Sie kam aus dem Inneren des Hauses mit einer Tasse in der Hand und nahm neben ihm auf der Veranda Platz. „Schön, dass du da bist.“ Ihre Worte hatten mehr Inhalt, als sie flüchtig betrachtet aussagten. Er war zum ersten Mal da, seit langem, wirklich ganz da, mit seiner Seele im Hier und Jetzt präsent. Sie sah ihn mit sanften Augen an und strich ihm über sein Haar an der Schläfe. Sie wollte ihn berühren und ihm zeigen, wie sehr sie ihn mochte. Er fühlte ihre Liebe und es wurde ihm warm. Die letzten Tage waren vergessen, als wären sie schon Jahre vergangen. Sie saßen nebeneinander und schauten sich wortlos an.
„Es ist viel geschehen.“ Er nahm ihre Hand und erzählte, ohne dass sie ihn unterbrach. Als er verstummte, saß sie still da. Das hatte sie nicht zu hoffen gewagt. Er war mutiger, als sie dachte. „Gratuliere zu deiner Entscheidung. Das ist ein sehr großer Schritt. Bist du sicher, dass du das willst?“ Sie sah ihn fragend und aufmerksam an. Mit einem Blick tief in ihre Augen sagte er: „Ja!“ Er hörte sie geräuschvoll aufatmen. Ja, das war ein guter Anfang. Was immer kam, es konnte nur besser für sie beide werden. Er hielt ihre Hand und sie lauschten schweigend gemeinsam dem Rauschen des Ozeans. Langsam kam die Sonne auf die Veranda und wärmte sie, während der Wind ihnen sanft übers Haar strich. Sie saßen in einer Eintracht, die sie schon lange nicht mehr gefühlt hatten, mit sehr viel Ruhe und Frieden im Herzen. Und ihr gemeinsamer Weg begann.

Wiedergeboren

Als er an diesem Morgen bei mir war, sah ich ihm an, dass etwas Tiefgreifendes geschehen war. Ich war ihm dankbar, dass er gleich damit zu mir kam, als er seine innere Klarheit gefunden hatte. Mein Krampf im Hirn war verschwunden und ich spürte die Lebensfreude und die Weite des Herzens wieder. Er löste in mir eine Zärtlichkeit aus, die ich noch nie gekannt hatte. Etwas ganz Zartes und Schönes wuchs da heran und ich wollte achtsam sein und gut auf dieses Pflänzchen aufpassen. Er hielt mich in seinem Arm und wir flossen liebevoll in einander wie zwei Ströme, die sich zu einem verbanden, um gemeinsam ins Meer zu gelangen. Die Freude in unseren Herzen war spürbar, darüber dass wir einander wiedergefunden hatten und an das Schöne anschließen konnten, das uns vor Tagen verbunden hatte.

Die Sonne schien warm und mild und der Regen der letzten Nacht hatte die Luft gewaschen. Ein klarer Tag würde folgen, ohne den Staub in der Nase und in den Augen, ohne die Tränen im Innen und Außen. Ein wundervoller Tag! Wir machten einen Strandspaziergang und hielten uns ganz innig umarmt, als wollten wir uns nie wieder trennen. Wir hatten einander endlich gefunden, so schien mir, nach Tausenden Jahren, um gemeinsam weiterzumachen. Das Alte war von uns gegangen und hatte dem Neuen Platz gemacht. Und wir wollten es mit Freude und Liebe füllen, mit allem, was unsere Herzen uns sagten.

Er fand keine Worte für das, was wir beide empfanden. Wir gingen schweigend, lachend, liebend und lebendig in jeder Faser den langen Strand gemeinsam entlang.

Die Wellen rauschten ans Ufer und manchmal trafen wir ein paar Menschen, die uns lächelnd anschauten. So viel Glück und Liebe konnte man nur genießen. Als wir hungrig zurückkamen, holten wir uns die Reste aus dem Kühlschrank und zelebrierten ein Festmahl auf der Veranda. Mit Rotwein stießen wir auf die Liebe an und auf die Weite des Ozeans, der für uns ein Symbol für alles war, was noch in der Zukunft vor uns lag. Die Nacht verbrachte ich in seinen Armen und wir liebten einander wie beim ersten Mal und voll unendlicher Freude über einander.

Als der nächste Morgen kam, löste er sich vorsichtig, schlüpfte leise in sein Gewand und küsste mich zart zum Abschied. Heute war der große Tag. Er wollte in der Firma verkünden, wozu er sich entschlossen hatte. Ich war gespannt, wie es ausgehen würde. Kein leichtes Unterfangen. Aber ich wusste, er würde es schaffen. Er war so fest entschlossen, wie schon lange nicht mehr. Ich räkelte mich behaglich unter der Decke und genoss es, langsam in meinem Körper zu landen und wieder ganz im Tag anzukommen. Die Wärme der Bettdecke auf meiner Haut, der Duft der Nacht in den Kissen, sein Geruch, der noch in der Luft hing, all das machte mich glücklich und wohlig zufrieden. Es fühlte sich befreiend an, nach dem Kummer der letzten Tage alles hinter mir zu lassen, was mich in alten Bildern gefangen hielt. Je mehr ich mir in meinem Kopf vorstellte – vor das stellte, was wirklich war – desto mehr musste ich aus dem Weg räumen, um an die Wahrheit zu gelangen. Ich war dankbar für die Prozesse, die er in mir ausgelöst hatte. Die alten Bilder verschwanden und machten Platz für Neues, frei von Erwartungen, Illusionen oder Plänen. Ich war voll und

ganz im Vertrauen, dass sich das Beste für alle zum richtigen Zeitpunkt finden würde. Wir planten auf einer anderen Ebene unser Leben gemeinsam.
Ich begann den Tag mit einem Morgenspaziergang am Strand. Der Nebel lichtete sich langsam und die Sicht wurde klarer. Ich liebte diese Kühle des Morgens, wenn allmählich alles erwachte und der Strand noch glatt und unberührt von Menschen vor mir lag. Nur die Spuren der Möwen drückten sich in den feuchten Sand, wenn sie sich am Ufer in großen Scharen versammelten wie zu einer Morgenandacht. Vielleicht kommunizierten sie über den kommenden Tag. Wenn ich die Vögel beobachtete, wie sie ihre Kreise zogen, jeder perfekt für sich und doch auch miteinander, wie einer ausgeklügelten Choreographie folgend, sah ich die Zusammenhänge mit meinem Leben vor mir. Jeder und jede zog seine und ihre eigenen Kreise, doch wir spielten perfekt zusammen, entfernten uns von einander und näherten uns wieder an, wie in einem ewigen Tanz. Ein Miteinander, ein Ohneeinander, ein steter Wechsel von Nähe, Distanz.
Wir müssen Abstand halten, um die Anziehung wieder zu fühlen. Ständige Nähe übersättigt, aber zu viel an Distanz macht nicht satt. Es braucht beides, den ständigen Wandel, das Fließen mit dem Leben in der Dualität, bis wir ihm wieder entwachsen. Wie fühlt sich Einheit an? Synchronizitäten, der inneren Wahrheit folgend, wie an unsichtbaren Fäden gelenkt einander begegnen, zum richtigen Zeitpunkt am richtigen Ort sein und die innere Stimme ernst nehmen. Wenn ich kompromisslos folge, fügt sich alles wie von selbst. Die innere Stimme, die Stimme des Herzens, sie weiß immer den Weg. Wie oft konnte ich über die

scheinbaren Zufälle nur staunen, alles was mir zufällt, wenn ich offen und achtsam lebe. Das ist der Weg der Liebe, der Weg des Vertrauens.
Der Weg der Angst kam aus dem Verstand, aus dem Geplapper mit all den Zweifeln, Befürchtungen, Annahmen und Vermutungen. Wie viel trifft gar nicht ein von all den Szenen, die wir uns angstvoll ausmalen, die uns das Leben kosten oder erschweren können. Der Verstand darf uns dienen, er leistet gute Dienste im Alltag, dafür war ich ihm dankbar, aber er sollte uns nicht beherrschen. Wir sind selbst die Steuermänner und Steuerfrauen auf den Schiffen unseres Lebens und bestimmen die Richtung aus dem Innersten, aus dem Herzen. Dort sind wir göttliche Wesen und verbunden mit allem, eins mit der Quelle, dem Ursprung, dem Ganzen.
So vor mich hin sinnierend ging ich den Strand entlang, glücklich, verbunden und eins mit den Möwen und den Wellen des Meeres, die auf mich stetig zurollten. Ich fühlte ihr Rauschen tief in mir, wie die warmen Sonnenstrahlen und den aufgeheizten Sand. Alles war mit mir verschmolzen, ungetrennt, es gab keine Grenzen. Ich ging durch mich selbst. Ich war die Schöpfung und die Kraft, die diese Schöpfung ständig erschafft, und die scheinbare Trennung verschwand.
Zurück bei meinem Strandhaus setzte ich mich auf die Stufen zur Veranda, die Füße im Sand, und genoss mein Sein. Es war nichts zu tun, nur Dasein, reines Gewahrsein. Die unendliche Weite des Ozeans und des Himmels, der ganzen Erde, des Universums und von allem, was es umgab, war in mir spürbar. „Ich“ war das alles, unbeschreibbar, nicht mehr als Identität vorhanden, jenseits von allem und trotzdem ganz da.

Das war ein Moment um zu sterben und ich hatte die Wahl. Es war nichts zu erfüllen, nichts zu erschaffen, alles war da und war auch nicht da. Ich konnte an diesem Film ganz teilhaben und meine Rolle verkörpern, identifiziert mit dem Spiel, oder ich konnte draußen bleiben, es beobachten, gehen und andere Spiele spielen.
Ich entschied mich, zu bleiben. Ich wollte den Ausgang wissen von diesem Spiel der Liebe mit ihm. Wir machten unsere eigenen Regeln, konnten sie während des Spieles verändern, sie an das anpassen, was wir spürten, in Übereinstimmung miteinander. Was für uns beide passte, fühlte sich immer friedvoll und frei an, stimmig und weit im Herzen. Wenn ich die innere Wahrheit verleugnete, zog sich mein Solarplexus zusammen und ebenso mein Herzchakra. Das war die oberste Instanz. Was zum großen, zum höheren Plan passte, passte auch für alle Beteiligten. Es griff nahtlos ineinander und alles ging leicht und wie von selbst. Was einfach nicht funktionieren wollte, trotz großen Einsatzes mühevoll war und viel Anstrengung kostete, war nicht im Einklang mit dem Ganzen. Seit ich das erkannt hatte, lebte ich viel entspannter. Das Leben war hart und schwer gewesen, jetzt war es freudvoll und frei.
Als er an diesem Abend zu mir kam, war eine Last von ihm gefallen. Er wollte nur noch schlafen. Die Anspannung der letzten Tage hatte schlagartig nachgelassen und die Erschöpfung war spürbar. Seine Mitarbeiter und Mitarbeiterinnen waren betroffen aus der Firmenversammlung gegangen, bei der er seinen Plan offenbart hatte, sich demnächst zu verabschieden. Niemand wusste, was die Entscheidung für sie

bedeuten würde und wohin sie letztlich führte. Ernsthaft und schweigend waren die Menschen wieder an ihre Arbeit gegangen, doch die bedrückte Stimmung war für ihn deutlich spürbar gewesen und das belastete ihn. Er hatte die Verantwortung für seine Angestellten und er wollte sich ihr nicht entziehen. Aber er wollte auch selbst nicht mehr an seinem Leben vorbeigehen, dem was er für sich als richtig fühlte.
Ich ließ ihn schlafen und setzte mich auf die Veranda. Rot und gelb leuchtete der Himmel um die untergehende Sonne. Das Wasser reflektierte die Strahlen in rosafarbenem Pastell und die Wolken kräuselten sich wie die Schaumkronen auf den Wellen, die langsam an den Strand rollten. Himmel und Erde verschmolzen, flossen immer mehr ineinander und veränderten langsam die Farbe in Orangerot mit Lila. Ich beobachtete das Schauspiel, bis sich die ersten hellen Sterne und die Sichel des Mondes zeigten.
Der Wind wurde allmählich frischer. Ich ging ins Haus, um ein Tuch zu holen. Er räkelte sich gerade erwachend und sah mich ganz verschlafenen an. Ich musste herzhaft lachen. Sein zerzaustes kurzes Haar stand ihm zu Berge und er wirkte wie ein kleiner Junge, der sich gähnend am Morgen für seinen Schulweg bereit machte. Ich nahm ihn im Vorbeigehen in meine Arme und drückte ihn zärtlich. Er küsste mich sanft auf den Mund und ich lächelte, als ich mich wieder löste. Die Liebe war wie ein Band aus Seide, das unsere Herzen verband.
Er kam zu mir auf die Veranda, setzte sich auf den Boden und lehnte sich an die hölzerne Wand. „Ich bin erleichtert", sagte er, „dass ich es ihnen erzählt habe. Aber ich mache mir auch Sorgen." Ich fühlte sein

Bemühen, für alle das Beste zu erreichen. Er musste einen guten Käufer für seine Firma finden, der sie auch in seinem Sinne und menschlich einwandfrei führen würde. Ich sah ihn aufmerksam an und hörte den sonoren Klang seiner Stimme. Er wirkte ruhig, gefasst und besonnen. Manchmal kräuselte sich seine Stirn in einer Sorgenfalte, doch sein Gesicht war entspannt und Tonnen des Gewichts, das so spürbar auf ihm gelastet hatte, waren mit einem Mal nicht mehr da. In Jeans und T-Shirt saß er unmaskiert vor mir und ich liebte den Anblick, diesen schönen strahlenden Mann, der allmählich zum Vorschein kam.
Er hielt inne und sah mich an: „Was habe ich gerade gesagt?" Ich war verklärt an seinen Lippen gehangen, hatte jedoch kein Wort verstanden. Wir lachten und er markierte entrüstet den beleidigten Unverstandenen. Mit einem Arm umschlang er, zu meinen Füßen sitzend, meine Beine. Ich kraulte ihm den Nacken und strich ihm über die Schultern. Wie ein entspanntes Ehepaar, das sich seit Jahren kannte, saßen wir vertraut bei einander und genossen die Stille. Es gab nichts mehr zu sagen. Das was wir fühlten, sagte uns alles. „Legen wir uns schlafen", durchbrach er das Schweigen und wir beschlossen, ins Haus zu gehen. Er blieb bei mir in dieser Nacht und wir schliefen in einer Umarmung bis zum frühen Morgen.

Zu Hause

Der Himmel wölbte sich rosa über dem Strand, als er aus der Firma zurückkam. Er fühlte, wie die Anspannung nachließ und die Müdigkeit allmählich bis in seine Knochen kroch. Er wollte innehalten und den Tag vorbeiziehen lassen, ehe er zu ihr ging. Auf einem Stein in der Nähe des Strandhauses ließ er sich nieder und dachte an die letzten Stunden. Die Sprachlosigkeit nach der Rede an die Belegschaft hatte ihn betroffen gemacht. Alles hatte er erwartet, einen Aufschrei, Widerstände, hitzige Diskussionen, aber nicht das erschrockene Schweigen. Sein Entschluss kam für alle wie ein Blitz aus heiterem Himmel. Hatte er überstürzt gehandelt? Nein, es fühlte sich richtig an, auch wenn er die Konsequenzen noch nicht im vollen Ausmaß kannte. Das Leben begann wieder wie ein weißes Blatt vor ihm zu liegen. Alles war möglich, er hatte die freie Wahl.

Nach 20 Jahren in der Wirtschaft war der Gedanke an Kreatives oder ein Leben in Freiheit, ohne alles, was er bisher kannte, für ihn beinahe undenkbar. Ihm fehlte die Orientierung. Wohin verlief nun sein Pfad? Er fühlte sich in einer Sackgasse, aus der er seinen Rückweg gerade im Rückwärtsgang antrat. Trotz alledem war er erleichtert und fühlte sich sehr viel jünger und beschwingter als in den letzten Jahren. Was immer vor ihm lag, das Leben fühlte sich spannend an. Allein der Gedanke, die Tage und Nächte mit ihr am Strand zu verbringen, beflügelte ihn. Wie würde sie ihn aufnehmen? War er der Mann ihrer Träume? Er dachte mit Freude an den Empfang demnächst zu Hause. „Zu Hause“, er schmunzelte, als er sich bei diesen Worten ertappte. Er fühlte sich wie zu Hause in ihren Armen.

Als er im Strandhaus ankam, war die Erschöpfung stärker als alles andere. Er war dankbar, dass sie ihm keine Fragen stellte und fiel ins Bett. Sie kam gerade ins Haus, als er aufwachte und wie in einem Traum

schien ihm alles danach. Die Eintracht, das Sanfte, Vertraute, das er noch nie so erlebt hatte mit einer Frau. Das wortlose Verstehen, es war perfekt, so sehr, dass es Angst machte. Was sollte danach noch kommen? Ließ sich der siebente Himmel steigern? Konnte er Glück in dem Ausmaß ertragen? Er wollte sich keine Gedanken mehr machen und entspannte sich in ihren Armen. Morgen war auch noch ein Tag. Und er sank in einen erlösenden Schlaf.
Sie lag noch in seinen Armen, als er am Morgen erwachte und er betrachtete sie lange. Ihre Gesichtszüge waren entspannt und von einer Unschuld, wie sie ganz kleine Kinder haben. Langsam und leise ging ihr Atem. Sie war noch nicht wirklich da. Ihr Haar fiel sanft auf ihre Schultern und umrahmte ihr Gesicht. Wie schön sie war. Er hätte sie stundenlang anschauen können.
Langsam löste er sich aus der nächtlichen Umarmung und begann, Kaffee zu kochen. Er deckte den Tisch und wollte sie mit einem Festbrunch überraschen. Sie räkelte sich im Bett und streckte sich wie eine Katze, ehe sie ihre Augen aufmachte und den Kaffeeduft schnupperte. Gähnend schälte sie sich aus der Decke und schlüpfte in den Morgenmantel. Sie küsste ihn auf die Wange und lächelte noch ganz verschlafen. Die Überraschung war ihm gelungen und sie genossen ihr Frühstück in Fülle miteinander.
„Was wollen wir mit dem Tag heute anfangen?“, fragte er gut gelaunt und strahlte sie glücklich an. „Ich muss heute in die Stadt fahren. Ein paar Sachen mit dem Nachlass meines Vaters sind noch zu regeln. Hast du nichts mehr zu tun in der Firma?“ Sie sah ihn an und fühlte seine Enttäuschung, dass sie nicht bei ihm sein

würde. Er brauchte einen Tag Abstand von den Geschäften und hatte schon ein paar Leute beauftragt, einen Käufer zu finden. Er wollte die Sonnenstrahlen auf seiner Haut fühlen und sich entspannt an den Strand legen, die Wellen des Ozeans beobachten und sich keine Gedanken machen. „Kannst du nicht morgen fahren? Dann muss ich auch in die Stadt." Sie hielt inne. „Zwei ganze Menschen, die einander in ihrem Sein berühren, teilen sehr viel miteinander. Wie zwei Kreise, die sich berühren oder auch überschneiden. Aber sie sind nicht zwei Halbkreise, die nur zusammen ganz werden. Das ist nicht mein Bild von Beziehung." Sie sah ihn liebevoll an und streckte ihm ihre Hand entgegen. Er nahm sie zögernd und drückte sie. „OK, ich hab schon verstanden." Er ließ ihre Hand wieder los und suchte wortlos seine Sachen. Er würde das Beste aus diesem Tag machen. Mit einem Kuss auf ihre Wange und einer kurzen Verabschiedung ging er nach draußen.
Sie seufzte. Er war in seiner Liebe vereinnahmend, wie sie es nicht mehr gewohnt war und auch nicht vor hatte, selbst zu sein. Zu lange war sie allein gewesen, um diesen Schritt zurück zu machen. Sie konnte und wollte auch nicht mehr abhängig von einem Mann sein und alles ungeschehen machen, was sie in den Jahren des Alleinseins erfahren hatte. Und sie wollte nicht mehr eine Beziehung leben mit den üblichen Spielen, Kämpfen und Projektionen. Dafür war zu viel geschehen, hatte sie sich von zu viel verabschiedet.
Er fühlte sich von ihr angezogen, weil sie innere Freiheit ausstrahlte, und das würde sie beibehalten. Sie konnten in Liebe Ja sagen und ihre Zeit miteinander teilen, aber sie würde sich auch immer wieder in Liebe

lösen und für sich sein. Sie packte ihre Sachen und ließ sich langsam zum Busbahnhof treiben. Es war noch Zeit zum Herumschlendern. Die Sonne schien auf den Platz, wo die Busse auf ihre Abfahrt warteten und unter Bäumen entdeckte sie eine schattige Bank. Sie würde ihm liebevoll vermitteln, dass sie ihn nicht verlieren wollte, aber auch ebenso wenig sich selbst. Die Eigenständigkeit von beiden war ihr wirklich wichtig. Der Bus öffnete die Türen und die Menschen machten sich zum Einsteigen bereit. Als sie abfuhr, wusste sie, dass sie mit ihm am Abend ein Gespräch führen wollte. Besser die Dinge von Anfang an klären, als Erwartungen aufkeimen lassen, die sie nicht wirklich erfüllen konnte. Mit diesen sorgenvollen Gedanken löste sie ihr Ticket und fuhr in die Stadt.

Im Zeichen der Liebe

Am Abend fand ich ihn bei unserem angeschwemmten Baumstamm, vor sich hin sinnierend. Ich setzt mich zu ihm und sagte „Hallo", ohne die Besorgnis zu zeigen, die ich verspürte. Er sah mich an und lehnte seine Stirn gegen meine. „Ich brauche dich, Liebe, lass mich bitte jetzt nicht allein." Mit einem Blick in seine Augen löste ich mich zart wieder. „Brauchen ist Abhängigkeit. Erst wenn wir einander nicht mehr brauchen, ist der Weg für die Liebe frei. Ich bin immer für dich da, doch du schaffst das durch deine Kraft." – „Ich will es nicht alleine schaffen. Ich habe das auch für dich getan." – „Tu nichts für mich, was du nicht magst. Und: Du hast das selbst für dich entschieden." Er sah mich an und

nickte zaghaft. Seine Augen glänzten. Ich war in der Liebe zu ihm, aber auch ganz klar bei mir.
„Was ist Liebe für dich?“, fragte er. „Der Ausdruck göttlicher Liebe im Leben, gegenüber Menschen und allem anderen. Ich bin Liebe, weil ich göttlich bin in meinem wahren Wesen, jenseits der Illusionen des Egos. Was wir wirklich sind, ist Liebe. Und wie sich die Liebe ausdrückt, entscheidet sich immer gegenwärtig. Ein klares Nein kann auch Liebe sein, ebenso wie ganz für dich da zu sein. Ich fühle es im Moment und handle dann nach meinem Fühlen.“ Er sah mich nachdenklich an. All die Bilder der menschlichen Liebe, die er bisher Liebe genannt hatte, fingen an zu verblassen. Liebe, Verliebtheit, Besitzansprüche. Die Grenze war immer fließend. Er fühlte, da gab es noch etwas anderes, das er erkunden wollte. Die allumfassende Liebe.
Liebe stellte keine Bedingungen, Liebe war frei und konnte frei lassen, aber sich auch in Liebe verbinden. Lösen und binden, das ist Alchemie, die Alchemie der Liebe. Blei in Gold zu verwandeln im Innersten, Schatten in Licht zu transformieren, Dunkles zu erhellen und ans Licht zu führen, es in Liebe zu integrieren, das waren unsere Aufgaben. „Liebe kann alles sein lassen, Ja sagen, auch zu den Schatten, sodass sie sich wirklich lösen können. Nur der Widerstand, ihre Ablehnung und Bewertung, lässt sie bestehen bleiben“, sagte ich. „Alles, was wir nicht lieben, nicht wirklich annehmen können, bleibt uns erhalten und zeigt sich in den Menschen, die uns widerspiegeln, was wir lange verdrängt haben. Sie zu hassen und abzulehnen, löst nicht unsere Probleme und hilft auch nicht, diese Anteile wieder zu integrieren.

Menschen stellen sich zur Verfügung, um uns die Trennung bewusst zu machen, die wir in uns vollziehen. Sie spiegeln die abgelehnten Schatten, die wir nach außen projizieren, um sie dort zu verurteilen; oder alles, worum wir andere insgeheim beneiden, weil sie etwas leben, was wir uns selbst nicht zugestehen. Alles ein Mangel an Liebe, an Liebe zu uns selbst. Wir können nur an anderen lieben, was wir an uns selbst lieben können."

Die Liebe wollte sich einfach entfalten, verströmen und grenzenlos fließen. Wir umarmten uns zärtlich und ließen unsere Körper erzählen, wie sie die Liebe empfanden. Unsere Hände wanderten über Berge und Täler und erkundeten fremde Landschaften. Als unsere Lippen sich sanft in wortloser Nähe fanden, war mehr von der Liebe spürbar, als in all den Gesprächen, die wir bisher geführt hatten. Er hielt mich fest und atmete meinen Atem, wir verschmolzen zu einem Atem. Wir fühlten einander, und wenn wir auch scheinbar durch diese Körper getrennt waren, floss doch die Essenz ineinander und wir wurden zu einem Körper. Liebe kennt keine Grenzen. Wenn die Gedanken still werden, bleibt nur die Liebe. Wir hielten uns lang und innig umarmt, folgten dem Fluss des Lebens in uns und waren einfach da.

Die folgenden Tage waren von liebevoller Stimmung getragen. Wir lachten viel miteinander und er stellte alle Fragen, die ihm spontan in den Sinn kamen. Ich erzählte ihm meinen Blickwinkel, eine Weltsicht, die sich von seiner unterschied, aber ihn neugierig machte. Er saß oft nachdenklich abends am Strand und wir philosophierten. „Was ist Gott für dich?", war seine Frage. Ich hielt einen Augenblick inne, um die

richtigen Worte zu finden. Das Unbeschreibbare ließ sich nicht wirklich beschreiben. Jedes Wort würde es letztlich kleiner und erfassbarer machen, aber es ließ sich nicht erfassen, nicht mit unserem Verstand.
„Ich fühle Gott in allem. ES ist die Kraft hinter meiner Kraft, das was alles verbindet und es beseelt. In jeder Zelle ist ES enthalten, ES ist der ganze Bauplan, die ganze Information. Jede Seele wie jede Zelle wird zu etwas anderem, ist einzigartig, aber alles ist in allem was existiert enthalten. Gott ist alles, jedes Teilchen, aber auch das Verbindende, mehr als die Summe der Teile, das Große Ganze. Das Schöpferische ist unerschaffen, es ist nicht männlich und nicht weiblich, und doch ist beides in ihm enthalten. Es ist jenseits der Polarität, Einheit, reines Gewahrsein. Das Nichts, aus dem alles hervorgeht. Ich kann nicht sagen, was ich in meinem Herzen als wahr empfinde. Aber ich kann es fühlen und ich bin davon nicht getrennt."
Er sah mich an legte seine Hand auf mein Herz, um zu fühlen, was ich im Innersten empfand. Es waren Frieden und Einheit und Stille. Er schloss die Augen und ich ließ mein Fühlen direkt in sein Herz fließen. Mit einem tiefen Atemzug nahm er es an und ließ sich in die Erfahrung fallen. Als er die Augen wieder öffnete, sah ich, dass sich etwas tiefgreifend in ihm verändert hatte. Sein Blick war klarer und die Ruhe, die er empfand, war deutlich spürbar. Er hatte die Unendlichkeit einen Augenblick lang wahrgenommen. Von diesem Zeitpunkt an konnte er nicht mehr zurück in sein altes Leben, konnte sich nicht mehr unwissend stellen.
Wer den Hauch des Göttlichen einmal gefühlt hat, will nicht mehr unbewusst leben. Er war auf dem Weg nach

Hause. Ein Zuhause, das nicht bei mir war oder bei anderen Menschen, sondern das, wo wir alle herkamen und wo wir alle hinstrebten. Sein innerer Funke hatte sich wieder entzündet und das Feuer der Sehnsucht entfacht, das ihn fortan leitete und ihm den Weg erhellte, auch durch die dunkelste Nacht.

Mittlerweile kannten wir einander seit zwei Wochen. Es fühlte sich an wie zwei Jahre. Die Art, wie wir im Alltag miteinander umgingen, erinnerte an ein altes Ehepaar, das schon sehr vertraut war. Trotzdem gab es Momente, die mir immer wieder zeigten, dass ich zwar seine Seele kannte, aber noch nicht den Menschen. „Lass uns heute Abend ein schönes Steak herausbraten", kam er eines Tages ganz freudvoll von seinem Einkauf nach Hause und packte zwei Stück Fleisch aus. Ich starrte ihn entgeistert an. Nachdem bisher immer ich gekocht hatte und es bei mir Gemüse gab, war das nie ein Thema gewesen. Ich ernährte mich vegetarisch, seit ich das für mich entschieden hatte, und der Gedanke an Steaks war für mich so weit weg wie der Kilimandscharo. „Ich bin Vegetarierin." Er setzte sich leicht verdattert. „Ich will dich von deinen Steaks nicht abhalten. Iss was du magst, solange ich essen kann, was ich selber mag." Ich lachte ihn an und er entspannte sich wieder mit mir lachend. „Einen Moment lang habe ich meine Steaks schon schwinden gesehen, und zwar für immer", gestand er.

Ich hatte mich mit Fleisch schon als Kind nicht wirklich wohlgefühlt. Es war mir anerzogen worden, Fleisch zu essen, um stark zu werden. Stark war ich damals, doppelt so stark, wie es für mich gereicht hätte, denn mein Babyspeck hielt sich hartnäckig bis in die Teenagerjahre. Als ich dann die Ernährung umstellte und dadurch Kalorien sparte, purzelten meine Kilos von selbst. Und je weniger Fleisch ich aß, desto wohler fühlte ich mich in meinem Körper, sehr viel leichter, lichter und frischer. Nach Fleischmahlzeiten hatte ich immer das Gefühl gehabt, mich in einen schweren Stein zu verwandeln. Das ganze Blut ging in den Magen, ich fühlte mich schlapp und unbeweglich, wollte nur noch schlafen. Seit ich darauf verzichtete – was nie ein Verzicht für mich gewesen war – fühlte ich mich nach dem Essen immer viel energievoller.

Die Gedanken über das Leid der Tiere kamen erst Jahre später. Je mehr ich von den Bedingungen, wie die Tiere gehalten und aufgezogen wurden, erfuhr und je mehr ich sah, wie grausam Menschen mit Tieren manchmal umgingen, desto mehr verging mir der Appetit. Als mich in einem Kuhstall am Rande einer saftigen Weide die angeketteten Milchkühe, an ihren Hälsen durch starre Metallgerüste eingepfercht, ganz lethargisch empfingen und mich in einem winzigen Käfig am Rande des Stalls ein Kalb mit traurigen Augen ansah, brach es mir fast das Herz. Was taten wir den Tiergeschwistern durch Gier und Lieblosigkeit bloß an? Lebende Fleisch- und Milchfabriken standen vor mir, nur mehr dazu bestimmt, auf den Tellern zu landen und Milch zu liefern, die zu Tode verarbeitet war.

„Weißt du, wir verdrängen sehr gerne, was die Tiere hinter sich haben, die klein zerteilt in der Fleischbank liegen. Wenn du mal Schweine gehört hast, die der Schlachter vom Bauernhof abholt, ihr verängstigtes Quieken, wenn du sie gesehen hast mit ihren süßen

rosa Nasen und dem lustigen Ringelschwanz, kannst du sie nicht mehr essen." Ich dachte an meinen letzten Wohnsitz. Die Tiere wurden in Ställen gehalten, das Futter kam von der Weide und aus Futtersäcken für die Tiermast. Die wenigsten sahen je den Tag und die Sonne am Himmel, geschweige denn die grüne Weide oder zumindest den Innenhof. Wenn Bauern ihre Tiere sich wieder frei bewegen ließen, wurden sie als Spinner betrachtet. Hühner, die friedlich die Körner im Hof pickten, statt aufgereiht in Legeställen brav Frühstückseier zu produzieren, waren beinahe schon Luxusgeschöpfe. Was für eine Welt! Wie war uns denn die Liebe bloß so abhanden gekommen?

Er sah mich nachdenklich an. Als Stadtkind war ihm Fleisch immer nur gut verpackt begegnet, nicht auf vier Beinen und quiekend. Wenn er sich überlegte, selbst ein Tier schlachten zu müssen oder es bloß mit anzusehen, wie seine Steaks entstanden, drehte sich ihm der Magen um. Ich hatte ihm wohl die Lust auf sein Nachtmahl doch ein wenig verdorben, was mir auch nicht sehr leid tat. Der Gedanke an Grillwürste, Fleisch und Wurst in meinem Kühlschrank bereitete mir Unbehagen. Ich roch die Verwesung auf der Fleischbank, roch den Zerfall der Stücke im Supermarkt, wenn sie „gut abgelegen" waren. Und ich fühlte die Schwingung der Angst, die Verzweiflung der Tiere, die ich bei jedem Bissen früher mitaufgenommen hatte. Das war nicht mehr meine Wahl.

Pflanzen hatten die höchste Schwingung, sie unterstützten mich beim inneren Wachsen und dabei, mich zu entfalten. Ich kannte tierische Erfahrungen, ich wollte gerne andere machen. Die biologischen Pflanzen versorgten mich mit dem Licht für die

Prozesse, durch die ich ging. Mit der Sonne gemeinsam brachten sie meine Zellen zum strahlen und halfen mir, meinen Körper und meinen Geist zu transformieren. Das Zellgedächtnis reinigte sich, die alten Schlacken der Vergangenheit durften sich wieder auflösen, innen wie außen.

Das, was ich ausstrahle, ziehe ich an. Ich wollte keine Gewalt mehr in meinem Leben, nicht mehr am Gewaltkreislauf teilhaben, auch nicht durch den Mord an Tieren. Das war ein Beitrag zum Frieden. Immer mehr Menschen fanden einander, um eine neue Welt zu erschaffen. Das war es, was ich anstrebte. Die Vision des Miteinanders, mit der Natur, den Pflanzen und Tieren. Das Leben feiern und lieben, es achten und Mitgefühl mit allen Wesen haben, die uns umgeben. Die Natur war beseelt. Auch all die Pflanzen und Tiere waren fühlende Wesen. Ich nahm sie wahr und bedankte mich bei den Pflanzen, die sich mir schenkten, so wie sich auch die Indianer bei den Tieren bedankt hatten, die sich zur Verfügung stellten als Nahrung für den Stamm. Mit der Natur zu leben war frei von allen Bewertungen. Es fühlte sich einfach stimmiger an, als das „macht euch die Erde untertan“. Ein Übersetzungsfehler, hatte ich gelesen, ein fataler.

Wir schlossen das Thema „Essen“ ab, obwohl noch viel zu sagen gewesen wäre über denaturierte Nahrung, Kunstdünger, Pestizide und die Verfahren der Verarbeitung unserer „Lebens“-Mittel. Tote Nahrung macht nicht lebendig, und nur lebendige Menschen konnten neues Leben auf dieser Erde erschaffen, wenn wir überleben wollten. Das war mir selbst langsam klar geworden. Ich lebte nach meiner inneren Wahrheit und kannte keine andere mehr. Ohne

mein Herz zu fragen, konnte ich nicht mehr handeln. Es duldete keine Kompromisse. Ich wusste, wenn ich es nicht tat, würde ich krank werden. Also hatte ich keine Wahl, als meiner Wahrheit zu folgen.
Er war da für mich, wie ich für ihn. Wir kamen uns als Menschen näher, tauschten uns aus in Gedanken und Worten, waren interessiert an einander und lernten einander immer mehr kennen. Wenn wir uns als Seelen begegnen, die sich vertraut sind seit vielen Leben, verwirren uns häufig die alten Erfahrungen. Ich fühlte immer das ganze innere Potential und war erstaunt, wenn Menschen es nicht wirklich lebten. Bei ihm war ich sicher, er würde sein Potential entfalten. Er hatte neben dem Willen auch das Durchhaltevermögen, um sich auf seinen Weg zu begeben. Er wollte es sich nicht leicht machen, auch bei Hürden nicht aufgeben.
Der Rest entwickelte sich von alleine, wenn wir nicht zu sehr eingriffen. Das Nichts tun lassen. „Wu Wei", das Prinzip des Tao. Spirit in uns nicht im Weg stehen. Das Prinzip des Handelns im Nichthandeln hieß nicht, die Hände in den Schoß legen, sondern sich blinden Aktionismus, Handeln um des Handelns willen und leere Kilometer zu sparen. Alles fügte sich nahtlos immer mehr in einander, ohne es vorauszuplanen. So gingen wir im Vertrauen von Hürde zu Hürde gemeinsam, um sie zu überspringen.

Steine auf dem Weg

Er fand eine Welt, die er bisher nur vom Hörensagen gekannt hatte, und sie wurde immer vertrauter. Sich dem Leben ganz hinzugeben, bedeutete frei von

Widerstand leben. Also wollte er Ja sagen zu seinem Leben und es sich frei entfalten lassen. Dass sie mit einer Selbstverständlichkeit ihren eigenen Weg ging und bei aller Liebe zu ihm ihr Herz an die erste Stelle setzte, war für ihn nicht leicht zu verstehen. Er wollte, dass sie zurücksteckte, dass sie für ihn Kompromisse einging, wie er es lange für ein Zeichen von Liebe gehalten hatte. Doch sie machte ihm schnell klar, dass nur ihr Innerstes die Instanz war, der sie bereit war zu folgen. Kein Mensch und keine Instanz im Außen konnten den Weg der Wahrheit ersetzen, den sie in ihrem Herzen wahrnahm.
Er lernte, sich zu entspannen und darauf zu vertrauen, dass dieser Weg auch für ihn ein guter war. Doch das alte Misstrauen meldete sich in Schüben wieder und prüfte sein Vertrauen. Als sie in die Stadt fuhr, um einen alten Freund zu treffen, den sie seit Jahren zum ersten Mal sah, zog sich sein Herz zusammen. Er wusste von diesem Mann und der Nähe, die sie verbunden hatte, auch wenn sie schon lange nur noch wenig Kontakt pflegten. Trotz der Freiheit, die ihm auch wichtig war, fühlte er sich gebunden und wollte sie an sich binden. Ein zweckloses Unterfangen, das war ihm mittlerweile klar.
Er rollte sich auf der Couch zusammen, als sie sich verabschiedet hatte, und versuchte, noch etwas zu schlafen, aber es wollte ihm nicht gelingen. Die Bilder über die beiden begannen, sich langsam selbständig zu machen und trieben Blüten in seiner Vorstellung. Er sah sie miteinander im Bett landen und Gefühle entwickeln, die sie lustvoll ausagierten. Seine Brust zog sich zusammen und es fiel ihm schwer zu atmen. Die Eifersucht war stärker als es ihm recht war. Er musste

ihre Stimme hören. Mit zitternden Fingern wählte er ihre Mobilnummer. Sie hatte das Handy abgeschaltet und wollte wohl nicht gestört werden.
Er wand sich innerlich in Gefühlen, die ihm den Geist vernebelten und das Herz zusammenschnürten. Mittlerweile war er sicher, dass sie in die Stadt gefahren war, um mit diesem Mann zu schlafen. Er war sicher viel weiter entwickelt, hatte sein Potential schon entfaltet, nicht so ein blutiger Anfänger wie er selbst es war. Sie wollte ihre Freiheit leben und die Liebe sich ausdrücken lassen, wie sie das einmal genannt hatte. Mit wem sonst als mit einem reiferen Mann, der seine Freiheit ebenfalls auslebte und mit Sicherheit gut im Bett war. Wahrscheinlich war er geübt in Tantra und konnte sie auf eine Weise befriedigen, die ihm selber noch fremd war. Spiritueller Sex für Erwachte. Ihm wurde übel bei dem Gedanken, sie in den Armen eines anderen Mannes zu wissen.
Seine Phantasie schlug Wellen, die ihn immer mehr mitnahmen. Diese Eifersucht machte ihn rasend. Er fühlte Angst, sie zu verlieren, Wut über seine Gedanken und Minderwertigkeit gegenüber dem anderen Mann. Alles in ihm zog sich auf die Größe einer Faust zusammen, sein Solarplexus wurde hart und der Kopf begann zu schmerzen. Er konnte keinen klaren Gedanken mehr fassen. Nach dem zehnten vergeblichen Anruf schmiss er sein Telefon in die Ecke und kauerte sich auf dem Sofa zusammen. Er konnte nur noch aufgeben und akzeptieren, komme was wolle. Sie würde ihn wahrscheinlich verlassen und mit dem anderen leben, aber selbst das war zu überstehen.
Als sie am späten Abend heimkam, war er in einem unruhigen, fast fieberhaften Zustand. Sie sah ihn und

fühlte seine Angst. Zu vertraut war ihr dieses Szenario aus ihrem eigenen früheren Leben. Wie oft war sie so zu Hause gelegen und hatte sich vor Verlustangst gewunden oder war in Gefühlen wie Einsamkeit und Verlassenheit versunken. Er begann ihre Blicke zu spüren und öffnete seine Augen. Sie sah die halb leere Whisky-Flasche und sein Glas auf dem Tisch stehen. Mit aggressivem Blick begann er, sich allmählich Luft zu machen. Sie hörte seine Anschuldigungen und versuchte, ruhig zu bleiben. Aggression kam aus Angst, das hatte sie schon lange gelernt.
Als er mit seiner Tirade fertig war und sich allmählich wieder beruhigte, setzte sie sich zu ihm auf die Couch. Sie wollte seine Gefühle nicht noch mehr verletzen, als er das selbst schon getan hatte, aber sie musste ihm einiges sagen. „Ich liebe dich", war ihr erster Gedanke. Sie nahm schweigend seine Hand und legte sie an ihre Wange. „Du weißt, dass ich das nicht getan habe. Aber ich verstehe die Angst. Ich hätte es sicher tun können, das ist schon wahr. Aber ich habe mich für dich und für uns beide entschieden." Sie sah ihn lange an. Tränen rollten aus seinen Augen und die Spannung ließ nach. Er nahm ihre Hände und küsste ihre Handflächen sanft. Sie strich ihm über sein Haar.
Was machte so Angst am Austausch von Zärtlichkeiten mit anderen? Warum war der Sex ein Mysterium? War es die Angst vor Verlust oder Angst, mit jemandem verglichen zu werden und dabei schlechter abzuschneiden? Warum war Liebe zu mehreren Menschen oft mit Schmerz und Leid verbunden? Sie kannte auch andere Möglichkeiten, kannte die Liebe von mehreren Frauen zum selben Mann und die Liebe dieser Frauen zu einander. Sie wusste von selbstloser

Liebe, die der Liebe zum Ausdruck verhalf, ohne besitzen zu wollen. Aber die Momente der bedingungslosen Liebe waren rare Momente.
Er klammerte sich an sie und ließ den Tränen des Kummers freien Lauf, während sich die Anspannung löste. Langsam begann er sich zu beruhigen. Er fühlte, wie sehr er diese Frau liebte, und dass er sich ein Leben ohne sie nicht mehr vorstellen wollte. Ihre innere Freiheit stellte ihn auf die Probe und er wusste, es war nicht das letzte Mal gewesen. Keine persönliche Wahrheit war ewig, nichts Vergängliches ließ sich halten. Und trotzdem wünschte er sich, er könnte die Zeit in schönen Momenten anhalten und am Vergehen hindern. Mit einem erschöpften Seufzer ließ er sich in die Kissen sinken und zog sie zärtlich an sich. Sie lag in seinen Armen und ließ ihre Liebe zu ihm fließen.
„Wie kannst du das bloß mit mir aushalten?“, fragte er sie am nächsten Tag. „Ich nehme es nicht persönlich“, entgegnete sie lächelnd. „Unsere Kreationen sind dazu da, um sie zu erleben und sie wieder gehen zu lassen. Jedes Gefühl, das jemand auslöst, möchte einfach gefühlt werden. Dann kann es sich integrieren und dadurch wieder auflösen. Wenn wir es unterdrücken oder weghaben möchten, kommt es zurück durch die Hintertür. Wir stellen uns für einander in Liebe zur Verfügung, um das alles auszulösen und damit heilen zu können.“ So hatte er es noch nie gesehen.
Vieles hatte in ihr keine Resonanz mehr gefunden, das konnte durch sie hindurchgehen. Aber wenn sie an Themen kam, die sie noch berührten, nahm sie sich Zeit, das was da war zu fühlen. Manchmal erzählte sie nachher davon wie von einem Erlebnis, das lange Jahre zurücklag. Sie hatte sehr schnell Abstand gewonnen.

Vieles hatte sich einfach erledigt, wenn sie von ihrem Lieblingsplatz am Strand zurückkam, an dem sie gerne alleine saß. „Ich muss dich da nicht hineinziehen, nur weil du das in mir ausgelöst hast“, sagte sie zu ihm manchmal, wenn er sie nach Gefühlen und Erinnerungen fragte. Oft war es ein Thema aus ihrer Kindheit oder aus anderen Leben, das sich bemerkbar machte, weil es integriert und angenommen werden wollte.

„Wir leben mit Licht und Schatten in unseren irdischen Leben, und wir sind nicht immer nur die Guten. Das gehört zum Spiel der Polaritäten in dieser Welt. Aber wenn wir alles frei von Bewertungen erleben und wirklich annehmen können, werden wir uns wieder ganz fühlen und bemerken, dass wir in Wahrheit nie vom Großen Ganzen getrennt waren.“ Manchmal fiel es ihm schwer, ihr zu folgen. Diese Gedankengänge und Einsichten waren ihm fremd, manchmal auch befremdlich. Aber er spürte die Wahrheit in ihren Worten, wenn sein Herz dazu „Ja“ sagte. Manches fühlte sich sehr vertraut an, als würde er sich selber an altes Wissen erinnern, das er schon einmal erlangt hatte, und aus einem langen, tiefen Schlaf erwachen.

Zwischenspiel

Ich saß am Meer und beobachtete das Glitzern der Sonnenstrahlen auf dem Wasser. Wie flüssiges Licht strömte es dahin, nimmermüde fließend. Wo nahm der Ozean seine Kraft her? Ich musste schmunzeln. Hier fühlte ich mich Gott so nahe. Kein Element war mir näher als dieses gleißende, rauschende Wasser. Wellen brachen sich am Strand, weiter draußen türmten sich hohe Wasserwände zu Kaskaden und die Wellenreiter hatten ihre Freude daran. Unerschrocken paddelten sie mit ihren Surfboards den hohen Wellenbergen entgegen, immer bereit für den Moment, in dem es galt, sich tragen zu lassen und auf der Welle zum Strand zu gleiten. Mit einer Leichtigkeit und Freude wurden sie nicht müde, die perfekte Welle mit ihren Brettern zu erwarten und ihre Kraft zu nutzen, um für Minuten, förmlich auf dem Wellenkamm schwebend, die Gesetze der Schwerkraft scheinbar aufzuheben.

Der Wind war stürmisch und immer wieder schoben sich Wolkenberge vor die gleißende Sonne. Wenn der Wüstenwind wehte, nahm das Klagen der Menschen kein Ende. Der Sand, den er brachte, war Schuld an allen verstopften Nasen und ihrem Niesen, er machte müde und schlapp und musste in diesen Tagen als Schuldiger für beinahe alles herhalten. Endlich konnte man wieder aus gutem Grund müde sein und schlapp machen, die Nase voll haben und der ganzen Welt etwas husten und niesen. Der Wind war prächtig geeignet für die Projektionen sämtlicher Gefühle, die sonst nicht erlaubt waren. Alles musste funktionieren, jeder und jede war ein Rädchen im Uhrwerk des Lebens und für Müdigkeit war keine Zeit. Hatten sich alle zusammen diesen Wüstenwind hergebeten, um endlich wieder rechtschaffen müde sein zu dürfen? Ich schmunzelte bei diesem Gedanken.

Nachdem ich vor vielen Jahren beschlossen hatte, mich nicht mehr als Opfer zu betrachten, auch nicht als Opfer der Umstände, fühlte ich mich gegenwärtig nicht anders als sonst auch. Ich hatte Lust auf Stille, zu meditieren, die Sonne zu fühlen und faul am Strand zu sitzen. Er war in die Stadt gefahren, um in der Firma die ersten Kaufangebote zu sondieren. Ich hatte den ganzen Tag für mich und merkte, wie ich aufatmete. So gerne ich mit ihm zusammen war, so sehr genoss ich die Stunden alleine. Ich ließ mich tragen wie die unermüdlichen Wellenreiter oder wie die Möwen, die faul auf den Wellen schaukelten und keine Lust zu fliegen hatten.

Der Wind zog an meinen Haaren und mein Poncho flatterte wie eine bunte Fahne. Die Zehen gruben Löcher und Höhlen in den kühlen, feuchten Sand unter der heißen Oberfläche, auf der sich die Sonne brach. Wie mikroskopisch kleine Brillanten funkelnden die Quarzkörnchen und reflektierten das Licht. Ich fühlte mich rundherum beschenkt und voller Freude über das Schauspiel.

Die Wellenreiter kamen allmählich wieder an Land und mein Magen machte sich knurrend bemerkbar. Ich hatte das Zeitgefühl verloren und sah, dass Mittag schon vorbei war. In meiner Küche würde ich sicher etwas Essbares finden, viel Lust zu kochen hatte ich nicht. Aber es gab noch Polentascheiben, die ich herausbraten konnte. Das Wasser lief mir im Mund zusammen, als ich voll Vorfreude daran dachte. Und danach eine dampfende große Schale Getreidekaffee. Ich sah ihn bei dem Gedanken lachen. Sein Kaffee war unersetzbar für ihn und manchmal genoss ich selbst noch meinen kleinen Espresso, am liebsten nach dem Essen, wenn ich gevöllert hatte. Essen war einfach zu schön, um es bleiben zu lassen. Der Geschmack auf der Zunge war schon genug, um es zu genießen. Lichtnahrung war noch etwas für andere. Ich hatte Lust, meinem Gaumen ein paar Freuden zu gönnen.

Nach dem Essen setzte ich mich auf die Veranda und beobachtete die Vögel am Himmel, wie sie mit ausgebreiteten Flügeln förmlich im Wind standen. Ohne einen einzigen Flügelschlag wurden sie von der Luft getragen. Vertrauensvoll hatten sie sich ihr völlig überlassen und genossen ihr Dasein. „So könnte das Leben auch uns tragen“, dachte ich mir. Immer wieder verlor ich manchmal das Vertrauen und meinte, ich müsste alles immer selber machen. Aber mein kleines irdisches Ich war damit überfordert, alles im Voraus zu bedenken, nur mein wahres göttliches Selbst hatte den Überblick eines Vogels, der am Himmel schwebte. Von oben war der Blickwinkel größer als von einem irdischen Standpunkt aus betrachtet.
Als er am Abend zu mir kam, saß ich noch auf der Veranda. Der Tag war meditativ vergangen. Sitzen, betrachten, da sein, essen und trinken – alles konnte Meditation sein. Er setzte sich seufzend neben mich, froh endlich wieder zu Hause zu sein. Die Stadt begann ihn müde zu machen und das schnelle, laute Leben, das er früher so geliebt hatte, schien ihm unnatürlich und sinnlos. „Ich bin froh, wieder da zu sein, in dieser Stille hier bei dir“, meinte er und nahm meine Hand. Ich erwiderte sein Lächeln und freute mich, ihn zu spüren. „Wie war dein Tag? Was macht die Firma?“ Ich war gespannt auf die ersten Ergebnisse seiner Kaufverhandlungen.
Sein Gesicht verdüsterte sich. „Ausgerechnet mein härtester Gegner auf dem Markt macht das höchste Angebot. Der kann es kaum erwarten, dass ich ihm das Feld überlasse. Aber da kann er lange warten. Nur über meine Leiche.“ Der alte Kampfgeist war wieder da. „Wie sind die anderen Angebote?“ Ich versuchte, das

Thema zu wechseln. Die Energie, die er ausstrahlte, passte nicht zu meinem Tag. Er entspannte sich zusehends und erzählte von anderen durchaus angemessenen interessanten Offerten. Er wollte seinen Mitarbeitern und Mitarbeiterinnen die beste Nachfolge bieten. Lieber verzichtete er auf einen höheren Preisvorteil, als sein Team einem „Branchenhai zum Fraß vorzuwerfen", wie er es nannte.

Es lief alles wie von selber in geordneten Bahnen und fühlte sich sehr stimmig an. Nur was er nach den Verhandlungen und dem Abschluss der Geschäfte mit seinem Leben anfangen wollte, stand für ihn noch in den Sternen. Er wusste, er wollte sehr viel über die Gesetzmäßigkeiten des Universums lernen. Groß und geheimnisvoll schien es ihm und er war wild entschlossen, es eingehend zu erforschen.

Am nächsten Morgen saßen wir schweigend beim Frühstück nebeneinander. Es lag eine Stille über dem Strand, die an etwas Unberührtes erinnerte. Der Wind hatte alles weggefegt, was an alten schweren Gedanken noch in der Luft gelegen war. Jetzt erschien der Tag vor uns wie ein Blatt, das völlig neu beschrieben werden konnte.

„Dieser Mann, den du getroffen hast", er nahm meine Hand und drückte sie sanft, als er sie an sein Herz hob, „wart ihr früher zusammen?" Er fragte mich, ohne aufzublicken. Sein Blick war auf die Wellen gerichtet.

„Ja und nein. Die Liebe hatte uns im Herzen verbunden und wir haben früher auch miteinander geschlafen. Aber es ging nicht um Beziehung. Der Eros bringt uns manchmal zusammen, wenn wir gemeinsame Aufgaben haben, aber wir können es mit etwas anderem verwech-

seln, wenn wir die tiefe Liebe fühlen, die uns als Seelen verbindet."
Er wandte seinen Kopf und sah mir nachdenklich in die Augen. „Wie wird das bei uns beiden sein?" – „Ich kann es dir nicht sagen. Ich weiß nur, dass ich dich liebe, wie schon lange keinen anderen." Wir saßen still beieinander, wissend, dass jeder Augenblick ein Geschenk war. Niemand von uns beiden wusste, wie lange es anhalten würde. Das Leben konnte sich wandeln, nichts war für immer auf dieser Welt. Wir lehnten unsere Köpfe zärtlich aneinander, fühlten die Nähe und die Stille. Die Liebe war unsere Führerin, und solange wir ihr folgten, konnten wir beide nur gewinnen. Auch wenn die Lektionen manchmal schmerzhaft waren.
„Das Beste geschieht", ich sah ihn an und wusste, alles war gut wie es war. Wenn das Ego auch vibrierte, als Seelen hatten wir uns gefunden, um einen Weg gemeinsam zu gehen, der zum Teil noch im Dickicht lag. Wir hatten unsere Buschmesser schon in der Hand und wollten nicht aufgeben. Mein Herz fühlte, ich hatte eine Aufgabe in seinem Leben und ihm vor langer Zeit versprochen, ihn jetzt wiederzufinden. Ich war vielleicht die Unterstützung in diesen Zeiten, um sich daran zu erinnern, wer er in Wirklichkeit war.
„Wir kommen von den Sternen." Der Satz war unvermutet in meinen Gedanken. „Kannst du dich daran erinnern?" Er sah mich forschend an. In seinen Augen blitzten Funken von Erinnerungsbildern, doch der Gedanke an ein Leben außerhalb der Erde war ihm noch fern. „Glaubst du wirklich, es gibt Wesen da draußen?" Er hob seinen Kopf zum Himmel und sah in die Ferne. „Ich weiß es." In mir selber war die Gewissheit, seit ich als Kind mit klopfendem Herzen Fotos

von Ufos gesehen hatte. Eines zeigte verschwommen eine Frau mit dem Namen Semjase, sie stammte von den Plejaden. Dieses Bild faszinierte mich lange. Ich musste es immer wieder ansehen. Seither hatte das Siebengestirn mich durch mein Leben begleitet. Die Schöpfungsgeschichten der Indianer, meine schamanischen Oberweltreisen, gechannelte Bücher – ich fühlte eine starke Resonanz und Vertrautheit. Es war die Botschaft der Liebe, die bei mir direkt im Herzen ankam und die ich zutiefst verstand.

„Ich meine nicht die kleinen grünen Männchen vom Mars. Das, was ich fühle, ist alt und mit der Geschichte der Erde eng verbunden. Glaubst du wirklich an unsere Abstammung von den Affen? Glaubst du, das Missing Link in der Entwicklung der Menschheit würde noch irgendwann im Dschungel gefunden? Vielleicht unter den Pyramiden, aber sicher nicht bei den Affen.“ Ich hatte zu den Höhlengeschichten unserer Vorfahren selbst nie wirklich einen Bezug gefühlt. Viel mehr zu fliegenden Untertassen, Raumstationen und Raumkapseln. Manchmal sah ich mich fliegen in diesen wendigen kleinen Dingern und ich besuchte nachts gerne meine Verwandten außerhalb unseres Planeten.

„In Lemuria und Atlantis waren wir schon zusammen. Die Welt hat sich weiter entwickelt auf eine Art, die so nicht geplant war. Das Spiel des freien Willens hat uns Gott spielen lassen und es ist uns entglitten, weil manche ihre Eigenmacht über die Macht von Spirit gestellt haben. Aber selbst das war Teil des Spiels. Wir können es jetzt besser machen und uns wieder dem Licht zuwenden. Das dunkle Zeitalter geht zu Ende. Deswegen sind wir gekommen, um uns daran zu erinnern und gemeinsam mit Spirit den Himmel auf die Erde zu brin-

gen. Wir spielen ein ganz neues Spiel." Er atmete tief nach meinen Worten, die seine Seele berührt hatten, aber sein Glaubenssystem erschütterten. Darwin und all das Wissen, das er sich angeeignet hatte, unsere Erdengeschichte – alles nur Annahmen, Lügen, Vermutungen? „Der klügste Satz der Geschichte ist: Ich weiß, dass ich nichts weiß", sagte ich.
„Ich muss das alles noch wirken lassen. Das scheint mir doch etwas weit hergeholt." Sein Verstand war noch stärker als sein inneres Wissen und ich konnte ihn nur lassen. Ein Samenkorn war gerade auf fruchtbare Erde gefallen. Es würde zu keimen und wachsen beginnen, wenn die Zeit dafür reif war. Darum musste ich mich nicht kümmern. Ich küsste ihn sanft auf die Wange und freute mich auf den Tag mit ihm. Seine Gesichtszüge wurden weicher, die Grübelfalten strafften sich. Sanfte Sonnenstrahlen luden uns zu einem Spaziergang ein und wir wollte der Einladung folgen, mit nackten Füßen und hochgerollten Hosenbeinen gemeinsam durch die warme Brandung zu waten und den Augenblick zu genießen.

Neue Wege

Seit vielen Tagen verbrachte er zum ersten Mal einen Abend alleine. Er hatte ein paar Sachen in seinem Haus zu erledigen und sie hatten beschlossen, sich eine Nacht lang Auszeit zu gönnen. Er kam in das leere Haus und fühlte deutlich die Kälte, die es ausstrahlte. Verglichen mit der Weichheit und Wärme der Atmosphäre in ihrem Strandhaus, schien ihm sein cooles Designer-Interieur noch kühler, als es sonst der Fall war. Das weiße

Ledersofa, der helle Marmorfußboden, die weite Glasfront mit Panoramablick, all das wirkte leblos. Ihn fröstelte und er zog sich eine Jacke an. Wie gespenstisch es hier war. Die integrierte Designerküche und die offene Schlafgalerie waren unbenützt geblieben, seit er bei ihr die Nächte verbrachte.
Das Haus war zu groß für ihn alleine. Ob sie sich jemals hier wohl fühlen könnte? Er dachte an ihre heimelige kleine Strand-Puppenküche und das schmale Schlafsofa. Alles auf engstem Raum beisammen, aber es reichte. Sie brauchte nicht viel zum Leben. Wie schnell war es ihr gelungen, das Haus am Strand zu ihrem eigenen zu machen. Als lebte sie hier schon seit Jahren. Mit wie viel Liebe und Wärme hatte sie die Räume gestaltet, ihren Wohn-Schlaf-Essraum und das Bad mit Toilette. Die Küche war gleich hinter dem Sofa, das sich nachts in ein Bett verwandelte, und als verlängertes Wohnzimmer diente meist die Veranda. Ihr Vater hatte jahrelang hier seine Bücher geschrieben, aber er war ihm nie aufgefallen, ein zurückgezogener Mann. Vielleicht waren sie sich am Strand irgendwann begegnet, ohne einander zu kennen.
Der Drang zu schreiben, war etwas, das er seit frühester Kindheit spürte, doch niemand hatte ihn ermutigt. Die ersten pubertierenden Highschool-Gedichte für seine damals Angebetete waren das Äußerste gewesen, mehr war nicht aus ihm geflossen. Jetzt kam wieder die Sehnsucht, es auszuprobieren. Worüber könnte er schreiben? Einen Roman über die Wallstreet? Das Ende der Börsenhaie? Er lachte bei dem Gedanken. Das Wirtschaftssystem ging den Bach hinunter, obwohl die Aktien boomten. Schneller, höher, weiter und mehr. Die Welt der Superlativen führte sich selbst ad absur-

dum. Das unbegrenzte Wachstum war eine Illusion, aus der noch niemand aufwachen wollte. Aber die Welt war bankrott. Buchgeld ersetzte das Bargeld schon lange, Staaten waren in einer Höhe verschuldet, die nicht mehr vorstellbar war, und die Welt der Zinsen und Zinseszinsen hatte sich mittlerweile verselbständigt. Wie lange würde das noch gut gehen? Der schwarze Freitag war wieder denkbar, wenn das Bankensystem sich verspekulierte und irgendwann zusammenkrachte. Was käme wohl danach? Er wollte sich die Plünderungen in den Städten gar nicht ausmalen, die Anarchie und das Chaos, die ein Sturz des Wirtschaftssystems jederzeit auslösen konnte.
Auf dem Lande wäre es einfacher. Selbst das Gemüse anbauen, deine Hühner mit Körnern füttern und das eigene Brot backen. Plötzlich wurde erstrebenswert, was er immer abgelehnt hatte. Provinziell und vorgestrig war ihm das bisher erschienen, doch nun sah er auch stillen Frieden und eine große Freiheit darin. Sich selbst versorgen zu können, unabhängig vom Wirtschaftssystem, in einer Dorfgemeinschaft zu leben, wurde für ihn zu einem Bild, das er sich für seine Zukunft durchaus vorstellen konnte.
Die Wirtschaft, wie sie jetzt war, hatte die Reichen reicher und die Armen ärmer gemacht. Allein der Gedanke, dass Tonnen von reifen Lebensmitteln lieber ins Meer gekippt wurden, um die Preise hoch zu halten, als sie hungernden Menschen zu geben, hinterließ ein flaues Gefühl in ihm. Das Geldsystem war nicht mehr Mittel zum Zweck, um das Tauschen zu erleichtern, sondern regierte die Welt. Sicher, er konnte Geld auch spenden, Projekte für Hungernde unterstützen und sein Gewissen damit beruhigen, doch er wusste ganz genau,

dass die Banken mit seinem Geld auch die Rüstungsfirmen und Atomkraftwerke finanzierten. Der Gedanke, dieses System selber mitzutragen, wollte ihm nicht mehr wirklich gefallen. Er dachte über neue Systeme nach, die er mitgestalten könnte, menschenwürdigere Systeme, die mit der Welt – miteinander und der Natur – im Einklang lebten.
In ihm reifte der Gedanke, sich mit neuen Wirtschaftssystemen zu beschäftigen. Er hatte viel darüber gelesen, auch über eine neue Strömung in der Gesellschaft, die „Kulturell Kreativen“. Sie wollten nachhaltig leben, so dass auch ihre Kinder und Kindeskinder noch den Planeten bewohnen konnten, und neue Wege in Wertschätzung gehen. Sieben Generationen sollte man in die Zukunft sehen, wenn man Entscheidungen träfe, meinten die Indianer. Sein Herz begann zu klopfen, wie immer, wenn etwas für sein Leben bedeutsam war. In diese Richtung wollte er gehen, sich viele Bücher besorgen, studieren. Alternative Währungssysteme ohne Zins und Zinseszins waren bereits im Entstehen, ebenso Tausch- und Schenksysteme. Er war begierig auf Informationen. Dazu wollte er beitragen. Das konnte er deutlich fühlen.
Plötzlich war der freie Abend ein Geschenk, das er nutzen konnte. Er setzte sich an den Computer und begann im Internet, Infos zum Thema zu suchen. „Das Geld der Zukunft“, „Das Sterntaler-Experiment“ etc. – viele gescheite Menschen hatten sich schon Gedanken gemacht über unser Wirtschaftssystem und über mögliche Alternativen. Bis hinauf zur Weltbank wurden Ideen kommuniziert. Ob die Reichen und Mächtigen sie auch umsetzen wollten, stand auf einem anderen Blatt. Eine

neue Weltwährung konnte die Macht der Herrschenden auch noch verstärken.
Mit einem Kopf voller neuer Erkenntnisse schlief er ein und beschloss gleich morgen mit ihr über all das zu reden. Warum nicht ein Häuschen auf dem Land kaufen, sein Gemüse anbauen, Kinder selbst unterrichten und einen Tauschring gründen? Er wollte endlich aussteigen aus dem System und frei sein. Und der Gedanke gefiel ihm zunehmend.
Als er am Morgen zu ihr kam, empfing sie ihn voller Heiterkeit. Auch ihr hatte der Abend für sich alleine gut getan und sie freute sich, ihn zu sehen. Er sprudelte über vor neuen Ideen und Informationen und sie ließ ihn erzählen. „Wie frei bist du in dir?“ Mit dieser Frage holte sie ihn von seinem Luftschloss auf den Boden. „Ich sehe dich kämpfen gegen die Herrschenden, gegen Systeme, gegen die Welt. Es spricht nichts dagegen, Neues zu erschaffen und diese Welt in eine menschliche, friedvolle Welt zu verwandeln. Doch nicht als Folge eines „Dagegenseins“, sonst bist du weiterhin Teil des Systems, das nur durch Kriege scheinbar gewinnt. Das heißt nicht, Ja und Amen zu allem zu sagen oder zu resignieren, aber es heißt, das Bestehende anzunehmen, weil wir selbst es erschaffen haben, im Laufe unserer Leben. Du begegnest immer dir selbst, auch in unserem System. Und du kannst nicht davonlaufen.“
Er dachte nach und fühlte, dass an ihren Sätzen ein wahrer Aspekt war, den er noch nicht gesehen hatte. „Und wie kann es gehen, ohne ein „Dagegen“? Wie geht es, ohne den Krieger zu spielen, auch den friedvollen Krieger? Wie kann ich etwas verändern?“ – „Du kannst nur verändern, was du annimmst. Wenn du deinen Teil darin siehst, alles womit du das, was ist, jetzt

und früher mit erschaffen hast, kannst du etwas verändern. Dein Teil des Bewusstseins ist ein Teil des Massenbewusstseins und alles, was du in dir veränderst, verändert auch die Welt. Je mehr Leute die Verantwortung für ihr Handeln übernehmen und für ihre Gedanken, je mehr bei sich selbst ansetzen, desto mehr erschaffen gemeinsam eine neue Welt. Denn wir alle sind die Welt."

Ja, das hörte sich logisch an, aber wie konnte ein kleines Rädchen wie er damit beginnen? „Du bist nicht alleine. Es gibt schon viele, die so denken und daran arbeiten, und es gibt diese neue Welt bereits. Du musst nur die Augen aufmachen. Es gibt Gemeinschaftsprojekte, die all das leben, wovon du erzählst. Du musst sie nur entdecken und deinen Platz darin finden. Dann kannst du die Energie, die du hast, konstruktiv für Neues einsetzen, statt destruktiv gegen Altes. Weil du sonst nährst, wogegen du kämpfst. Energie folgt der Aufmerksamkeit und du schenkst den Herrschenden, die du bekämpfst, damit deine Kraft. Außerdem sind alle Feindbilder lediglich Illusionen, wie alles in diesem Spiel, das wir „das Leben" nennen. Aber das ist ein anderes Thema. Wir können das Spiel auch genießen."

Sie umarmte ihn innig und freute sich, dass er für seine Ideen brannte. Auch sie wollte zu einer neuen friedvollen Erde beitragen, durch die Bewusstseinsbildung, durch die Unterstützung von anderen und ihre Arbeit. Alles fing in ihr selber an und fand in ihr auch ein Ende. Und manchmal schien es ihr, als träumte sie nur ihr Leben. All die Realitäten, die immer mehr verschwammen, am Ende blieb keine übrig, nur die Leere und Stille, der Frieden.

Perfect Timing

Als er mir seine Visionen erzählte, begann mein Herz wie wild zu schlagen. Sie passten zu meinen eigenen. Auch ich wollte eine neue Welt hier auf Erden erschaffen helfen, zum neuen Zeitalter beitragen. „Love, light and peace“ stand über allem für mich, deshalb war ich gekommen. Wir konnten gemeinsam sehr viel erreichen, wenn wir unsere Kräfte bündelten. Ich freute mich auf das Miteinander und das, was wir noch vor uns hatten.

Die Vision eines Zentrums, Leben in Gemeinschaft und Stille, innen und außen – oben und unten in uns und in allem zusammenzubringen, das war auch in meinem Sinne. Ich fühlte Vertrautheit mit Menschen, die wie ich an das Neue glaubten und es in sich trugen. Ich wollte die zarten Pflänzchen gießen, die ihren Kopf zum Licht streckten und den richtigen Zeitpunkt abwarten, um die Dinge umzusetzen. „Perfect timing from above.” Wann immer ich darauf vertraute, ging alles leicht und fügte sich. Fließe mit dem Leben, dann geht alles wie von selbst. Karotten wachsen auch um nichts schneller, wenn wir sie aus der Erde ziehen, um zu sehen, wie groß sie schon sind. Wenn ich meinte, ich müsste die Dinge forcieren, die noch nicht bereit waren, sich zu verwirklichen, oder wenn ich etwas wollte, was in diesem Moment nicht möglich war, durfte ich mich in Geduld üben.

Immer wenn ich den Fokus auf das hatte, was ich scheinbar vermisste, statt das Leben mit seinen Geschenken Tag für Tag zu genießen, verursachte ich mir selber und anderen Menschen Leiden. Das Leben war voller Abenteuer und vieler schöner Momente. Allein

die Möwen zu beobachten, wie sie im seichten Wasser badeten, sich in die Lüfte treiben ließen, den frischen Aufwind genießend, um bald wieder sanft zu landen und in den salzigen Pfützen zwischen den Steinen ihr Futter zu picken, waren Momente des Staunens und Lachens, der Freude und Liebe zu allem was ist.
Die Seeluft wehte mir um die Nase. Ich roch das Salz und fühlte den feuchten Wind auf der Haut, der mich streichelte. Wie sehr ich dieses Dasein liebte! Und trotzdem war es nicht ewig. Die Aufgaben lagen in anderen Breiten, nicht nur hier im Süden, so sehr ich auch dieses Klima, das Meer und die Sonne genießen konnte. Ich wollte jeden Atemzug voll und ganz in die Lungen saugen, als wäre er mein letzter, und total im Hier und Jetzt aufgehen.
Das Blau des Meeres mit allen Schattierungen faszinierte mich immer wieder. Ich wurde einfach nicht müde, auf die endlose Weite zu schauen. Der Horizont lag breit vor mir, was verbarg sich dahinter? Wo würde ich noch landen mit meinem Liebsten, an welchen fernen Stränden? Ich fand die unendliche Weite in mir, die all das möglich machte, was ich mir immer erträumt hatte. Alle Möglichkeiten lagen in mir verborgen, ich musste sie mir nur bewusst machen, wählen was ich verwirklichen wollte und annehmen, was mir das Leben brachte, ich durfte es nicht übersehen.
Mit weit geöffneten Augen ging ich offen für alles, was auf mich zukommen wollte, durch den Tag und ergriff die Chancen. Die Welt war voller Wunder, ich musste sie nur entdecken. Wie oft war ich gedankenverloren durch die schönste Landschaft spaziert, ohne sie wirklich wahrzunehmen, zu sehen, zu hören, zu fühlen, zu schmecken und zu riechen. Das Leben war so reich an

Schönem, doch voll mit Sorgen und Ängsten konnte ich es manchmal nicht sehen.
Ich ging der Sonne entgegen und dachte an das Zuhause, das auf mich wartete. Wie lange würde ich bleiben an diesem Strand der Gefühle? Ich hatte zu Hause noch andere Aufgaben, Menschen, die auf mich zählten, Freunde und Freundinnen, die mich vermissten. Ich würde nicht ewig hier bleiben können, aber immer wieder gerne zurückkommen. „Danke, Vater, dass du an mich gedacht hast." Ich war rundherum dankbar für dieses Leben am Strand. Mit der Sonne zu erwachen, begrüßt von den Möwen, und im Rhythmus der Natur um mich zu leben, ließ mich mit den Gezeiten fließen. Im Schein des Mondes am Strand zu sitzen, die Sterne über mir zu sehen und die Wärme der Nacht zu fühlen, war immer wieder ein Geschenk für mich.
Ich dachte an die Momente, die ich in all den Jahren alleine mit mir verbracht hatte, und wie ich daran gewachsen war, doch ich hatte Lust auf Neues und auf Beziehung mit diesem Mann. Mit einem Menschen zu fließen, der die Schöpfung ebenso liebte und seinen Beitrag leisten wollte, der die Schönheit in allem wahrnehmen konnte und es liebte, mit mir das Leben aus dem Herzen zu gestalten, war meine Vision gewesen. Ich wusste, er war dieser Mann und wir konnten miteinander schaffen, was immer wir uns vor nahmen. Es gab keine Regeln. Wir konnten selbst definieren, wie unser Lebensspiel aussehen würde. Sich von den alten Regeln zu lösen, von der Moral der Gesellschaft, den alten Spielen, wie wir sie ebenso jahrelang gespielt hatten, ließ uns die Wahl, neue Wege in Liebe miteinander zu gehen. Nichts war mehr auf ewig in uns festgeschrieben, alles war fließend wie das Leben, der

Ozean der Gefühle, und wir flossen mit ihm. Spirit war unsere Sehnsucht, die uns Tag für Tag leitete, führte und der wir folgten. Unter dem Leitstern der Liebe ging alles selbstverständlich und ohne Mühe, worum wir früher oft hart gekämpft hatten.
Ich beschloss, die Wäsche zu waschen, die sich schon türmte, und dann den Tag zu genießen. Viele Ideen sickerten aus der Stille in meine Gedanken und ich wollte sie sammeln wie die Muscheln am Strand. Das Meer war sehr inspirierend. Ich verstand meinen Vater, warum er diesen Platz geliebt hatte. Manchmal konnte ich förmlich im Wind noch seine Hand fühlen, wie sie mir übers Haar strich. Er war mir in diesen Tagen sehr nah und ich wusste, dass er alles, was nun in seiner Hütte vor sich ging, aus der Ferne sah.
Der Morgen war wie flüssiges Rosa und der Mittag tauchte die Welt in ein Blau-Gelb, das den Abend schon ahnte. Ich sank in den warmen Sand, ließ die funkelnden Körner durch meine Finger gleiten. Kleine Muschelreste mischten sich mit den Quarzkörnchen, Teile von angespülten Korallen, dazwischen abgeschliffene Holzstücke, weich geschmirgelt von Sand und Wasser.
Das Leben im Hier und Jetzt fällt nicht schwer in einer Umgebung, wo noch die Elemente den Tagesablauf bestimmen. Ich hielt die andere Welt bewusst von mir fern, diese scheinbare Realität, wie sie die Medien widerspiegelten, die uns täglich von Horror und nacktem Wahnsinn berichteten. Es gab unzählige Welten ganz dicht nebeneinander, wir mussten nur den Empfänger in uns auf eine davon einstellen und das Programm in uns abrufen, das wir persönlich bevorzugten. Alles war immer vorhanden.

Wie unsere Überzeugungen diese Welt mitgestalteten, hatte ich lange erlebt. Ich war in Ängsten und Sorgen versunken, wollte beinahe nicht mehr leben und dachte, dass das Leben hart und schwer sein müsse. Genauso war meine Realität. Und: „You get what you fear." Auch das, was du fürchtest, wird Realität. So ging ich durch meine Ängste und besiegte die Drachen, bemerkte, dass sie in Wahrheit einen inneren Schatz bewachten. „Die Nacht ist am dunkelsten, ehe das Licht kommt", wie viel Wahrheit in diesen Worten steckt! Und das Leben fügte sich, unbeeindruckt von allem, auch wenn ich die tiefste Talsohle meines Ichs durchwanderte, immer hatte ich helfende Hände. Das, was letztlich blieb, war das Selbst.

Wir können nur so weit begleiten, wie wir selbst gegangen sind. Einige waren vorausgegangen und waren da an steilen Passagen, um mir die Hand zu reichen, wenn der Abgrund sich vor mir auftat und mich scheinbar verschlingen wollte, und es ging immer wieder aufwärts. Die Stagnationen lösten sich, langsam wurden die Felsen kleiner, die noch zu überwinden waren, und dann war neues Land in Sicht, saftige Wiesen und Weiden hinter der unwirtlichen Geröllhalde, die ich durchschritten hatte. Die Sonne schien dort viel heller und die Welt war bunter als jene, aus der ich kam. Ich kannte all die Stolpersteine, Hürden und Abgründe, kannte die tiefsten Tiefen und konnte nun selbst die Hand für Wanderer in der Wüste sein, sie ein Stück auf dem Weg begleiten.

Je mehr das Ego zurücktritt, desto entspannter wird das Leben. Es braucht sich nur im Selbst aufzulösen, mit ihm letztendlich zu verschmelzen, sich zu transformieren, dann kann es uns dienen, ohne uns zu beherr-

schen. Das Ego wird oft als Feind betrachtet, den wir töten oder unschädlich machen sollten. Aber auch das ist ein Kampf und nährt das Ego, das wir ablehnen, durch die Kraft, die wir in den Kampf legen. Das Ego ist ein Teil des Ganzen, wie der Verstand. Wir brauchen das Pferd nur zu zähmen, um es reiten zu können. Das, was wir anstreben, kommt von allein, wenn der Kampf verschwindet und das Ja zum Leben da ist. Das Ego transformiert sich, geht auf im Ganzen. Niemand mehr da und gleichzeitig alles im Überfluss vorhanden.
Manchmal ertappte ich mich selbst bei inneren Ansprachen an die Menschen, die mir im Leben nahe standen, und ich musste darüber lachen, wenn ich den Eifer dahinter bemerkte, denn im Grunde wusste ich, dass ich alles mir selbst erzählte. Meine inneren Dialoge könnten Bände füllen und unzählige Filme würden über die Leinwand flimmern, wäre mein Kopfkino verfilmt worden.
Ich erhob mich aus dem Sand und überließ die kleinen Dünen, die ich gerade geschaffen hatte, wieder dem salzigen Wasser. Er müsste bald aus der Stadt zurück sein, wahrscheinlich mit großen Stapeln von Büchern, die er sich besorgen wollte. Es war bald Zeit, das Essen zu machen. Mein Magen knurrte deutlich vernehmbar und machte mich darauf aufmerksam, dass ich ihn vernachlässigt hatte. Wenn ich im Hier und Jetzt lebte, jenseits von Zeit und Terminen, hielt ich mich nicht an Essenszeiten. Mein Körper meldete sich von allein, wenn er gefüttert werden wollte und sagte mir, worauf er Lust hatte. Heute war es Gemüse mit ein bisschen Schafskäse, in der Pfanne herausgebraten. Mir lief das Wasser im Mund zusammen, ein Zeichen, dass ich dem nachgeben sollte, was sich da brutzelnd in meiner Vor-

stellung mehr und mehr manifestierte. Bis er zurück war, konnte ich das Gemüse schneiden und alles vorbereiten, vielleicht noch eine Flasche Wein öffnen zur Feier dieses Tages, und die Wäsche aufhängen. Zielstrebig ging ich zurück zur Hütte und hatte kaum alles erledigt, als er auch schon vor mir stand: strahlend und mit einem Arm voller Bücher, die er in der Stadt entdeckt hatte. Perfect Timing.

Spiel der Gegensätze

Sie hatten den heißesten Sex des Jahrhunderts, und danach lag sie unschuldig wie ein Kind in seinen Armen. Er streichelte ihre Hand und sie schmiegte sich an ihn. Da waren totales Vertrauen und vollkommene Hingabe. Sie ließ sich fallen, als würde es keine Abgründe geben. Er fing sie auf im Netz der Liebe. Ihr Atem ging ruhig und gleichmäßig und sie liebte es, seinen Bauch an ihrem Rücken zu spüren. Ein Gefühl der Geborgenheit war tief in ihr und jede Faser entspannte sich mehr und mehr. Sie war getragen von einem Ozean göttlicher Liebe, und der Mann an ihrer Seite erinnerte sie daran.
Nichts war schöner, als die Freude zu vermehren, indem sie sie teilten. Ihr Atem floss ruhig gemeinsam, Körper an Körper, als wären sie ein Organismus. Jeder Zentimeter ihres Körpers kuschelte sich an seinen Körper, von ihrem Kopf bis zu den Zehen. Seine Arme hielten ihre Arme umfangen und sie atmete auf im Schlaf. Es war schön, sich fallen zu lassen in vollem Vertrauen. Und er wuchs daran, hielt sie, war da, um ihr mit Liebe den Rücken zu stärken, so wie sie es auch

für ihn tat. Sie waren entspannt gemeinsam, wissend, dass sie zusammen gehörten und nichts sie wirklich trennen konnte, auch nicht der Tod. Das Band der Liebe verband sie, quer durch die Zeiten und Räume. Eine heilige Stille lag über ihrer Hütte und hüllte sie ein mit friedvoller Wärme. Der Himmel auf Erden war spürbar in diesen Stunden der Nähe und sie fühlten dankbar die ruhige Gelassenheit ihrer Herzen.
Langsam und vorsichtig schälte er sich aus den Laken, blickte mit Zärtlichkeit auf die noch schlafende Frau, die er liebte, und setzte sich leise nach draußen. Der Morgen lag pastellfarben über dem Meer und die Stille der Atmosphäre drinnen schien sich nach draußen auszudehnen. Die Wellen rollten nur ganz leise über den Strand, als wollten sie diese Ruhe nicht stören. Selbst die Möwen glitten fast lautlos durch die morgendlich kühlen Lüfte. Wie friedlich es hier war. Der Garten Eden konnte sich nicht vollkommener anfühlen als die Momente der alles umfassenden Liebe, die sie am Strand hier erlebten. In der Stille des Herzens fanden sie sich und einander.
Allmählich rührte auch sie sich im Bett im Inneren der Hütte und sah, dass er fortgegangen war. Sie fühlte noch seine Wärme unter der Decke und roch ihn auf ihrem Kissen. Herzhaft gähnend rollte sie sich auf die andere Seite und gestattete ihrer Seele, langsam in den Körper zu gleiten. Sie war noch nicht ganz da, doch sie fühlte ihn auf der Veranda, auf der anderen Seite der Wand. Mit ausgestreckten Armen konnte sie ihn beinahe berühren. Sie stemmte sich gegen die hölzernen Balken und spannte alle Muskeln an, bis sie zu neuem Leben erwachten. Ihre Lider wollten sich noch nicht ganz öffnen und immer wieder strömte ein

lautes Gähnen aus ihrer Kehle. Als sie verschlafen dem lichtdurchfluteten Fenster entgegenblinzelte, sah sie, dass seine strahlenden Augen sie durch einen Spalt in ihrem sonnengelben Vorhang begrüßten. Sie war noch wie in Trance und schwebte ein bisschen über dem Boden, aber sie beschloss zu landen. Die Perspektive war einladend für den Beginn des Tages.
Der Kaffee dampfte schon in der Kanne und die Brötchen lagen auf dem Teller, als sie aus dem Bad kam. Sie liebte es, so verwöhnt zu werden, wie sie auch selber gerne verwöhnte. Er hatte sich im Schaukelstuhl auf der Veranda mit einem Buch niedergelassen, während er auf sie wartete und lachte sie fröhlich an. Man konnte ihr so leicht Freude bereiten und er liebte ihr Strahlen, wenn sie den Frühstückstisch sah. Orangenmarmelade, Butter, Croissants, Mangosaft, Müsli und Joghurt, alles war da. Genussvoll seufzend ließ sie sich nieder und schaute aufs weite Meer.
Wie die Wellen sich aufrollten, Meter für Meter, sich wie in Zeitlupe brachen, die weiße Gischt in den Himmel stob und in mikroskopisch kleine Tröpfchen zerstäubt in der Luft lag, faszinierte sie immer wieder. Die Sonnenstrahlen reflektierten sich in dem Sprühnebel und glitzerten. Manchmal stieg ein Regenbogen zu den Wolken auf und die Brandung rauschte gleichmäßig, Welle für Welle, unterschiedlich im Klangvolumen, je nach Höhe des Wellenberges, aber unaufhörlich. Was für ein Frieden und welche Kraft von diesem Schauspiel ausgingen. Dankbar sah sie ihn an und dachte, wie beschenkt und gesegnet sie doch mit ihrem Leben war.
Immer wieder sah sie Menschen auf einem Strandspaziergang zanken und auf einander einreden,

ganz in ihren Geschichten gefangen. Sie konnten diese Schönheit gar nicht mehr wahrnehmen. Seit sie selber begriffen hatte, dass ihr die Seelen, die sie am allermeisten liebten, oft auch am unangenehmsten mitspielten, hatte sich ihr Bild des Lebens und ihr Umgang mit Menschen verändert. Seelen bewerteten nicht die Erfahrungen, die sie zu machen gewählt hatten, und so konnte auch Schmerzhaftes zu ihrem Wachstum beitragen.

Manchmal dachte sie, dass die Menschen, die immer andere nur bezichtigten, bloß sich selbst nicht ertragen konnten. Und jede ihrer Erfahrungen hatte ihr schließlich ein Stück von sich zurückgegeben. Nichts mehr abzuspalten, auch nicht die Schatten, alles zuzulassen, was ihr an Gefühlen entgegenkam, hatte sie vieles erlösen lassen, was ihr lange Angst gemacht hatte. Vor allem Angst vor Wut und vor Aggressionen, die sie zerstörerisch erlebt hatte, war immer mehr von ihr gewichen, als sie die eigene Wut erkannte und sich erlaubte, sie wieder zu fühlen. Sie musste niemand anschreien, schlagen oder die Wut ausagieren, es reichte, sie einfach zu fühlen und wieder gehen zu lassen, wenn sie sich lösen wollte. Das funktionierte mit allen Gefühlen, die sie ganz zulassen konnte. Sie musste allerdings bereit sein, sie nicht mehr abzuwerten und nicht im Widerstand zu verharren. Sobald sie scheinbar unangenehme Gefühlen vermeiden und weghaben wollte, funktionierte das Auflösen nicht. Erst wenn sie wie eine Forscherin Wut und Trauer erleben wollte, um sie vollständig auszukosten, alle Facetten zu erfahren, konnte sie die große Kraft spüren, die in der Wut verborgen lag, oder die Süße der Trauer empfinden.

Melancholie konnte süchtig machen, sie fühlte die Emotionen wie an sich haften und wollte dann manchmal in ihnen baden. Aber wenn sie genug davon hatte, sich als Opfer zu fühlen, konnte sie sich auch wieder lösen und die Gefühle er-lösen. Aggression und Depression waren sehr starke Kraftpotentiale. Sie ließen sich in Antriebskräfte für das Leben verwandeln, statt es zunichte zu machen. Jedes Gefühl, das sie integrierte, setzte Energie frei, die sie zur Verfügung hatte für konstruktive Dinge wie etwa ihre Projekte. Das Leben war so spannend geworden. Und mit der Bewusstheit, alles, auch letztlich ihre Gefühle, selbst erschaffen zu haben, hatte sie ihre Macht angenommen und die Verantwortung für ihr Leben wieder zu sich zurückgeholt. Das entschuldigte nicht das Verhalten von rücksichtslosen Menschen, aber das was sie in ihr auslösten, war ganz allein ihre eigene Sache. Sie konnte es in sich fühlen und integrieren und dann von Fall zu Fall entscheiden, ob sie etwas ansprechen wollte, oder Menschen, die nicht gesund für sie in ihrer Umgangsform waren, wieder aus ihrem Leben entlassen. Sie hatte immer die Wahl und wenn sie innerlich klar war, fügte sich alles im Außen.
Manchmal kamen durch Menschen Themen in ihren Alltag, die sie längst als erledigt betrachtet hatte, zum noch einmal Ansehen und aus einer anderen Perspektive fühlen, um sie dann endgültig abzuhaken. Wie eine Ehrenrunde durch ein ganz altes Thema. „Du musst die Höhen und Tiefen kennen, um deine Mitte zu finden“, meinte ein Freund, der schon vieles erlebt hatte. Und sie kannte die Spitzen nach oben und unten gleichermaßen, wollte sie lange Zeit leben, weil für sie die Mitte damals nur Mittelmaß war und damit

Gleichklang und Langeweile. Wer hoch steigt, kann auch tief fallen. Das nahm sie gerne in Kauf, weil sie hoch fliegen wollte, doch danach kamen die Abstürze.
Mittlerweile war sie im Frieden und in der Ruhe der Mitte gelandet, glücklich die Höhen und Tiefen in diesem Ausmaß nicht mehr zu leben. Es war ein Weg, sich lebendig zu fühlen. Doch die Stille des Herzens war weit entfernt von Langeweile oder von Mittelmäßigkeit, wie sie es damals vermutet hatte. Nicht mehr von Emotionen hin und her geworfen zu werden, sondern einfach Gefühle zu fühlen, war der Unterschied, der es ausmachte. Emotionen stiegen aus ihrem Bauch hoch und hatten sie, während sie Gefühle einfach fühlen konnte, aber sich ihnen nicht auslieferte. Ihr Leben spielte sich im Herzen ab, in ihrem innersten Zentrum, und auch wenn Stürme tobten, mitten im Auge des Hurrikans war immer Ruhe, so wie im innersten Zentrum des Rades, um das es sich bewegte. Aus diesem Zentrum zu leben, war für sie die Erfüllung. Wann immer sie es verlassen hatte, hatte sie sich selbst verlassen. Und die Verlassenheitsgefühle, die sie gut kannte, hingen damit zusammen.
War sie bei sich, im Zentrum des Herzens zu Hause, fühlte sie diesen innersten Frieden, diese innere Quelle, die sie mit Kraft für alles versorgte, was ihr Leben an Aufgaben brachte. Dann lebte sie im Einklang mit allem. War sie in ihrem Denken, der Aufmerksamkeit nicht ganz bei sich, sondern bei allem und allen anderen, ging ihr die Kraft schnell verloren. Dann versuchte sie, meditierend oder durch die Natur wandernd, wieder aufzutanken. Es gelang ihr auch meistens, und sie merkte immer häufiger, dass die üblichen Kräfteverluste, die sie früher für normal hielt,

völlig überflüssig waren. Hier mit der Natur zu leben, mittags ihre Siesta zu halten, das Meer, die Sonne, den Strand zu erleben, das war tägliches Meditieren, sich am Leben freuen und da sein.
Ihr Herz wurde weit und sie fühlte, wie ihr Körper – weich und warm – aufmachte, alles in ihr sich ganz entfaltete, statt in der äußeren Kälte, die sie gewohnt war, sich zu verhärten und verkrampfen. Dieses Lebensgefühl im Süden war ganz das ihr entsprechende, und trotzdem wurde es auch zur Gewohnheit. Sie konnte sich nach den Strandwochen fast keinen Regen mehr vorstellen und allein der Gedanke an Eis und Schnee verursachte ihr eine Gänsehaut. Aber sie gingen zu Ende, wenn das Herz ihr sagte, dass es Zeit für die Rückkehr war.
Der Gedanke an Abschied vom Strand war mit Wehmut verbunden, weil dann ein Abschnitt ihres Lebens, der hier gerade begonnen hatte, sich verändern, verwandeln würde in etwas Unbekanntes, das für sie noch nicht greifbar war. Leben war Veränderung, da führte leider kein Weg herum, auch wenn sie diese Tage im Strandhaus und ihre junge, noch frische Liebe gerne für ewig konserviert hätte. Sie lachte innerlich. Liebe in Dosen, mit chemischen Konservierungsmitteln, abgestanden und schal – nein danke. Dann doch besser frisch und knackig, was immer da auf sie zukam. Sie war gespannt, was das Leben noch brachte, und es fühlte sich gut an. Ihr Herz klopfte bei dem Gedanken, was mit ihm gemeinsam vor ihr lag.
Sie sah ihn an und tauchte aus ihren Morgenbetrachtungen auf, sah den Mann neben sich, das Frühstück, ihre Veranda und war dankbar für alles. Das Hier und Jetzt genießen, statt sich über das Morgen zu

sorgen, das war ihre Wahl für den Augenblick. Morgen kam, wann es kommen musste und vieles, das sie sich früher im Vorfeld schreckhaft ausgemalt hatte, war Illusion gewesen. Das Leben war sehr viel besser, wenn sie es annahm, mit allem, was es brachte, als ihre Vorstellungen. Es war das tägliche Abenteuer, auf das sie immer gewartet hatte, das sie nur häufig nicht realisierte, wenn sie in ihren Gedanken versank.

Das Leben in vollen Zügen zu leben war der Sinn des Lebens. Und jeder Sinn, den sie ihm gab. Sie wollte wieder Beziehung erleben, so, wie sie es sich im Herzen erträumt hatte. Sie erträumte sich ihr Leben, seit sie ein kleines Kind war, und die Träume und Herzensvisionen wurden wahr. Der Mann an ihrer Seite war ein Geschenk. Sie glaubte nicht an den Zufall, aber an das, was Menschen zufällt, wenn die Rädchen der Weltenmaschine durch die Entscheidungen, die sie treffen, die Weichen neu für sie stellen und sie schließlich anziehen, was sie an Schwingungen aussenden. Resonanzen, die das Leben Tag für Tag mitbestimmen – alles ist Schwingung. Und ihre Schwingungen passten zusammen, das fühlte sie, wenn sie ihn betrachtete.

„Was denkst du?“, wollte er wissen, als sie ihn wohlwollend ansah. „Dass ich dich gut finde, so wie du bist. Ich bin mit mir zufrieden, dass ich dich in mein Leben gezogen habe. Sehr gut kreiert.“ Sie lachte mit ihm und sie küssten sich, glücklich, dass sie einander gefunden hatten. Das Leben war voller Wunder. Er sah sie an und er meinte: „Ich bin zufrieden mit mir. Morgen werde ich unterschreiben, dann gehöre ich nur noch dir.“ – „Nur mal langsam, mein Lieber“, bremste sie scherzhaft die Euphorie. „Du gehörst immer nur dir.

Aber ich wünsche uns beiden das Beste und dir ganz tolle Verkaufserlöse, sodass du sorgenfrei leben und alles zur Zufriedenheit regeln kannst.“ Er atmete auf und ganz ehrlich betrachtet war auch er glücklich, dass sie nicht das Bedürfnis nach einer Heirat hatte und einer eigenen Familie. Irgendwie würde das Stress bedeuten, wo er doch seine Freiheit eben ganz neu entdeckte und sich in seinem Leben zu orientieren versuchte.

„Wo willst du leben?“ Sie fragte ihn ansatzlos, was sie selber beschäftigte. Das Leben hier am Strand war ein schönes Ausnahmeleben, das auf Dauer nicht für sie möglich schien. „Ich lebe hier. Wo willst du denn leben?“ Er schaute sie fragend an. „Du weißt ja, ich habe noch ein Leben mit vielen Aufgaben. Ich liebe dieses Leben am Strand, aber es gibt noch etwas anderes. Auf Dauer wäre es mir zu wenig, hier in der Sonne zu sitzen. Es zieht mich wieder zurück zu den Menschen, zu meinen Kursen, zu meinem Umfeld. Ich werde immer wiederkommen, aber nicht ständig hier leben können. Nicht im Moment. Aber ich möchte dich dadurch nicht verlieren, du bist mir wichtig geworden. Und es betrifft uns beide, wie wir zu leben entscheiden.“

Er überlegte. Eine Sehnsucht nach Wald und Wiesen und nach neuen Projekten war auch in ihm, aber er liebte dieses Strandleben. Momentan waren zwei Seelen in seiner Brust, die sich noch bekriegten. Das innere Bild wurde deutlicher durch ihr Leben und was durch sie auf ihn zukam an neuen Perspektiven. Er war für alles offen, fühlte den Wunsch, mit ihr zu leben, aber auch hier „seinen“ Strand nicht zu missen. Jetzt, wo er sich etwas aufgebaut hatte, wollte er nicht die

Zelte abbrechen. Mit dem Background der Firma und dem Verkaufserlös konnte er sich völlig in Ruhe umsehen, wo es ihn hinziehen würde. Vielleicht zu ihr, vielleicht auch in eine andere Gegend, er wusste es noch nicht. Die Idee, in Gemeinschaft zu leben und ganz neue Modelle des Zusammenlebens zu schaffen, war in beiden lebendig. Gemeinsam würden sie vieles noch konkreter umsetzen können, was bisher in der Luft gelegen war und sie seit Jahren anzog, ohne sich noch zu manifestieren. Sie waren dabei, das Terrain zu sondieren, wie sie es manchmal nannte, und abzustecken, welcher Boden die Samen aufnehmen sollte, um all die Pflänzchen, die aufgehen wollten, dem Licht entgegenwachsen zu sehen.

Die Freunde aus dem Meer

Ich genoss es, alles mit ihm offen und ehrlich besprechen zu können, was mich beschäftigte. Er war ein einfühlsamer Gesprächspartner, der auch immer mehr lernte, sein Herz zu öffnen und zu dem zu stehen, was er als richtig für sich erkannt hatte. Er war mir sehr nah und vertraut geworden während der gemeinsamen Wochen und manchmal war es, als würde ich mit mir selbst als Mann reden. Yin und Yang flossen in einander, jeweils harmonisch bereichert durch die Gegenwart des anderen.
Eines Tages fühlte ich den Drang, früh am Morgen loszuziehen, während er noch schlief. Irgendetwas rief mich, ich wusste nicht was. Als ich noch halb verschlafen über den Strand ging, um mich führen zu lassen, zog mich nicht weit vom Ufer plötzlich ein

Sprühnebel an: Wale! Sie schwammen die Küste entlang in einer großen Ruhe und unglaublichen Eleganz. Alles verwandelte sich rund um sie in eine friedvolle, heilige Energie.
Andächtig ließ ich mich im Sand nieder und beobachtete die Tiere, wie sie in gleitenden Wellenbewegungen auftauchten, ihre Fontäne ausstießen, und wieder untertauchten. Manchmal sah ich eine riesige Schwanzflosse aus dem Meer ragen, manchmal die großen, leicht gebogenen Rückenflossen. Obwohl sie mehrere Meter lang waren, war nichts an ihnen furchterregend. Alles zog mich magisch an, auch das kleine Kalb, das neben der Mutter geschützt in der Gruppe mitzog. Mir war, als nahmen sie Kontakt auf und schauten mich mit ihren großen, tiefen, samtigen Augen aus der Entfernung aufmerksam an. Die Laute, die sie von sich gaben, waren mehr spürbar als hörbar, aber sie brachten mich in einen meditativen Bewusstseinszustand und ich konnte fühlend wahrnehmen, wie sie mir Botschaften sandten. Mein Herz verstand, auch wenn ich keine Worte dafür hatte. Es berührte mich sanft und stark, veränderte meine Schwingung und brachte alles in mir ins Fließen. Als würden sich sämtliche Zellen in mir neu ausrichten, mein Wasser mit dem Wasser von Mutter Erde im Einklang schwingen und wir uns in einem ewigen friedvollen, freudvollen Tanz vereinen.
So unvermutet, wie sie da waren, waren sie auch wieder verschwunden und ich blieb zurück am Strand, nicht wissend, ob ich geträumt hatte. Ich ließ die Stimmung nachwirken, die noch in mir war, und sah sie vor meinem inneren Auge, wie sie durch den Ozean glitten, wie Wesen aus fernen Galaxien, die uns mit

ihren heilsamen Klängen und Energien unterstützten. Sie heilten und reinigten die Meere und schenkten uns ihre Schwingung, um die Frequenz anzuheben. Die energetischen Prozesse der Erde und vieler Menschen, die ihre Lichtkörper jetzt entwickelten, feinstofflichere Energien wahrnahmen und auf dem Weg zu einem erweiterten, neuen Bewusstsein waren, standen mit ihnen in Verbindung. Die Wale sangen ihren Gesang der Heilung als galaktische Symphonie, die auf allen Ebenen schwang und sich uns fühlend vermittelte. Ihre Botschaft war klar für mich verständlich: Liebe die Erde, die Erde liebt dich. Noch gab es sie, die Wale. Aber wie lange?

Die morgendliche Kühle lag nach wie vor über dem Strand, als ich langsam zur Hütte wanderte. Einige Möwen fischten im Ozean und die Stille war spürbar, die durch den Zug der Wale noch in der Luft lag. „Hast du sie gesehen?", begrüßte er mich aufgeregt, als ich zu Hause ankam und ich nickte lächelnd. Er war ganz euphorisch und schilderte, wie er verschlafen auf der Veranda sitzend plötzlich die Fontänen entdeckt hatte. Seit er in seiner Villa wohnte, waren sie nie so nahe gekommen. Das war auch für ihn besonders. Die Schwingung, die ich gefühlt hatte, war ihm entgangen, aber er hatte die Tiere mit seinem Fernglas ausgiebig im Vorbeiziehen beobachtet.

Ich wollte nur noch schlafen und das Erlebnis wirken lassen. Mein Körper fühlte sich wie nach einer Energiebehandlung. Sie hatten in mir mehr ausgelöst, als ich gleich bemerkt hatte. Meine Augen waren am Zufallen und mein Herz wollte baden in dieser Stille. Ich meditierte im Liegen und ließ die Bilder noch einmal vor meinem inneren Auge vorbeiziehen. Er ging auf Zehenspitzen durchs Zimmer, traute sich beinahe nicht an mir vorbei zur Küche, um mich nicht aus der Versenkung zu reißen. Eine besondere Stimmung legte sich über die Hütte und achtsam nahm er sie wahr. Ich roch das Räucherstäbchen, das er angezündet hatte, und hörte eine Kerze flackern. Eine friedvolle Andacht breitete sich rund um uns aus, die nicht von dieser Welt war und uns in einen geheiligten Raum mitnahm.

Er setzte sich neben das Sofa, auf dem ich lag, und meditierte, wie ich es selten bei ihm erlebt hatte. Auch er ließ sich wegtragen von dieser Stimmung und nützte die sanfte Schwingung, um sich neu zu zentrieren und seine Frequenz anzuheben. Noch nie hatte ich etwas ähnlich Kraftvolles und zugleich Zartes und Sanftes erlebt, wie diese Walenergie. Ich war den riesigen Meeressäugern, denen ich mich verbunden fühlte, aus tiefstem Herzen dankbar für ihre Unterstützung. Mein Herz floss über vor Liebe und Tränen stiegen in meine Augen. „Danke, ihr Freunde, ich wünsche euch eine geschützte, behütete Reise über den blauen Planeten. Ich hoffe, dass wir uns wiedersehen.“ Und wie von Ferne hörte ich ihre Gesänge als Zeichen, dass sie die Botschaft empfangen hatten und mit mir weiterhin kommunizierten. Ich fühlte, dass ich, wann immer ich wollte, mit ihnen Kontakt aufnehmen konnte und wir über die Schwingungsebene des Bewusstseins verbunden waren. Das fühlte sich sehr gut und vertraut an. Ich lächelte selig und fiel in einen tiefen traumlosen Schlaf.

Als ich wieder erwachte, war die Sonne untergegangen. Ich hatte den ganzen Tag tief geschlafen. Er saß auf der Veranda in eines seiner Bücher vertieft und hatte sich nicht getraut mich zu wecken. Ich war wie verwandelt und fühlte, dass mein Körper integriert hatte, was durch die Wale zu mir gekommen war. „Cleaning out“, sagte meine innere Stimme, die sich manchmal auf Englisch meldete. Hausputz energetischer Art. Ich war wie erneuert und frisch wie am Morgen nach einer sehr erholsamen Nacht.

Er sah mich aufmerksam an und ich setzte mich zu ihm. Ich wollte ihm von der Erfahrung berichten, soweit das in Worten möglich war, und er würde spüren, wie sehr mich all das berührt hatte. Nichts von dem war tiefer gegangen, was ich in den vergangenen Jahren an Selbsterfahrung erlebt hatte. Ich roch das Wasser und meinte, die Wale immer noch draußen zu fühlen. Sie waren da.

Der Mond war über dem Meer schon sichtbar wie eine leuchtende Barke. Die schmale Sichel strahlte und näherte sich der Venus an. Als ich begann zu erzählen, den Blick in die Ferne gerichtet und den Himmel betrachtend, waren die Wale überall. Auch im Weltall sah ich sie fliegen und erinnerte mich an die Bilder, die ich häufig gesehen hatte. Delphine, Wale und Galaxien, den Sirius als Heimatplaneten, die Verwandtschaft mit den Menschen, den Sternenwesen, die kamen vor Jahrmillionen, um die Welt zu besiedeln. Es war ein Experiment gewesen, die Affen und Höhlenmenschen mit unseren Genen zu kreuzen, um Arbeitskräfte zu gewinnen. Wir wollten Erz und Uran abbauen und kamen von den Sternen in Raumschiffen. Später sollten sie in der Bibel und in den alten Mythen von den Göttern berichten, die vom Himmel fuhren mit Wolken und Blitzen.

Das Meer des blauen Planeten war aus dem Weltall gekommen, durch Kometen mit gefrorenem Wasser aus außerirdischen Welten. Blut und Salzwasser sind verwandt, wir tragen Meerwasser in den Adern, die selben Mineralien und Spurenelemente. Die Wale waren wieder vom Land ins Meer gewandert, während andere Wesen aus dem Meer an Land kamen. Und dazwischen beobachteten die außerirdischen Gäste ihre neuesten Kreationen.
Macht euch die Erde untertan. Wie viel war aus dem Ruder gelaufen! Die erschaffenen Wesen waren nicht von der selben geistigen Entwicklung wie ihre außerirdischen Schöpfer und trugen Gene der Tiere und auch deren Verhalten in sich. Flucht oder Kampf war das Muster, verankert in ihrem alten Gehirn. Der neue Teil in den Schädeln, die jetzt viel größer gewachsen waren und den Müttern beim Gebären fortan Schmerzen bereiteten, weil ihre Vulva zu eng war und nicht für diese Formen gemacht, würde erst allmählich neue Aufgaben übernehmen und den Verstand entwickeln.
Während ich erzählte, liefen die Informationen parallel wie ein Film in mir ab und ich nahm die Geschichte der Bibel aus einem anderen Blickwinkel wahr: „Und sie sahen, dass die Töchter der Menschen schön waren." Ich sah die Sternenwesen sich mit den Menschen paaren und sie genetisch weiter entwickeln, sah Zentauren und andere halbe Tierwesen, Experimente an Paarungen zwischen Menschen und Tieren, die nicht optimal gerieten – halb Pferd, halb Mensch –, die wieder verworfen oder nicht weiter verfolgt wurden. Die Welt war wie ein mythischer Spielplatz und die Sagen der Griechen bekamen neue

Bedeutungen. Sie waren lange erhalten geblieben, über die alten Ägypter bis nach Griechenland gekommen und davor aus Atlantis über das große Wasser, in der Zeit der Kolonien.
Die Wesen hatten den blauen Planeten und seine Entwicklung lange mit Interesse beobachtet, wussten um seine Bodenschätze, die irdische Atmosphäre, die Entstehung von Leben begünstigte, und um das Potential für die Zukunft, die sie schöpferisch vor sich sahen. Sie wollten diesen Planeten besiedeln und die Pyramiden errichten, die sie mit ihrer Heimat verbanden. Sirius, die zentrale Sonne, war der Leitstern, nach dem sie die Bauwerke astronomisch ausrichteten. Er gab ihnen Führung und sie blieben mit ihm in Verbindung. Erst die Tage des Untergangs, die den Schleier des Vergessens über die Erde breiteten, kappten den Draht und die Wesen begannen, sich auf dem neuen Planeten allmählich heimisch zu fühlen. Sie sollten nach der Zeit von Atlantis keinen Schaden mehr anrichten und die Tore wurden geschlossen.
Durch die Paarung mit Tierwesen waren die Körper dichter geworden und sanken in einen Schlaf, aus dem sie jetzt erst allmählich erwachten. Immer mehr ihrer Brüder und Schwestern begannen, sich an ihre Heimatplaneten wieder bewusst zu erinnern und nahmen Kontakt zu den Wesen auf, die jenseits der Zeit in den Raumschiffen warteten und sie noch immer beobachteten. Das Experiment auf der Erde ging in eine neue Phase des Bewusstseins. Die Körper begannen wieder, sich feinstofflicher zu entwickeln und die Wesen wahrzunehmen, die mit ihnen kommunizierten, auch die Delphine und Wale, ihre Sternengeschwister.

Als ich die Erzählung meines Erlebnisses mit den Walen beendete, endete auch das innere Filmprogramm über die Besiedlung der Erde durch die außerirdischen Wesen, die den Walen in ihrer Herkunft verwandt waren. Sie kamen von den Sternen und sie hatten mit mir gesprochen, weil sie mich als Schwester erkannt hatten, die auf dem Weg nach Hause war. Mit ihrer Unterstützung konnte ich meine Frequenz erhöhen und wieder wahrnehmen lernen, was durch meinen irdischen Körper lange vergessen gewesen war. Ich erkannte den Liebesdienst, den mir die Wale erwiesen hatten, und fühlte eine Zartheit in ihrer Schwingung, die gar nicht zu der Masse ihrer physischen Körper passte. Die lichten Wesen kommunizierten auf eine Art, die mir nicht vertraut war, aber mein Wesen gut verstand. Es war Zeit für die Rückkehr nach Hause. Und das nächste Kapitel begann.

Wendezeit

Nachdenklich schaute er auf das Meer. Die Wale waren Wissensspeicher, die die Frequenz der Erde hochhielten, hatte sie gemeint. So hatte er das noch nie gesehen und für ihn waren diese Dinge nach wie vor abstrakt, nicht beweisbar. Aber die riesigen Säugetiere hatten ihn seit jeher fasziniert und immer magisch angezogen. Auch die Delphine, die manchmal in Küstennähe kamen, ließen sein Herz klopfen, wenn er sie sah. Sie waren so voller Freude und Liebe, anders in ihrer Ausstrahlung als die Geschwister, die Wale, die

sehr viel Ruhe und Frieden ausstrahlten, aber nicht minder anziehend.
Er stellte sich die Frage, wo sie gemeinsam landen würden. Nach den Wochen des Treiben-Lassens, mit den Wellen des Lebens fließend, spürte er den Drang, wieder etwas zu organisieren. Er wollte die Wohnungsfrage bald lösen und der Verkauf seiner Firma war beinahe abgeschlossen. Eine Gruppe von Mitarbeitern hatte entschieden, gemeinsam eine Gesellschaft zu gründen und die Aktienmehrheit zu halten. Das war eine gute Lösung, die ihm sehr gefallen hatte. Sie waren mit Liebe bei der Sache und identifiziert mit der Aufgabe, ethisch und menschlich im Umgang zu arbeiten. Er konnte sich entspannt zurückziehen und würde als Konsulent weiterhin zur Verfügung stehen.
Sein neuer Platz zum Leben beschäftigte ihn nun doch mehr, als er gedacht hatte. Die Natur vor der Tür zu haben, wenn auch nicht mehr den Strand und die Wellen, war ihm wichtig geworden. Und die Sehnsucht nach Grün und saftigen Wiesen, wie sie im Süden selten waren, trug er schon lange im Herzen. Der Strandplatz würde erhalten bleiben und ob er seine Villa verkaufen oder vermieten wollte, konnte er noch entscheiden. Das Strandhaus ihres Vaters würde sie immer behalten und dort Meerluft und Sonne tanken, wenn es zu Hause zu grau und feucht war. Der Gedanke, die kalte Jahreszeit hier im Süden zu verbringen und während der brütenden Hitze des Sommers künftig im kühleren Norden zu leben, dort Projekte mitzubegründen und neue Aufgaben zu übernehmen, nahm für ihn allmählich Gestalt an. Er würde seinen Platz schon finden, wenn er sich Zeit

nahm, herumzufahren und die Gegend zu erkunden, die in ihrem Umkreis lag und die ihn besonders anzog. Er war für alle Zeichen offen, die ihm Hinweise geben konnten. Die Beschreibung ihres Platzes klang jedenfalls sehr einladend und auch sie hatte Freude an dem Gedanken, mit ihm in ihrer Nähe zu leben. Ihre Wohnung wollte sie noch nicht aufgeben, sie war jedoch auf Dauer zu klein für beide.
Er dachte an seine Zukunft und wie er sich sein Leben ausmalte. Was genau würde er gerne machen? Die inneren Bilder wurden deutlicher und er sah Szenen mit Menschen, die das Leben freudvoll feierten. Er sah Strand und Palmen und Meer, heile und kreative Wesen mit viel Zeit für einander und alles, was ihnen Freude bereitete. Dort würde es irgendwann einmal hingehen, aber der Weg lag noch verborgen, zeigte Stationen in einem Dorf mit Menschen, die ökologisch leben wollten, spirituell und im Einklang mit der göttlichen Schöpfung und den Ressourcen der Erde.
Die Kinder wurden selbst erzogen, die Felder trugen reiche Ernte und die Experimente des Zusammenlebens ihrerseits Früchte der Liebe. Er war bereit, diesen Weg zu gehen, wo immer er ihn hinführen würde, und er wusste, sie ging ihn Hand in Hand mit ihm gemeinsam. Das gab ihm Kraft zum Weitermachen und für alles, was noch auf ihn zukam. Er ging mit sehr gemischten Gefühlen, doch die Entscheidung war längst gefallen – sie würden bald gemeinsam abreisen und weiter in den Norden ziehen, wo sie ein neues Leben erwartete.

Landeinwärts

Wenn ich die Augen schloss, sah ich das rauschende Meer, den Strand und die Sonne. Ich hatte sie all die Wochen tief in mich eingeatmet und in meinem Herzen gespeichert. Es fühlte sich warm an von den Strahlen und der Liebe, die ich erlebt hatte. Jetzt begann der Alltag wieder. Zögernd und ein wenig widerwillig fügte ich mich in meine Aufgaben. Ich wollte es langsam angehen, aber das Tempo hatte mich schneller wieder erfasst, als mir lieb war.
Die Nähe der Stadt war spürbar, ihr Rasen und Hetzen, Schlag auf Schlag. War ich am Strand mit den Wellen geflossen, hielten mich hier die E-Mails und Telefonate in Atem. Obwohl ich schöne Gespräche mit meinen Freundinnen führte, die sich freuten, dass ich zurück war, fehlten mir Wasser und Sonne, das Lachen der Möwen, der Wind im Haar.
Das Tempo, der Rhythmus des Südens, hatte mir so entsprochen, wie ich es nie vermutet hätte. Ich war ein Südmensch, ich fühlte die Wärme in jeder Zelle und wie mein Körper, mein Herz sich öffneten, wenn ich dem Meer und der Sonne nahe war. Mir war klar, ich würde bald wieder an den Strand zurückkehren. Ich musste nur mein Leben zu Hause ordnen und alles organisieren, um im Herbst wieder da sein zu können. Das Strandhaus war meine zweite Heimat geworden und ich wusste, er liebte den Süden ebenso sehr wie ich und würde sich darauf freuen, mit mir dort zu sein.
Je weiter ich mich vom Strand entfernte und mit jedem Tag mehr an Abstand verblassten die Erinnerungen und wurden immer unwirklicher, als ob ich alles nur geträumt hätte. Die Zeit am Meer wurde wie ein Leben

in einer anderen Realität, einem Paralleluniversum. Die Realität meines Lebens, in das ich jetzt zurückkehrte unterschied sich von der gemeinsam erlebten im Süden. Momentan wohnte er bei mir in der Nähe der Stadt, einer Gegend mit Hügeln, Wasser, Wiesen und Wald. Die Wohnung war eng für uns beide und ich wollte sie nicht verkaufen, weil ich diesen Platz liebte. Mir war bewusst, dass irgendwann eine Entscheidung fallen musste, ob wir zusammenleben würden, doch mir wäre das zum jetzigen Zeitpunkt zu früh gewesen.
Ich fühlte, ich brauchte mehr Abstand, um klarer zu sehen und mich selber wieder deutlicher wahrzunehmen, unabhängig von der Verbindung, die sich so rasch entwickelte. Obwohl ich ihn sehr liebte, war für mich das dauernde Zusammensein auch manchmal anstrengend. Ich liebte langsame Übergänge und war ihm dankbar, dass er das verstand. Er brauchte Freiraum ebenso, seine Zeit alleine, und das Band, das sich geknüpft hatte, war so fest und gleichzeitig dehnbar, dass wir keine Angst hatten, uns abhanden zu kommen. So viele Zeiten hatten wir ohne einander überstanden und uns dennoch wieder gefunden. Da konnten uns ein paar Tage und Wochen mit mehr Abstand nicht trennen, waren wir uns sicher.
Er war mir sehr ans Herz gewachsen und die Vertrautheit, die ich fühlte, ließ mich entspannen und aufatmen. Endlich angekommen, so fühlte es sich an. Ich hatte so lange Jahre sein Bild im Herzen getragen und damit jeden Mann verglichen, aber keiner hatte dem lange standgehalten. Ein inneres Wissen sagte mir: Das ist nicht dein Mann. Und jetzt war er da. Alles stand auf freie Fahrt. Wir waren nicht mehr aufzuhalten, durch

nichts und niemanden zu trennen. Das fühlte sich wirklich gut an.
Als er am Abend vorbeikam, strahlend, weil er wieder klarer wahrnahm, was er wollte, fühlte ich die Liebe. Ich war verrückt nach diesem Mann und wollte mich ganz auf ihn einlassen. Er sah mir leicht amüsiert in die Augen, wohl registrierend, mit wie viel Wohlwollen ich ihn betrachtete, zog mich an sich und küsste mich sanft. Es brauchte keine Worte, wir verstanden uns jenseits von allem, was die Sprache ausdrücken kann, auf einer tieferen Ebene, die wir im Herzen fühlten.
Ich genoss diese wortlose Stille, das gemeinsame Fließen, wenn wir das Essen zubereiteten, wie die Handgriffe, die wir machten, einander selbstverständlich ergänzten, als würden wir an unsichtbaren Fäden bewegt, die uns leiteten. Selbst ein Abendessen zuzubereiten, war ein Akt des Erschaffens. Ohne uns abzusprechen, passten die kleinsten Details der Abläufe und die Wahl der Zutaten völlig perfekt zusammen. Alles schien vollkommen und wir wirkten wie ein Team, das jahrelang nichts anderes gemacht hatte als zusammen zu leben und arbeiten. Es war erstaunlich, wie wir miteinander harmonisierten. Wir genossen den Tanz miteinander und mit sicheren leichten Schritten glitten wir übers Parkett des Lebens.
Ich hatte nichts dergleichen in Beziehungen bisher erlebt. Selten gab es so viel Raum für Spontaneität. Hier war das Gegenteil der Fall, ein stummes einander Verstehen, ein Gleichklang unseres Wollens und Fühlens. Es ging gar nicht anders, als uns perfekt zu ergänzen und zu unterstützen. Wir fühlten uns wie ein Organismus, obwohl wir in uns selber ganz waren, oder vielleicht gerade deshalb. Es gab keine Getrenntheit, doch

es war keine Symbiose, sondern ein gemeinsames Strömen, wie zwei Wellen, die verbunden an das selbe Ufer rollten, immer gesteuert vom Großen Ganzen und im Einklang mit allem.
Wir fühlten uns einander nahe und doch eigenständig als Wesen, genossen den Austausch beim Essen, wenn wir einander den Tag erzählten und die Gedanken, die uns beschäftigten, um danach bei Kerzenlicht wieder zu schweigen, einander in die Augen zu sehen und uns der Heiligkeit der Verbindung einmal mehr bewusst zu werden. Ich war so dankbar für diesen Mann, auf den ich so lang gewartet hatte, und er sah mich als Geschenk, wie seinen Engel, der ihn damals aufgelesen hatte, als ihm alles sinnlos vorkam. Nun entdeckte er die Farben des Lebens, die Liebe zu seinen neuen Plänen, die ihn faszinierten und die er in die Tat umsetzte. Ich hatte ihm ein paar Menschen, die sich mit ähnlichen Dingen befassten, vorgestellt und ihn vernetzt mit Projekten, die zu seiner Philosophie des neuen Wirtschaftens und nachhaltigen Lebens passten. Er war voller Tatendrang, spann kreative Ideen, saß oft bis in die Nacht vor Konzepten. Biologischer Landbau, freie Energien, alternative Wirtschaftssysteme und ein neues Gemeinschaftsleben wurden immer mehr zu Themen, die ihn bis ins Detail beschäftigten.
Schnell hatte sich eine Gruppe von lieben Menschen gefunden, die ein Zukunftsdorf plante, mit Permakultur und freier Schule, Raum für kreativen Ausdruck und Seminare, Wohneinheiten für Individuen aus natürlichen Baustoffen wie Stroh und Lehm und in runden oder spiraligen Formen. Ich staunte und fühlte mich angezogen. In so einem Dorf würde ich sehr gerne wohnen, das fühlte ich schon lange. Dass es sich jetzt

so plötzlich verwirklichte, lag an den Energien, die er mobilisierte und an seinen begeisternden initiatorischen Kräften, die auf die anderen übersprangen und ihre Funken im Herzen entfachten.
Er fühlte, das war die Chance, etwas Neues zu schaffen, das uns verband und uns Raum geben konnte, unsere Liebe zu leben. Ich würde Platz für die Arbeit haben, die ich mit anderen Menschen teilte, für meine Gruppen und Einzelarbeit, und ich freute mich auf die neue Perspektive, mit Gleichgesinnten und doch auch für mich alleine zu arbeiten, je nachdem was gerade stimmte. Es würde Räume für Gemeinschaft ebenso geben, wie für Rückzug. Wir hätten unsere Häuschen, durch einen gläsernen Gang verbunden, könnten einander besuchen oder auch ganz für uns bleiben.
Gemeinschaft sollte möglich, aber keine Verpflichtung sein. Wir konnten Räume gemeinsam nutzen und mit anderen essen, uns austauschen, morgens und abends meditieren, den Jahreskreis zelebrieren, Sonnenauf- und -untergang auf dem Hügel am Teich genießen, wo wir den Blick auf das weite Feld hatten, auf Wald und Wiesen und Tallandschaften. Alles nahm Gestalt vor meinem inneren Auge an. Es war nur noch eine Frage der Zeit, bis wir die Häuser bezogen und den Traum realisierten. Wir trugen die gleiche Sehnsucht im Herzen und wir hatten uns nun gefunden.
Je mehr Ideen entstanden, desto mehr interessierten sich auch plötzlich Geldgeber dafür. Sie wollten alternative Lebenskonzepte umsetzen helfen, waren gespannt auf die Experimente und die ersten Ergebnisse unserer Pionierprojekte. Mit der Natur und trotzdem komfortabel zu leben, zog immer mehr Menschen in unsere Nähe, die das Dorf gemeinsam verwirklichen und

auf Dauer dort leben und arbeiten wollten. Mittlerweile waren zur Kerngruppe von fünf begeisterten Pionieren und Pionierinnen zwanzig weitere Leute gestoßen, Familien und Alleinlebende aus allen Generationen, die ihre Liebe zur Erde und ihre spirituelle Weltanschauung verbanden.
Es waren reife Menschen, die einander gefunden hatten, mit einem Strahlen in ihren Augen und dem Wissen um die inneren Zusammenhänge und das Leben jenseits des Sichtbaren. Sie hatten ihre Krisen gemeistert, manchmal schmerzhafte Initiationen durchleben müssen und zu einem tiefen Vertrauen in das Göttliche gefunden. Es waren selbstverwirklichte Wesen, die ihren Ursprung kannten und daraus schöpften, die keinen anderen für die eigenen Themen verantwortlich machten und nie die Würde des Menschen vergaßen, die wertschätzend und in Liebe und Klarheit miteinander umgingen und sich selbst nicht verleugneten, weil sie wussten, dass die Basis für den Umgang miteinander ihre Liebe zu sich selbst war. Mit diesen Menschen ein Dorf zu erschaffen und vielleicht zusammenzuleben, machte mir Spaß, wenn ich daran dachte.
Der Verkauf seiner Firma war gut vor sich gegangen, er entspannte sich zunehmend und ich genoss sein Dasein, wenn er sich bei mir einnistete, mich verwöhnte und arbeiten ließ, sich in seine Bücher vertiefte und mich abends bekochte. Allmählich wurde er Teil meines Umfelds und ich ließ ihn näher kommen, als ich es ursprünglich gedacht hatte. Sogar ihn im selben Raum neben mir zu fühlen, während ich konzentriert arbeitete, bereitete mir Vergnügen. Früher wollte ich immer ungestört sein, musste mich mehr abgrenzen, jetzt war ich einfach da mit ihm und tat, was immer zu tun war,

ohne mich abzulenken. Es tat gut, ihn hier zu spüren, ihn im Vorbeigehen zu küssen, wenn ich mir etwas zu trinken holte, oder von ihm überraschend eine Tasse Tee zu bekommen und sein Lächeln, die Liebe in seinen Augen wahrzunehmen.

Wir konnten den ganzen Tag über schweigend beisammen sitzen und uns in unsere Arbeit vertiefen. Es brauchte keine Worte, nur das Fühlen und Dasein. Der Abend war uns heilig, ich drehte den Computer ab und er legte seine Bücher zur Seite. Der Abend war nur für uns da. Wir konnten stundenlang über unsere Gedanken während des Tages reden, über neue Ideen, Fragen, die ihn beschäftigten oder Erkenntnisse, die wir hatten. Das Leben war so schön gemeinsam, wie ich es nie erwartet hatte. Ich wollte es immer weniger missen. Die Gegend, in der ich lebte, war mir ans Herz gewachsen, doch nicht so sehr wie er und die Liebe, die uns beide verband. Ich war bereit, hier wegzugehen, wenn das mit meinen Aufgaben weiterhin zu vereinbaren war.

Es gab einige Seen, wo liebe Freunde und Freundinnen wohnten, eine Gegend, die mich stark anzog, und er mochte die Landschaft und die Menschen ebenso. Wir könnten unser Dorf in der Nähe dieser Seen verwirklichen. Möglicherweise würden wir dort ein Grundstück außerhalb eines Ortes finden, auf einem Hügel mit Blick auf das Wasser und den Sonnenauf- und -untergang. Wir wollten uns dort umsehen. Für die Arbeit, die wir vor hatten, war die Gegend eine sehr gute Ausgangsbasis. Er hatte ein Angebot bekommen, an der Universität sein Wissen weiterzugeben. Eine Idee, die ihn reizte, zumal er etwas verändern wollte und als Multiplikator dort die Chance dazu hatte. Einen neuen

Geist, mehr Spirit in die Wirtschaft zu bringen, Menschlichkeit und Ethik mit fachlichem Wissen zu verbinden, das wäre eine schöne Aufgabe und sie würde ihn erfüllen, während wir das Dorf planten. Er nahm das Angebot an. Momentan bedeutete das, dass wir uns weniger sehen würden. Die Universitätsstadt lag in einiger Entfernung zu meinem Platz, aber das konnte uns nicht wirklich belasten. Es war nur ein Übergang und wir würden die Lösung für unser neues gemeinsames Leben sehr bald erschaffen haben, wie wir dachten.

Wir erfuhren, dass eine Gruppe von Menschen in der Nähe der Seen etwas Ähnliches plante, wie wir gemeinsam vor hatten. Aufgeregt nahmen wir Kontakt auf und trafen uns mit den federführenden Mitgliedern der Gemeinschaft. Wir waren einander auf Anhieb sympathisch und der Plan war besiegelt. Wir wollten in das Projekt gerne einsteigen und mit uns möglicherweise auch die Freunde und Freundinnen aus unserer Planungsgruppe. Aufgeregt fuhren wir heim, um die Neuigkeit allen gleich zu erzählen und auf die Entscheidung miteinander anzustoßen.

Wir planten unser neues Leben und es fühlte sich gut an, denn es entstand aus dem Herzen und unseren Visionen, die aus dem Großen Ganzen flossen. Wir waren in Verbindung mit allem und machten einmal mehr die Erfahrung, dass sich alles von selber fügte, wenn wir unserem Fühlen und dem Großen Plan vertrauten. Wenn wir der inneren Wahrheit kompromisslos folgten, gingen alle Türen auf und wir trafen zum richtigen Zeitpunkt immer die richtigen Menschen. Ein Wunder folgte auf das nächste – wir nannten es Synchronizitäten – und ich war dafür dankbar, dass wir im Vertrau-

en lebten. Alles würde sich zum Besten aller durch uns verwirklichen.
Manchmal kamen die Einbrüche, als ob das Alte versuchte, uns wieder in die Angst zu ziehen. Meine Bank hatte plötzlich ohne Warnung das Konto gesperrt. Ich konnte meine Rechnungen plötzlich vorübergehend nicht zahlen. Natürlich wusste ich, dass er genügend Geld auf seiner Bank hatte, doch ich wollte es selber schaffen, meine Angelegenheiten wieder in Ordnung zu bringen. Ich fühlte die Existenzangst, wie sie durch meinen Körper kroch und mich klein und eng machte. Wie ich diese Starre kannte, die mich am Atmen hinderte, bis ich mich völlig bewegungsunfähig und eingefroren fühlte. Ich gab mich der Angst hin, bereit sie widerstandslos zu fühlen und in dem Bewusstsein, dass ich als Schöpferwesen auch das selbst erschaffen hatte. Ohne mich dafür zu verurteilen, weil ich wusste, es war das Beste und diente meinem Wachstum, durch diese Dinge durchzugehen, nahm ich die Verantwortung an und fühlte die Gefühle, die mit der Angst verbunden waren. Ich wusste, sie würden sich lösen, wenn sie voll und ganz gefühlt waren und ich bereit war, sie gehen zu lassen.
Am nächsten Morgen erwachte ich frisch und gut ausgeschlafen. Die Angst war der Entschlossenheit und dem Tatendrang gewichen, so schnell wie möglich zur Bank zu fahren. Noch am selben Tag bekam ich einen Termin, um die Angelegenheiten mit dem Abteilungsleiter zu regeln. Ich fühlte eine innere Klarheit und wusste, ich würde mit dem selben Rahmen wieder die Bank verlassen, den ich die letzten Jahre gehabt hatte. Als ich dem Bankbeamten gegenübertrat, merkte ich, dass er meine Energie fühlte. Ich erklärte ihm die Lage und

warum mein Konto momentan im Minus war. Einige Altlasten der letzten Jahre schlugen sich noch zu Buche, Dinge, wo ich mich verausgabt hatte. Ich hatte ein Seminarhaus bewirtschaftet, ohne auf die Kosten zu achten, und mich auch energetisch verausgabt. Der Kontostand war mein Spiegel. Es war um meine Entwicklung und um die Erfahrung gegangen, die ich in dieser Zeit meines Lebens, meiner härtesten aber auch schönsten, damals gemacht hatte. Die Kosten sah ich inzwischen als Lehrgeld und als Ausbildungskosten in Energiearbeit, denn der Platz hatte mich gefordert und mich so manches gelehrt über Geister, verwundete Energien von Plätzen und alte, offene Rechnungen. Mein Karma war gelöst und ich hatte Schulden abgetragen bis auf den Rest, der auf meinem Konto noch als Minus zu sehen war.
Der Bankbeamte musterte mich mit Interesse und verfolgte gespannt die Erzählungen von meinen neuen beruflichen Plänen. Ohne sich weiter für meine Bilanz, die ich mitgenommen hatte, zu interessieren, bot er mir an, den Rahmen noch um einiges zu erhöhen und mir ein Jahr lang zu garantieren. Ich atmete auf und dankte Spirit, allem, was mich unterstützt hatte, klar und im Vertrauen zu bleiben, dass sich die Dinge lösen würden. Die Last fiel so plötzlich von mir ab, wie sie davor gekommen war und ich hatte den Eindruck, als hätte ich eine Vertrauensprüfung bestanden. Kurz war der Gedanke aufgetaucht, wieder meine Träume und Pläne für eine Weile zurückzustellen und mit ungeliebten Dingen meinen Unterhalt zu verdienen. Doch mein Herz hatte unmissverständlich klar gemacht, dass das unvorstellbar für mein wahres Selbst, meine Seele, war und

dass diese Entscheidung aus der Angst und nicht aus der Liebe kam.
Ich wollte mich den Schatten künftig nicht mehr überlassen, die offenbar noch in mir waren, doch mit jeder Entscheidung für das Licht, die Liebe und das Vertrauen, wurden sie blasser und kraftloser und verloren die Macht über mich. Ich hatte mich entschieden. Ich wollte meine Träume leben und nicht mein Leben nur träumen. Zu viele Menschen hatte ich krank werden oder sterben gesehen, ehe sie ihre Lebensträume in die Tat umsetzen konnten. Das wollte ich nicht erleben.
Ich fühlte den Drang zu schreiben und meinem Vater nachzueifern, gegen den ich so lange Widerstand gehabt hatte. Jetzt ließ ich zu, dass ich seine Talente als seine Tochter geerbt hatte und eine Resonanz dazu spürte. Und ich wollte weiterhin Menschen begleiten, die auf dem Weg zu sich selbst waren und aus dem Traum erwachten, den wir „die Realität" nannten. Wusste ich doch um die Illusionen, die wir zur Wahrheit erhoben hatten und die die Wahrheit verschleierten, die wir in unseren Herzen trugen und wie einen Schatz hüteten. Das Göttliche hatte sich dort verborgen, wo wir am wenigsten suchten: in uns selbst. Dass wir eins mit ihm waren und all das erschaffen konnten, wonach das Herz sich sehnte, weil wir göttliche Wesen waren und mit Schöpferkraft ausgestattet, hatten wir lange vergessen.
Immer mehr Menschen erwachten zu ihrem wahren Wesen und begannen sich in ihrer ganzen strahlenden Schönheit zu erkennen, die durch Sorgen und Ängste viele Leben lang verblasst war. Jetzt wurde ihnen die Kraft bewusster, die sie in sich trugen und wie sie sich selbst davon abgeschnitten und sich boykottiert hatten

durch ihre Zweifel und Ängste. Wie sehr sie sich kleiner machten, als sie in Wahrheit waren. Wenn sie all die Barrieren aus ihrem Weg räumten, ihre Blockaden im Denken lösten und wieder fühlende Schöpfer und Schöpferinnen wurden, erwachte diese Kraft in ihnen mit einem Leuchten, das mich berührte und das mir die Heiligkeit meiner Arbeit bewusst machte. Ich war dankbar für den Platz, an den mich das Leben gestellt hatte, für die Aufgaben, die mir mein Herz und mein Wesen zugedachten.

Als Ego war ich nur Ruhm und Geld und Lustgewinn hinterhergelaufen, jetzt fühlte ich mich erfüllt von Liebe und wahrer Fülle und wusste, die Fülle außen kam, weil ich göttliche Fülle in mir entfaltete. Sie war nicht aufzuhalten, auch wenn ich durch meine Überzeugungen, dass ich nicht viel zum Leben brauchte und ohnehin alles hatte, mich manchmal selbst noch einschränkte, statt die Fülle ganz anzunehmen. Ich war dabei, mir die Hürden in meinem Denken und Unbewussten immer bewusster zu machen und danach gehen zu lassen. Nicht weil ich dem Geld hinterherjagte, sondern weil ich tief in mir wusste, dass sich mein Einsatz bezahlt machte, dass ich es wert war, in Liebe und in der Fülle zu leben, kam der Erfolg auch finanziell. Ich wollte mich nicht mehr klein machen, sondern zu meiner Größe stehen und wieder mehr als genug für alle, mich und die Menschen um mich, verdienen.

„Wer viel hat, hat viel zu geben", hatte ein lieber Freund mir gesagt, der nach Jahren des Mangels endlich im Überfluss lebte. Wer ständig nur das Nötigste für sich selbst erschafft, hat auch nichts mehr weiterzugeben. Und manchmal hilft es mehr, den Hungernden etwas zu spenden, als nur für sie zu beten. Ich wollte

mehr als genug zum Teilen mit den Anderen haben, auch im materiellen Sinne, nicht nur die Herzensliebe. Das eine ging mit dem anderen Hand in Hand. Erwacht und spirituell zu sein musste nicht mehr bedeuten, in Armut in einer Höhle zu leben und nur noch zu meditieren. Das war ein Weg. Es gab noch andere Wege, das irdische Leben mit dem spirituellen Dasein zu verbinden, um den Himmel auf Erden zu schaffen. Daran wollte ich teilhaben, deshalb war ich hier.

Ich gab mich nicht mehr zufrieden mit wenig, ich wollte diese Welt in einen friedvollen, freudvollen Platz verwandeln, um das Leben mit all den göttlichen Wesen zu feiern, die diese Erde bevölkerten. Wenn wir erwachten und das Göttliche wieder verwirklichten, stand dem nichts mehr im Weg. Dann würden Kriege und Leiden von selber enden, weil wir aus Liebe niemals Leid schaffen, sondern Freude und Frieden. Leid kommt aus Angst und Trennung, aus Abgewandtheit von der Liebe. Wir können uns scheinbar vom Göttlichen trennen. Der freie Wille entscheidet sich immer dafür oder dagegen. Trotzdem sind wir göttliche Wesen und nie tatsächlich getrennt, auch wenn wir diese Erfahrung machen, um letztlich wieder zum Ursprung, zur göttlichen Quelle zurückzufinden, die wir in uns tragen und mit der wir eins sind und immer waren.

Liebe und Fülle zu leben, sie ganz in mir selbst zu entfalten und mit anderen Menschen zu teilen, machte mir Spaß und Freude. Ich konnte nicht mehr anders, als mich ganz und gar zu verströmen. Manche verwechselten diese Liebe mit etwas Persönlichem. Sie verrannten sich in Illusionen, die sie selbst erschaffen hatten, und nicht immer ging es ganz ohne Verletzungen, wenn sie die Wahrheit erkannten. Täuschung wich der Enttäu-

schung und die Erwartungen zerbrachen, wenn sie keine Nahrung bekamen.
Manch einer wurde fordernd, wollte seinen Wunschtraum nicht lassen und umfing mich energetisch wie mit Tentakeln, klinkte sich in meine Chakren ein durch sexuelle Fantasien und wollte mich um jeden Preis haben. Dann war ich gefordert, trotzdem in der Liebe zu bleiben und mich bestimmt und in Klarheit zu lösen, die Energieverbindung zu trennen, seine Tentakel aufzuspüren und ihm wieder zurückzugeben, ohne Angriffe zuzulassen, ohne auf sie zu reagieren oder einen Machtkampf zu führen. Ich musste diese Spiele nicht mitspielen, die mir immer wieder begegneten, weil ich sie schnell durchschaut hatte. Meine Entscheidung für ein neues, friedvolles Lebensspiel war gefallen, ohne Menschen nach meinem eigenen Willen zu manipulieren. Doch die Früchte des Alten kamen noch manchmal, um sie zu lösen und zu vergeben – mir selbst und den anderen – und dann in Frieden und Freiheit zu leben.
Ich merkte in solchen Stunden, dass ich nicht mehr im klassischen Sinne wie früher Beziehung leben konnte, mit Ängsten und Besitzansprüchen, die sich maskierten als Treue. In Liebe Ja zu sagen und zu vertrauen, dass wir wirklich zusammengehörten, fühlte sich ungleich besser an, was immer uns das Leben brachte. Wir wollten uns nicht mehr wie Ertrinkende an einander klammern. Er fühlte, dass ich bei ihm war, auch wenn er nicht neben mir lag, ebenso wie ich ihn fühlte. Wir waren miteinander verbunden, wo immer wir auch waren und unseren Aufgaben nachkamen. Das Vertrauen und die Liebe waren unser Band im Herzen, das sich deh-

nen ließ und trotzdem nicht riss, weil wir klar zu einander standen.
Ich liebte ihn mehr, als ich je einen Mann zu lieben imstande gewesen war. Die Jahre des Alleinseins und Aufräumens in meinem Leben hatten mich allmählich verändert und begannen, Früchte zu tragen. Nun war ich bereit, gemeinsam mit einem Mann zu gehen und ihn mir nahe kommen zu lassen, ohne mich selbst zu verlieren. Ich hatte mich gefunden und konnte auch allein glücklich leben. Ich brauchte ihn nicht zum Überleben oder um mich glücklich zu fühlen. Die Zeit der Abhängigkeit war passé und der Weg war frei für die Liebe.

Tage der Einkehr

Das Leben gemeinsam war rasch zu einer Selbstverständlichkeit für ihn geworden. Auch wenn die Projekte langsamer und schleppender vorangingen und die gemeinsame Entscheidungsfindung und Finanzierung nicht so einfach war, wie sie gedacht hatten, ließen sie sich nicht entmutigen. Zum richtigen Zeitpunkt würden die Projekte Gestalt annehmen und sie die richtigen Leute finden, die auch das Geld dafür hatten.
Er versuchte einstweilen in der Umgebung ihres Wohnortes neue Wirtschaftspartner aufzuspüren, die an seinem Wissen interessiert waren und mit ihm als Coach oder Unternehmensberater, dem die Menschen und neue Werte in der Wirtschaft wichtig waren, eng zusammenarbeiten wollten. Die Resonanz war mäßig und die Enttäuschung ihm immer mehr anzusehen.

„Ich will Himmel und Erde leben, lässt sich das denn nicht verwirklichen? Du warst im Himmel und ich auf der Erde. Ich weiß, wir können beides in uns beiden verbinden. Warum dauert das so lange, bis es sich in der Welt zeigt? Ich will die Lust, die Leidenschaft, die Materie leben, aber auch Liebe und Spiritualität. Das muss doch möglich sein." Er war verzweifelt. Die alten Mauern brachen zusammen, während die neuen Grundfesten noch nicht tragfähig waren. Das Neue war noch nicht greifbar.
Sie verstand ihn nur zu gut, war es doch noch nicht lange her, dass sie in ihrem Leben mit den selben Themen konfrontiert gewesen war. Alles, was nicht mehr passte, war von ihr abgefallen. Ein Vakuum entstand, das sich mit neuen Inhalten füllen wollte. Wohin der Lebensstrom sie schlussendlich tragen würde, war zu diesem Zeitpunkt nicht klar. Sie konnte nur der göttlichen Kraft in sich immer mehr vertrauen und darauf, dass immer für sie gesorgt war, aber sie kannte das Unbehagen, die Ängste und Zweifel, die in ihm waren.
„Dein wahres Ich will sich verwirklichen, deine Seele will eins mit dir werden, will, dass du sie erkennst und ganz lebst. Dein früheres Leben passt nicht zu deinem jetzigen Seelenweg, er wird sich dir erst zeigen. Du hast deine Richtung schon eingeschlagen, mit jedem Schritt folgt der nächste von selbst. Lebe ganz hier und jetzt und vertraue auf den Plan deines Lebens, auf deinen göttlich geleiteten Weg. Dann kann dir nichts geschehen." Sie fühlte, dass eine höhere Macht ihr diese Worte eingab und sie erzählte sie sich auch selbst. Die Angst kam in Schüben immer wieder, als wollte sie sie zurückhalten, aber sie gab ihr keine Macht mehr. Sie waren beide erfolgsverwöhnte Karrieremenschen gewe-

sen, die sich Ziele gesetzt und geplant hatten. Jetzt folgten sie dem höheren Plan und fühlten, dass sie die Dinge nicht mehr kontrollieren konnten, nicht mit ihrem Ego. Sie wollten zum Wohle aller und des Großen Ganzen leben, ihren Beitrag zum Frieden in dieser Welt leisten und eine neue Erde erschaffen. So viele Menschen folgten dem Plan, sie mussten nur einander finden und ihre Kräfte bündeln. Dann würde alles einfacher werden.

Wenn sie den Mut verloren, hatten sie immer einander. Einer von beiden war in der Lage, den anderen wieder aufzufangen. Sie waren einander seelischer Beistand und ihre Liebe war stark gewachsen, seit sie den Strand verlassen hatten. Die Sehnsucht war da, zurückzukehren, doch sie wussten beide, es war noch nicht der Zeitpunkt dafür, und so bewahrten sie das Andenken an diese Tage im Herzen und schöpften Kraft aus der Sonne und dem Meer in sich selber. Die Stürme, die über das Land zogen, rissen Ziegel und Äste mit sich in die Fluten des nahen Flusses, doch so unheimlich sie auch waren und so sehr sie ihnen die Kraft der Natur bewusst machten, so stark fühlbar war auch die transformatorische Kraft dahinter. Das Alte wurde hinausgefegt, um dem Neuen Platz zu machen. Die Erde reinigte sich selbst und auch Tod und Zerstörung bereiteten den Boden für neue Samen, die aufgehen wollten.

So viele Seelen hatten entschieden, die Erde jetzt zu verlassen und in anderen Welten zu leben. Nur die, die wirklich bleiben wollten, um die neue Zeit mitzuerschaffen und das Licht der Liebe auf dieser Welt zu verankern, waren noch da. Sie fühlten, sie hatten keine Wahl als immer weiterzumachen, ihre Wahl war getroffen, schon lange. Also waren sie da und blieben und

lebten von einem Tag zum nächsten, einander immer Mut zusprechend, in der Liebe des Herzens.
Sie fühlten, zwischen der Selbstbezogenheit ihrer früheren Leben und der Selbstvergessenheit auf ihren neuen Wegen lag die Wahrheit in der Mitte: Selbst-verwirklicht leben, das war der Weg. Er brachte Himmel und Erde zusammen, Spirit in die Materie und zeigte, dass beides nie getrennt war, dass die Menschheit nur lange darauf vergessen hatte, wo sie tatsächlich herkam und welche Macht die Schöpferkraft in ihre Herzen gepflanzt hatte.
Wenn sie im Augenblick lebten, war alles gut und fließend. Nur wenn sie ihre Ängste und Erfahrungen aus der Erinnerung an frühere Probleme in die Zukunft projizierten, wuchs ihre Panik vor dem Morgen, die Ungewissheit, das Nicht-Greifbare. Jetzt existierten keine Probleme. Alles war vorhanden. Sie hatten genug zu essen, ein schönes Dach über dem Kopf, Arbeit, die sie erfüllte, liebe Freunde und Freundinnen und vor allem einander. Sie lebten im Paradies, aber sie machten es sich zur Hölle, wenn sie der Angst die Macht überließen. Dann war nichts mehr real, dann gab es nur noch Ängste und Sorgen. Es war Zeit, wieder Stopp zu sagen und den Blickwinkel zu korrigieren – von dem, was sie meinten zu brauchen und nicht zu haben, zu dem was sie hatten und nicht mehr sahen. Es war alles da. Und sie entspannten sich wieder, auch wenn das Herz manchmal pochte, als würde es zerspringen und die Aufgeregtheit über alles, was ihnen noch bevor stand, ihnen zuweilen den Atem nahm.
Alles war gut, wie es war. Sie fühlten, das Leben folgte einem höheren Plan, den sie mit erschaffen hatten, und es entfaltete sich Tag für Tag. Der Verstand lief Amok,

doch das Herz wusste, es war wahr und folgte dem, was es spürte. Sie konnten nicht mehr anders als immer wieder Ja zum Leben zu sagen und es Schritt für Schritt zu leben, trotz ihrer Ängste, Zweifel und Sorgen, die den Weg in Frage stellten, damit sie ihn neu bekräftigten. Mit jedem Ja wuchs die Kraft in ihnen und die Finsternis schwand dahin. Vor dem Sonnenaufgang war die Nacht am dunkelsten, daran mussten sie sich erinnern, wenn die Verzweiflung zu groß war. Licht war die stärkste Kraft, ihr hielt keine Dunkelheit stand, und am Ende des dunkelsten Tunnels war der helle Schein wieder sichtbar.

Er nahm ihre Hand und ihre Finger verschränkten sich in einander. Sie saßen sich am Tisch gegenüber, das Licht der Kerze flackerte neben ihrem nächtlichen Mahl und sie sahen einander an. Er fühlte die Wahrheit in ihren Worten und eine zärtliche, warme Woge stieg aus seinem Herzen empor. Ihre Augen glänzten, als sie ihn fühlte und seine Berührtheit bei ihr ankam. „Ich danke dir." Er küsste ihr zärtlich die Hand und sie wusste, dass sie etwas für ihn Wichtiges gesagt hatte. Manchmal war das, was durch sie klang, schon im nächsten Moment verhallt, doch der Geruch von Spirit und das Gefühl des Friedens blieben. Die Kraft, die alles verband und am Leben hielt, war in solchen Momenten spürbar. Und die Dankbarkeit, dass sie das alles erlebte, war stärker als das, was sie jemals ängstigen konnte.

Auf und ab

Je mehr er wieder aus seinem Tief emportauchte, desto mehr stürzte ich ab. Als dürfte ich mir jetzt endlich eine Zeit der Schwäche erlauben, weil ich eine Stütze neben mir hatte, tauchte ich in meine Tiefen. Es gab Tage, da fühlte ich mich dreißig Zentimeter über dem Boden und wollte auch gar nicht im Körper landen, um nicht alles zu fühlen. Ich wollte mich in den Armen Gottes nur entspannen und ausrasten, vom Fluss des Lebens tragen lassen, weil ich zu erschöpft war zum Schwimmen. Trotzdem war da immer das Wissen, dass ich aufhören konnte, mich klein und schwach zu fühlen, doch ich wollte es auskosten, wissend, dass es nicht die Wahrheit war. Nichts war wirklich real im Sinne von letzter Wahrheit und unvergänglich, aber alles fühlte sich sehr real für mich an.

Auf meinem Schreibtisch türmten sich Rechnungen, mit denen ich nicht gerechnet hatte. Zahnarzt, Auto, Computer. Das Außen zwang mich innezuhalten und mein Tempo zu reduzieren. „Wenn ich selber so weitermache, crasht auch mein System", war mir klar. Meine innere Festplatte fühlte sich wie vor dem Kollaps an. Auch ich wurde gerade neu aufgesetzt wie ein Computer, wusste gar nichts mehr, war aber trotzdem bei vollem Bewusstsein. Erklären konnte ich nichts, nur fühlen. Es war, als hätte alles, was lebt, ein Potential an Kraft zur Verfügung. Ich konnte schnell und kurz leben wie die Blumen in meiner Vase, oder gemächlich und lange wie die Hügel vor meinem Fenster. Ich hatte die Wahl, mich zu verzehren, schnell zu flackern und zu verbrennen – oder lange und stetig zu leuchten. Momentan fühlte ich gar kein Leuchten, nur Müdigkeit

und Erschöpftheit. Ich nahm mir Zeit für mich selbst. „Wer seine Höhen und Tiefen nicht kennt, kann auch nicht seine Mitte finden", erinnerte ich mich.
Mehr noch als meine Mitte rettete mich mein Zentrum, der Mittelpunkt meines Herzens, in dem ich meinen Ursprung fand, die göttliche Kraft, und wo alles, was existierte, in mir immer vorhanden war. Dort war Frieden, wie sehr auch die Stürme im Außen tobten, dort fühlte ich, dass alles gut war. Es ging um einen anderen Umgang mit den Dingen, die mir begegneten. Mich nicht mehr unterkriegen zu lassen, nicht zu verzweifeln, sondern in der Gelassenheit zu bleiben und im Vertrauen, in der Liebe zum Leben, wissend, dass alles Sinn machte, so wie es war. Solange ich noch kämpfte gegen das, was das Leben mir brachte, und es innerlich ablehnte, konnte sich nichts verändern. Ich wollte keinen Mangel erleben, lehnte Mangelgefühle ab. Ich empfand sie als demütigend. Demut und Stolz waren Themen auf meinem Weg. Mich demütig unterordnen oder aufgehen im Großen Ganzen, statt den Eigenwillen zu pflegen, verbunden mit meiner Seele statt ausschließlich aus dem Verstand zu leben.
Ich fühlte meine Knie schmerzen, die sich nicht beugen wollten, fühlte das hoch erhobene Haupt einer Königin und ihre starre Hartnäckigkeit. Ich dachte, ich müsste alles tragen, auch meinen Kopf, statt meine Wirbelsäule machen zu lassen. Die Königin, die ich einmal war, wollte sich um keinen Preis der Welt beugen, wollte nicht nachgeben und nicht loslassen. Bis zum Untergang aufrecht, bis zum Schafott. War es das, was ich erlebt hatte? Oder den Strang? Ich fühlte ein großes Unbehagen und wollte mit diesen Bildern nichts mehr zu tun haben. Aber ich wusste, es ging um Demut – flie-

ßen und mich tragen lassen, statt immer gegen den Strom zu schwimmen und mich dabei zu verausgaben. Wie sehr ich mich verausgabt hatte in den letzten Jahren machte mir mein Kontostand klar. Es war Zeit, mich um mich zu kümmern, statt immer um alle anderen, mir den Raum zu geben, meine Träume zu leben und nicht für alle verfügbar zu sein.

Ich spürte mein schlechtes Gewissen, doch mein Herz sagte, ich könne nur für andere da sein, wenn ich für mich da sein könne. Das war wahr, ich konnte niemanden unterstützen, wenn ich mich selbst nicht unterstützte, wieder ins Reine zu kommen und meine Dinge zu lösen. Ich wollte die Verantwortung für mein Leben annehmen und zum ersten Mal ganz leben, mit Licht und Schatten, ohne mich aus lauter Angst zu verkriechen oder in die Arme von einem anderen Menschen zu flüchten. Ich wurde wirklich er-wach-sen. Und trotzdem konnte ich eingestehen, dass ich noch etwas brauchte. Ich brauchte andere Menschen, Liebe und Berührung, und ich brauchte auch noch Geld, Erfolg und Anerkennung. Alles, was ich verleugnet hatte, weil ich mich abhängig fühlte und das nicht fühlen wollte, konnte ich jetzt endlich zugeben. Ja, auch ich war ein Mensch und nicht über alles Brauchen erhaben. Ich hatte noch meine Wünsche, irdische Dinge, die ich mir gerne erfüllen und anderes, was ich erleben wollte mit dem geliebten Menschen.

Es stimmte, ich war noch nicht frei vom Brauchen, aber es entspannte mich, es vor mir selber einzugestehen und nicht länger vorzugeben, alles alleine zu können und nichts und niemand zu brauchen. Das war gelogen und es hatte mich bis an den Rand meiner Kräfte gebracht. Jetzt ließ ich los und ließ mich tragen vom göttlichen Strom und fühlte, wie ich mich mehr und mehr entspannte. Gott in mir und ich in Gott. Das war es, was ich fühlte, eins mit dem Großen Ganzen. Aber da war noch mehr, als ich fühlend erfassen konnte. Ich wusste nur, dass ES da war und ich ES nicht verlieren konnte, dass ES mich immer beschützte und ich nie wirklich unterginge, auch wenn ich mich im großen Strom auflöste und die Welle eines Tages wieder im Meer aufginge. Nichts, was mir Angst machen konnte, hatte Bestand, ebenso nichts, was mich glücklich machte, aber außerhalb von mir lag. Unveränderlich und beständig war nur die Liebe, die Quelle, das Große Ganze, wie immer ich es auch nannte, die göttliche Kraft. Und sie würde mich immer tragen, was und wo ich auch war.

Zurück ans Meer

Er hatte lange versucht, im Landesinneren Fuß zu fassen, doch es war ihm nicht gelungen, obwohl es so gut begonnen hatte. Und er vermisste das Meer. Die Unzufriedenheit wuchs in seinem Herzen, und so sehr er sie liebte, die Gefühle, die sich breit machten, vergifteten die Beziehung. Immer häufiger endeten Tage mit Streit und Tränen und er konnte die Traurigkeit in ihrem Blick nicht ertragen. Er musste gehen, ehe er alles wieder zunichte machte, was sie verband, und die Liebe zerstörte.
Als er es ihr sagte, wirkte sie erleichtert. Insgeheim hatte sie für eine Lösung mit mehr Abstand gebetet. Die Idee, dass er während der Woche in seiner Villa am Strand leben würde, fing ihr an zu gefallen. Am Wo-

chenende könnte er wieder zu ihr nach Hause kommen oder sie würde ihn besuchen und ihr geliebtes Strandhaus sehen. Die Temperaturen am Meer waren immer wärmer als in der Gegend, in der sie im Landesinneren lebten, und seinen Job an der Uni konnte er blockweise weiterführen.
Es zog ihn auch zurück in die Firma, obwohl er das nicht sagte. Er wollte nach dem Rechten sehen und ob nach seinem Abgang alles so lief wie geplant. Möglicherweise könnte er als Konsulent dem neuen Team mit Rat und Tat zur Seite stehen. Er brauchte wieder eine Aufgabe, die ihn erfüllte und die ihm das Gefühl von Erfolg gab. Die neuen Pläne waren allesamt noch nicht aufgegangen, insofern musste er sich fragen, ob die Zeit und er dafür reif waren.
Als sie sich auf dem Flugplatz von einander verabschiedeten, um die erste Woche seit langem wieder getrennt zu verbringen, war beiden trotz der Erleichterung doch auch wehmütig um ihre Herzen. Wie würden sie die Trennung verkraften? Würde sie mehr Nähe in ihre Liebe zurückbringen oder würden sie immer mehr auseinander driften? Sie mussten sich darauf einlassen, auch wenn der Ausgang unklar war. Ihre Herzen wollten Abstand, und sie folgten dem Herzen, was auch immer es sagte, weil es sich als Instanz bewährt hatte. „Gut' Ding braucht Weile", sagte man. Neue Ideen und Pläne brauchten die Zeit zum Reifen. Auch wenn sie lieber heute als morgen in der Gemeinschaft am See leben würden, der Plan war noch nicht zu verwirklichen. Sie stimmten zu, weil die Kräfte des Universums immer das Wohl des Ganzen begünstigten, das sie aus ihren irdischen Blickwinkeln nicht so leicht überschauen

konnten. Sie vertrauten sich dem Strom an, der sie sicher zum Meer führen würde.
Er umarmte sie zärtlich und versprach, täglich anzurufen. Sie hatte es nicht verlangt, doch es gab ihm das Gefühl, verbindlich zu bleiben, auch wenn er sich jetzt verabschiedete. Ihre Liebe war ewig und durch nichts zu trennen. Das hatten ihnen die Leben, an die sie sich beide erinnerten, immer wieder klar gemacht. Nichts ist so ewig wie die Liebe. Als sie sich ein letztes Mal küssten, wussten sie nicht, wie lange sie einander nicht sehen würden. Obwohl seine Rückkehr geplant war, wollten sie es sich offen lassen, den richtigen Zeitpunkt abzuwarten und ihren Gefühlen zu folgen. Würden ihre Herzen am Ende der Woche noch mehr Abstand brauchen, wären sie gewillt, ihrem Innersten zu vertrauen. Wie es sein würde, wenn nicht beide immer das Gleiche wollten, war zu diesem Zeitpunkt nicht klar, aber sie konnten es nur herausfinden, wenn sie wirklich bereit waren, sich voll und ganz einzulassen auf den Weg des Herzens.
Er strich ihr über das Haar und die Wange, sah ihr noch einmal tief in die Augen, ehe sie sich von einander lösten. Vertrauen und Liebe in ihrem Inneren würden ihnen den Weg weisen. Ein letztes Winken, eine Kusshand, und er war ihrem Blick entschwunden, unterwegs zu dem Flugzeug, das ihn, wenn auch verändert, zurück in sein Leben bringen sollte. Er ging mit gemischten Gefühlen, aber er wusste, dass es gut war. Ein neuer Abschnitt begann.

Transformation

Als er gegangen war, fühlte ich, wie die Tränen in mir hochstiegen. Warum war es uns trotz aller Liebe nicht gelungen zusammenzuleben? Ich fuhr versonnen nach Hause und versuchte, mich mit den leeren Räumen wieder ganz anzufreunden. Die Stille und der Abstand, nach denen ich mich gesehnt hatte, fühlten sich plötzlich schal und sinnlos an. War es richtig, ihn gehen zu lassen? Hätten wir es noch verwandeln können mit mehr Liebe und gutem Willen?

Als die Sonne unterging, kroch mir die Sehnsucht in die Adern und meine Nervenbahnen brannten, als würde Strom durch sie fließen. Jede Zelle meines Körpers sehnte sich nach seiner Berührung. Das Feuer der Liebe verbrannte, was nicht in Liebe war. Alte Kindheitserinnerungen nahmen Gestalt an – mein Vater, nach dem ich mich immer gesehnt hatte und der viel zu selten bei mir war. Ich fühlte mich zu kurz gekommen und wollte alles nachholen, was ich damals versäumt hatte. Trotzdem wusste mein Körper, das war nicht möglich. Es war Vergangenheit. Ich lebte heute und es war nicht seine Aufgabe, mich von den Kindheitsgeschichten zu heilen. Aber ich war ihm dankbar, dass er mich durch sein Nicht-Dasein an meine alten Themen und Gefühle erinnerte.

Langsam begann ich, den Körper zu streicheln und ihm zu geben, was er verlangte. Ich merkte, wie er sich entspannte und wie ein Schwamm die Zärtlichkeit aufnahm, die ich mir selber schenkte. Meine Hände wanderten unter meinen Pullover, streichelten sanft meine Brüste. Ich stellte mir vor, meine Hände wären die seinen und würden langsam über meinen Körper gleiten. Die samtige Haut meiner Schenkel, die Wölbung meines Bauches, die sich schneller hob und senkte, der Atem, der immer tiefer wurde, während die Hände den Weg dorthin fanden, wo es mir Lust bereitete und ich mich mehr und mehr entspannte. Mein Körper bebte und obwohl mein Liebster nicht bei mir war, war er mir nahe wie schon lange nicht mehr seit dem Abschied vom Strand. Ich stöhnte unter der Berührung meiner Hände, die seine waren, spürte seine Küsse überall, wo es mir gut tat, und überließ mich der Welle der Leidenschaft, die sich ihren Weg durch mich bahnte. Mit einem Stöhnen entlud sich die Hitze und eine tiefe Liebe entströmte meinem Herzen und nahm ihm den Schmerz der Sehnsucht. Regungslos blieb ich liegen und fühlte das Strömen abebben, langsam die Wellen versiegen, bis sich der Frieden über mich senkte, den ich so sehr vermisst hatte.

Was war geschehen? Wie war ich unbemerkt wieder in diese Abhängigkeit geraten? Mein Körper hatte geschmerzt, wie ich es von früheren Beziehungen kannte, doch ich dachte, ich hätte dieses Sehnen längst hinter mir gelassen. Ich fühlte die letzten brennenden Reste des Verlangens verschwinden und wusste gleichzeitig, es war nötig, um alles zu transformieren. Die Tage ohne ihn würden heilsam sein, um dem Fühlen standzuhalten, das ich lange verdrängt hatte. Meine Lust war zu kurz gekommen, sie wollte strömen und sich verschenken, sich nicht mehr länger zurückhalten, bei aller Liebe zu Spirit auch noch ganz irdisch lieben und sich lieben lassen, leidenschaftlich und zart gleichermaßen.

Ich hatte Lust lange abgewertet und sie im Körper einschlafen lassen. Jetzt brach sie sich wieder Bahn und wollte voll und ganz gelebt werden. Seltsam, dass das erst möglich war, nachdem er fortgegangen war. Er hatte sich manchmal danach gesehnt, wild und leidenschaftlich zu sein. Doch ich war von dem heiligen Gedanken der Liebe in Spirit besessen und wollte nichts anderes mehr zulassen. Alles war Spirit, das war mir jetzt klar. Wilder Sex war genauso heilig, wie das stille Verschmelzen durch die Liebe im Herzen, die alles in uns durchdrang. Sie wollte sich in ihrer Vielfalt durch uns offenbaren, nicht mehr im Ausdruck eingeschränkt werden, sondern sich lustvoll verströmen.

Als er am späteren Abend anrief, war ich schon wieder bei mir gelandet und konnte ihn von Herzen empfangen. Wir teilten unsere Sehnsucht, er vermisste mich ebenso, wenngleich es ihm etwas besser gelang, bei sich und seinen Plänen zu bleiben und sich vom Sehnen abzulenken. Er wollte nicht mehr leiden, das würde auch niemand helfen. Langsam wuchs das Vertrauen, dass uns auch das nicht trennen konnte, was wir als Trennung empfanden. Die Verbundenheit war viel stärker als alles, was wir bisher erlebt hatten. Kein noch so großer äußerer Abstand konnte die Liebe ersticken oder in uns zum Schweigen bringen. Sie wollte sich Gehör verschaffen, sich nicht still und leise verdrücken, sondern in die Welt hinaustragen, was uns im Herzen verband.

Ich war dankbar für diesen Mann und seine warme Stimme, die mich zärtlich umfing. Seine Art, von sich zu sprechen, seine Gefühle auszudrücken, zu reflektieren und gleichzeitig sich für mich zu interessieren, meine Welt zu erforschen und daran teilzuhaben, ließ mich immer wieder staunen und

Danke sagen. Was für ein Geschenk war er doch in meinem Leben! Wie ein Wunder war er über mich gekommen, ich konnte es kaum noch sehen bei all der Nähe der letzten Wochen. Unser Abstand machte uns klarer, was wir an einander hatten und beinahe vergessen hätten, als der Alltag überhand nahm und das Tempo dahin raste, sodass es uns fast den Atem nahm und dem Fühlen der Liebe im Weg stand. Das wollte ich nicht mehr zulassen.

Ich wollte künftig den Tag wieder meditativ in Ruhe beginnen, langsam, bewusst die Arbeit starten und mich nicht mehr vereinnahmen lassen von der Welt der anderen, die halb bewusstlos Karriere machten. Nichts war so wertvoll wie die Liebe, sie war in allem, was wir taten, immer die wichtigste Kraft. Mit der Liebe war Erfolg sicher. Alles was wir in Liebe taten, konnte sich frei entfalten und blühen, nur die Verbissenheit nahm den Atem und machte starr, was fließen wollte.

Wir verabschiedeten uns, wissend, dass auch die Tage alleine jetzt ihren Sinn hatten, um uns wieder zu sammeln und die Energien zu entwirren, die sich verstrickt gehabt hatten.

Als ich den Hörer auflegte, fühlte ich seine Liebe im Herzen und ich war mir sicher, er fühlte meine ebenso. Ich war ganz im Vertrauen, dass nichts wirklich dieses Gefühl jemals auslöschen konnte und ich dankte Gott für den Mann, den ich am Strand gefunden hatte wie eine Muschel im Sand meiner Träume.

Am nächsten Tag rief er nicht an und auch nicht am übernächsten. Ich fühlte, wie die Ängste langsam in mein Herz krochen. Was, wenn er sein Herz wieder verschloss und die Liebe aussperrte, weil sie ihm Angst machte? Was, wenn er sich mit anderen Frauen

ablenkte, um die Wucht dessen nicht zu fühlen, was uns beide ergriffen hatte? Könnte er das alles einfach wieder abstellen, wegdrängen und vergessen, wie er das früher oft gemacht hatte? Könnte der Zug des Alten wieder so stark sein, alles, was wir gemeinsam entdeckt hatten, mit einem Schlag zunichte zu machen? Ängste und Themen aus meiner Kindheit, die ich längst schon erledigt dachte, kamen aus der Unterwelt hoch und ich fühlte das Sehnen nach einem Mann, der nicht da war, wie mein Vater als ich ein Kind war. Er war in meinem Herzen, aber nicht im realen Leben.
Ewig abwesende Männer. War einmal einer physisch anwesend, war er sicher nicht ansprechbar oder emotional nicht erreichbar. Warum erschuf ich mir das? Weil es mir so vertraut war? War das mein Bild von Liebe? Ein Mann, der nie da war, nicht verfügbar? Der Gedanke, ihn zu verlieren, wo ich ihn gerade nach all der Zeit des auf ihn Wartens endlich gefunden hatte, war mir unerträglich. Gleichzeitig entschied ich mich, ihm den Raum zu geben, sich von sich aus anzunähern, und nicht der Angst zu folgen oder ihn zu bedrängen. Ich wusste, wenn ich zu nahe kam, fiel die Klappe und ich kam gar nicht mehr an ihn heran. Bei zu viel innerer Nähe ging er meist auf Distanz, um sich selbst nicht in den Gefühlen, die auch für ihn so stark waren, völlig zu verlieren. Er hatte Angst, ich wusste es, und ich konnte nur vertrauen, dass die Macht, die uns gelenkt und zu einander geführt hatte, uns auch in diesen Stunden verband. Die Liebe ist die stärkste Kraft. Wie könnten Ängste und Zweifel ihr jemals wirklich standhalten? Nur was nicht Liebe ist, kann verschwinden, nur die Illusionen können sich auflösen, niemals die Liebe selbst.

So war ich bereit, mich an die ewige Liebe hinzugeben und mit ihr zu fließen, wohin sie mich auch tragen wollte und ließ es zu, dass mein Herz und mein Körper manchmal stundenlang schmerzten. Ich ließ es zu, dass das Alte sich mehr und mehr transformierte, dass diese inneren Schlacken allmählich durch das Feuer der Liebe mehr und mehr schmolzen und sich auflösten. Tief im Herzen wusste ich, dass das alles Sinn hatte und war bereit, zu vertrauen, dass, was zu mir gehörte auch immer zu mir zurückkam.

Ich betete, dass alles, was wir in den letzten Monaten mit einander erlebt hatten, nicht nur Illusion war, aus einer Sehnsucht geboren. Da war er also noch in mir: der Zweifel an der Macht der Liebe. Zweifel an seinen Worten, ob sie auch echt waren, Zweifel an meinem Sehnen, ob es aus Liebe oder aus Abhängigkeit geboren war. Es war Zeit, dass der Zweifel aus meinem Leben verschwand. Viel zu lange war er mein Begleiter gewesen. Jetzt war das Vertrauen mein neuer Verbündeter, es passte besser zur Liebe, und ich wollte es zulassen, dass diese mich ergriff.

Ich wollte mich dem Strom ergeben und mit der Liebe fließen, an welche Ufer auch immer. Und ich ließ mich fallen und tragen, zitternd und doch der Liebe ergeben. Ich würde niemals untergehen, wenn die Liebe in mir und um mich war. Alles war Liebe, was ich fühlte, auch hinter der Angst war sie verborgen, in meinem Ringen nach Vertrauen und nach geduldigem Wachsenlassen. Aushalten, Ausharren, Dranbleiben. Einfach mit offenem Herzen sein und das Leben, die Liebe, immer willkommen heißen, in jeder Sekunde und wie sie sich auch ausdrückte. Das war mein Ja für die Liebe. Ich konnte nicht anders, ich konnte sie nicht aus dem

Herzen verbannen, das wäre wohl mein Ende gewesen. Die Liebe an sich war nicht zu trennen von der Liebe zu diesem Menschen, der mich so tief berührt hatte, wie noch kein anderer Mann. Also beschloss ich zu bleiben und leben und der Liebe Raum zu geben, sich durch uns neu zu entfalten.

Allmählich gelang es mir wieder, mich auf mein Leben zu konzentrieren und die Erfolge zu genießen, die sich mir Tag für Tag ankündigten. Auch wenn ich nichts von ihm hörte, war ich entschlossen, ihn deshalb nicht zu verlassen, aber auch mich und das Göttliche nicht. Ich wollte Liebe leben in jedem Moment meines Daseins, auch wenn mich das Verlangen und die Sehnsucht nach ihm zerrissen und ich das Feuer fühlte, das mich in dieser Zeit transformierte. Ihn wollte ich nicht mehr lassen und missen und ich vertraute der Liebe, die uns zusammengebracht hatte, dass sie ein Ventil finden würde, um sich wieder zu verströmen und das fortzuführen, was sie durch uns begonnen hatte. Die Liebe wollte lieben, das war ihr Lebenssinn. Welchen Sinn sollte es haben, der Liebe zu begegnen und sie dann wieder gehen zu lassen, ohne sich ihr hingegeben zu haben?

Alles in mir wollte Liebe leben, mein Körper, mein Herz und mein Spirit, und ich liebte diesen Mann mit jeder Faser meines Leibes und mit der Essenz, die ich war. Wenn ich diese Liebe bewahrte, konnte uns nichts mehr trennen, auch nicht die Illusion der Getrenntheit, der ich manchmal erlag. Gleichzeitig sah ich die Gefahr, mich davon abhängig zu machen und das Irdische festzuhalten, dass wie alles andere Irdische nicht die letzte Wahrheit und somit vergänglich war. Festhalten wollen brachte nur Leiden, und diese

Gratwanderung zu schaffen, ihn zu lieben und loszulassen, war die Herausforderung dieser Tage, in denen wir getrennt waren. Alles, was zu mir gehörte, konnte mir nichts und niemand nehmen, und was nicht zu mir gehörte, würde ich nicht festhalten können.
Ich ließ ihn gehen, nicht ohne ihn wieder willkommen heißen zu wollen, wann immer er zu mir zurückkehrte. Denn ich wusste, die Liebe war stark, auch in seinem Herzen, und er würde wiederkommen. Die Frage war lediglich wann und wie ich bereit war, daran zu wachsen und mich der Liebe hinzugeben. Ich wollte alles verabschieden, loslassen, was nicht völlig in Liebe war. Ich konnte alles mit Licht durchfluten und alles Fühlen in mir zulassen, selbst die Angst in Vertrauen verwandeln.
Die Liebe war die stärkste Kraft, sie transformierte alles, wenn ich bereit dazu war und sie annahm, denn sie hatte auf mich gewartet, geduldig, lustvoll und sinnlich. Im Herzen fand ich den ewig Geliebten, der nicht getrennt von mir war, nicht Mensch war, den inneren Geliebten, mit dem ich immer eins war, der das Göttliche Selbst war und mein innerer Mann. Ich wollte diese Trennung auflösen, die ich lange erschaffen hatte, zwischen Körper, Seele und Spirit. Ich wollte Einheit erleben, Einheit in mir und mit allem. Einheit, die war, ist und sein wird, die einzige Wahrheit des Lebens. Die Liebe war da und ich sagte Ja.
Mit den Tagen gelang es mir besser und besser, wieder mein Leben zu leben und die Liebe in mir zu fühlen, die ich selber verkörperte. Ich war in die alte Falle gegangen und hatte mich selber verlassen, hatte die Liebe zu einem Mann über die Liebe zu mir gestellt und

die Liebe zu allem was ist. Ich konnte das Glück niemals im Außen finden, nicht wenn ich bei einem Menschen die Erfüllung und Einheit suchte, statt in mir und im Großen Ganzen. Je mehr ich das erfasste und fühlte und die Liebe in mir entdeckte, desto mehr waren Frieden und Freude, unabhängig von ihm, präsent. Ich liebte ihn, aber ich war von ihm und seiner Liebe nicht mehr abhängig. Ich war Liebe in meiner Essenz. Zu erkennen, wie sehr ich mich wieder selber klein gemacht und gequält hatte, mich boykottierte und bestrafte, war der Anfang vom Ende dieser Selbstquälerei. Ich wollte Abschied vom Opferdasein, meine ganze Größe und mein Potential entfalten. Niemand außer mir selber konnte mich jemals kleiner machen, niemand konnte für mich beschließen, den Kokon zu verlassen und als Schmetterling zu fliegen.
Ich dachte an ihn in Liebe und konnte ihn lassen, konnte den Abstand respektieren und die Distanz als andere Seite unserer Nähe akzeptieren. „Alles ist gut wie es ist", sagt das Vertrauen in die Liebe. Das Beste geschieht zum richtigen Zeitpunkt. Ich ließ mich fallen ins Große Ganze und ich blieb ganz in mir, im Zentrum. Ich bin jetzt hier, das ist alles, und daraus entsteht alles jeden Moment aufs Neue. Auch wenn ich nicht wusste, wo es uns hinführen würde, konnte ich mich nur hingeben und dem Leben vertrauen. Das Beste geschieht und das Leben irrt nie. Ich ließ ihn gehen, um bei mir selber anzukommen und ich hieß ihn willkommen, war bereit, mich auf alles, was in den nächsten Wochen, Monaten und Jahren mit diesem Mann auf mich zu kam, voll und ganz einzulassen. Ich war ganz da.

Zeit der Stille

Er hatte sich bewusst zurückgenommen, um sich wieder zu spüren. Die Zeit mit ihr war intensiv und sie nahm ihm den Atem. Er wusste manchmal nicht mehr, wo er endete und sie begann. Sie flossen so sehr in einander, dass keine Grenzen mehr spürbar waren. Das machte ihm Angst. Er musste sich zurückziehen, um sich selbst wieder zu finden und ganz zu sich zurück zu kommen. So schön das Einheitsgefühl mit ihr war, er fühlte sich manchmal mit Haut und Haaren verschlungen. Dann brauchte er Distanz.
Je mehr sie auf ihn zu ging, desto mehr wollte er weg von ihr. Wenn sie einfach da war und ihm das Gefühl gab, dass sie ihn liebte und auf ihn wartete, konnte er sich frei entscheiden, sich annähern, auf sie zugehen und wieder Abstand nehmen, um die Anziehungskraft zu spüren. Es war wie ein Auf-sie-zu-Fließen und wieder Von-ihr-weg-Ziehen. Er wollte das Gefühl haben, kommen und gehen zu können, wie es für ihn gerade passte. Sie war sein Ankerplatz in der Ferne, dort wo sein Herz zu Hause war, auch wenn er Kilometer entfernt seine Arbeit machte. Er wollte an sie denken können, ohne Verpflichtungen, einfach genießen, was das Leben ihm bot, auch Flirts mit anderen Frauen oder schöne Zusammentreffen, ohne die Angst, sie zu verletzen und zu verlieren.
Ob sie selbst das genauso sah, wusste er nicht mit Bestimmtheit, aber er vermied es, sie danach zu fragen und seinen Traum zu zerstören. Wie viel Sicherheit konnte er ihr tatsächlich bieten? Wieweit wollte er sich einlassen? Wollte er wirklich ganz eintauchen oder den Fluchtweg offen halten? Sollte er all die Türen

schließen, die noch halb geöffnet waren, sich den Möglichkeiten verwehren, die er bei anderen Frauen hatte? Würde er Ja zu ihr sagen, wenn sie ihn bat, sich zu entscheiden? Er wusste es nicht mit Bestimmtheit.

Die ersten Wochen und Monate hatten in ihm etwas wachgerüttelt, was er noch nie erlebt hatte. Er kam damit nicht klar. Das alte Leben war vertrauter, er wusste, was ihn erwartete, auch wenn es ihn nicht mehr glücklich machte. Wenn er es schaffte, sich ganz und gar auf sie einzulassen, wusste er nicht, was auf ihn zu kam. Alles war neu und unberechenbar und ein Überschwang an Gefühlen, denen er nicht gewachsen war. Er fühlte sich völlig ausgeliefert, ihrer Liebe, der Leidenschaft und der Sehnsucht, die er fühlte. Ein Teil von ihm sagte: Das ist das Wahre, das ist es, was du immer gesucht hast. Aber da war auch die Angst zu verlieren, zu leiden, die Angst vor Verletzung und Selbstaufgabe.

Er rauchte eine Zigarette und starrte durch das offene Fenster seines Hauses hinaus auf den Ozean. Die Erinnerungen an damals, als er sie zum ersten Mal an diesem Strand gesehen hatte, wurden wieder in ihm wach. Er konnte sie fühlen und sah ihr Lachen im Wind. Wie sehr er sie vermisste. Er bemerkte, dass alles rundherum ohne sie verblasste und der Strand nicht mehr der selbe war. Eine Woche war vergangen, seit sie sich getrennt und miteinander telefoniert hatten. Seither war er auf Rückzug gegangen. Er wollte ein Lebenszeichen geben, sie an sich wieder erinnern und ihr sagen, dass er sie liebte und häufig an sie dachte. Die Sehnsucht war da, sie zu spüren und ihr im Strandhaus zu begegnen. Er griff zu seinem Telefon und schickte eine Nachricht ab: „Auch wenn wir

momentan nicht täglich am Leben des anderen teilhaben, ich denke an dich, umarme dich aus der Ferne.“ Er schickte es ab und wartete auf eine Antwort. – „Ich freue mich, von dir zu hören und schicke dir eine Umarmung von Herzen.“ – Er atmete auf, sie war noch bei ihm. Er konnte sich wieder entspannen und auf seine Arbeit konzentrieren. Doch er merkte, er würde sie gerne bald wieder physisch umarmen. Sie fehlte ihm, er wollte sie wiedersehen und fühlen.
Die Tage verbrachte er in seiner früheren Firma. Die Belegschaft freute sich, dass er zurück war und als Konsulent zur Verfügung stand. Das alte Team hatte sich gut in die neue Leitungsrolle eingefunden, doch es fehlten die Visionen für die Zukunft. Er wollte Spirit und Menschlichkeit in die Wirtschaft bringen und ließ sich nicht mehr aufhalten, gleich dort damit zu beginnen, wo er war.
Morgens startete er im Team mit zehn Minuten Stille vor der täglichen Sitzung. Die Meditation ließ alle in ihr innerstes Zentrum, den Raum ihres Herzens, kommen und in Ruhe den Tag beginnen. Aus dieser gemeinsamen Stille entstand ein neuer Raum im Team und eine tiefe Verbundenheit. Die fünf, die den inneren Kern bildeten, waren fast telepathisch vernetzt. Einer begann, einen Satz zu sagen, die anderen fühlten schon, wo er weiterging, wenn sie aus dem Herzen zuhörten und miteinander kommunizierten. Eine höhere Macht hatte plötzlich die Führung übernommen und die Ideen nahmen mühelos Gestalt an. Eines griff ins andere und sie setzten ein Puzzle gemeinsam zusammen, das am Ende ein Bild ergab, das größer war als die Summe der Teile.

Tiefe Zufriedenheit stellte sich ein, das Betriebsklima wurde entspannter, der Umgang miteinander ruhiger, wertschätzender und liebevoller. Immer wieder sah man Menschen einander umarmen und lächeln, Augen und Herzen sich begegnen. Die Veränderung an der Spitze hatte ihre Kreise bis zur Basis gezogen. Eine neue Ruhe und aufmerksame Gelassenheit war an Stelle der früheren lauten Hektik getreten. Er bemerkte plötzlich, dass durch seine Veränderung und durch seine Art, die Menschen im Herzen zu berühren, Wunder geschehen konnten.
Früher verfeindete Kollegen, die einander heftig gemobbt hatten, fanden plötzlich eine Gesprächsbasis und das Konkurrenzgehabe der Abteilungsleiter wurde zu einem kooperativen Miteinander. Kreativität entfaltete sich in diesem Klima von selbst und er fragte sich, wie das alles mit so wenig Aufwand möglich gewesen war. Er hatte Herzqualität entfaltet und gab es mit seinem Team gemeinsam an die Mitarbeiter und Mitarbeiterinnen weiter. Es war allen aufgefallen, wie sehr er sich verändert hatte. Das, was er immer wollte, aber nie gelebt hatte – Menschlichkeit und Mitgefühl, Wertschätzung und ein tiefes Verständnis für einander im Alltag – waren plötzlich deutlich spürbar. Er lebte, was er sagte und dachte, er war authentisch und das, was die Firma ihm widerspiegelte, war sein Inneres.
Wo früher Streit und Krieg waren, einander übertrumpfen und der Beste sein wollen, standen jetzt Freude, Spaß an der Arbeit, am gemeinsamen Schaffen und an ihren Visionen, denen sie mehr an Bedeutung gaben, als sich selbst als Einzelpersonen. Die Projekte, die sie an Land zogen, wurden sozialer und standen in einem Zusammenhang mit Nachhaltigkeit und

Lebenserhaltung. Unbeschränktes Wachstum, Ausbeutung der Natur, Geld nur um des Geldes willen, ohne größere Ziele, passte nicht mehr zu ihrer Unternehmensphilosophie.
Es machte ihm zunehmend wieder Spaß, miteinander die Firma zu leiten und auch die Abende oder Samstage mit seinem Team zu verbringen. Aus Kollegen und Kolleginnen wurde seine Seelenfamilie. Eine Frau war ihm besonders ans Herz gewachsen – Sheena. Obwohl sie erst Mitte Zwanzig war, hatte sie einen Tiefgang und Reife, die ihn sehr beeindruckten. Sheena machte schamanische Arbeit und ging immer wieder zu Schwitzhüttenzeremonien, um sich energetisch zu reinigen und auf Aufgaben vorzubereiten. Das Team beschloss eines Tages, an einer dieser Zeremonien gemeinsam teilzunehmen. Sie wollten näher zusammenrücken, einander auch ihre Schwächen zeigen, ihre Ängste, Zweifel und Schmerzen. Je mehr sie sich ganz offen und verletzlich preisgeben konnten, desto mehr wuchsen die Nähe und das Vertrauen zu einander.
An dem Wochenende, an dem die Schwitzhütte stattfinden sollte, regnete es in Strömen. Die Reinigung hatte schon begonnen, während sie aus der Stadt hinaus fuhren und den Platz im Wald ansteuerten, wo die Schwitzhütte stand. Der Leiter empfing sie herzlich mit einer Umarmung. Seine Ausstrahlung war indianisch, die Mutter Cherokee, Vater Amerikaner. Er war eine Brücke zwischen den Welten des alten und des neuen Amerika und verstand sich als Rainbow-Warrier, als ein friedvoller Krieger des Herzens, der nicht den Kampf, sondern Liebe und Frieden in sich und in der Welt verwirklichte.

Das neue Zeitalter war an diesem friedvollen Platz im Wald schon spürbar und die Naturwesen unterstützten die Zeremonie ebenso, wie die Elemente und Kräfte der vier Himmelsrichtungen. Während sie sich im Tipi, dem Zelt neben der igluförmigen Schwitzhütte, zusammenfanden und ihre Herzenswünsche in kleine Tabakbeutelchen einnähten, ließ der Regen langsam nach. Sie arbeiteten in Stille und banden ihre tabakgefüllten Stoffbeutelchen dicht an einander zu Ketten, um sie im Inneren der Schwitzhütte über sich aufzuhängen. Ihr Schwitzhüttenleiter entzündete draußen das Feuer, das die Steine für die Zeremonie ordentlich erhitzen sollte. Gemeinsam deckten sie die Hütte aus geflochtenen Zweigen lichtdicht mit Decken und Planen ab. Innen, in der Mitte der Hütte, war eine Grube ausgehoben, in die die Steine kommen würden, wenn sie durch das Feuer glühten. Nach jedem Durchgang des gemeinsamen Betens und Singens würde die Zahl erhöht werden.
Wasser mit Kräutern stand bereit, um es auf die Steine zu gießen, wenn die Zeremonie startete. Alle begannen, sich vorzubereiten und in leichte Kleidung zu schlüpfen. Durch den kleinen runden Eingang krochen sie in das dunkle Innere der kleinen Hütte, die gerade hoch genug war, um darin auf dem Boden zu sitzen wie im Bauch von Mutter Erde. Auf einer Schaufel balancierend, hievte der Feuermann, der das Feuer hütete, die ersten Steine in das Innere der Hütte, ehe er die letzte Decke über dem Eingangsbereich außen zuzog. Nur das rote Glühen der Steine war noch sichtbar und eine scharfes Zischen hörbar, als das kalte Wasser ihre Oberfläche berührte und sich auf der Stelle in heißen Dampf verwandelte. Die heiße Luft strömte

in die Lungen aller Beteiligten und die Dämpfe der Kräuter reinigten sie. Der Schweiß floss aus allen Poren in kleinen Bächen über die Körper und tränkte ihre Kleider, bis sie an der Haut klebten.

Der Zeremonienleiter hatte begonnen, die Kräfte zu rufen, die ihn bei seiner Arbeit unterstützten, und ihnen für ihr Dasein zu danken. Er schlug die Trommel und sang mit kräftiger Stimme seine schamanischen Kraftlieder, um sich mit allem, was ist, zu verbinden. Die Atmosphäre veränderte sich. Er war in Trance und ließ die Geister durch sich sprechen, öffnete sich dem Großen Geist, Spirit in allem, um der Gruppe zu dienen. Die Kraft der Visionen möge auf alle einströmen, sang er in seiner Sprache und dankte für alles. Die Gruppe schloss sich ihm an und dankte für alles, was sie in ihrem Leben schätzte, für die Geschenke des Daseins, auch für alles Selbstverständliche, das im Alltag oft unterging und nicht genügend gewürdigt wurde.

Nach dieser ersten Runde öffnete sich wieder die Klappe und weitere heiße Steine wurden mit der Heugabel in das Erdloch inmitten der Hütte geschichtet. Die Hitze stieg und als das Wasser wieder die Form veränderte, stach der Dampf in den Lungen. Sheena beugte sich vornüber und legte den Kopf auf die Erde. Er fühlte ihren Körper dicht neben seinem und tat es ihr gleich. Die Luft war hier viel kühler und das Atmen fiel leichter. Nun wollten sie alles ins Feuer geben, was ihren Visionen im Weg stand. Es würde transformieren, was ihnen hinderlich war. Ängste und Zweifel, Unzulänglichkeiten und Schmerzen landeten in den feuerrot glühenden Steinen, während die Kraftlieder ertönten.

Und wieder öffnete sich die Klappe aus Decken, als diese Runde vorbei war. Ein kühler Luftschwall aus der feuchtkalten Nacht wehte ins Innere der Schwitzhütte, während die Steine für den letzten Durchgang glühend heiß in der Mitte landeten. Nun wollten ihre Visionen mit Hilfe der Kraft des Feuers in die geistige Welt ziehen, um sich zu verwirklichen.
Die Hitze war fast unerträglich und ihm gegenüber rangen zwei Menschen hörbar nach Atem. Er kauerte nahe dem Boden und versuchte, sich dem Geschehen einfach nur hinzugeben. Die Hitze machte ihm zu schaffen, doch er wusste, sobald er in den Widerstand gehen würde, wäre er nicht mehr bei der Sache und würde die Lage nicht aushalten. Er wollte auf keinen Fall die Hütte früher verlassen müssen, weil sein Kreislauf schlapp machte oder er keine Luft mehr bekam. In der totalen Ruhe und Hingabe ließ die Atemnot schnell wieder nach und er bemerkte, wie sich sein Körper mehr und mehr entspannte. Mitgehen mit dem Leben und dem, was war, damit hatte der Kampf ein Ende und es half ihm, Kräfte zu sparen, die er konstruktiv nutzen konnte, statt sie im Widerstand zu erschöpfen.
Als die Runde zu Ende war und die Visionen ein gemeinsames Bild ergaben, war die Erleichterung fühlbar. Glücklich und noch versunken in das eben Erlebte krochen sie aus der Hütte und standen schweigend eine Weile um das niederbrennende Feuer, das allmählich verglühte. Die Nacht war sternenklar, keine Wolke mehr am Himmel zu sehen. Der Regen hatte sich verzogen und die Schreie der Eulen hallten durch den nächtlichen Wald. Sheena schmiegte sich an ihn und er legte den Arm um sie. Schweigend standen

sie am Feuer, tief verbunden mit den anderen, die mit ihnen gemeinsam dieses Geschenk geteilt hatten. Er hörte ihren Atem und das Knistern der glühenden Äste. Die Szene war wirklich und gleichzeitig unwirklich, allmählich gingen die Ersten ins Tipi, um sich hinzulegen. Sie hatten sich mit frischem, kaltem Wasser abgekühlt und fühlten sich wie neu geboren. Babyhaut an Babyhaut krochen sie, trocken gerieben, in ihre Schlafsäcke oder unter die Decken. Er blieb mit Sheena schweigend stehen, bis das letzte Glühen in der Nacht verschwunden war. Dann löste er die Umarmung sanft, küsste sie auf den Haaransatz und kroch ebenfalls ins Zelt.
Sheena kam ihm nach und rollte sich unweit von ihm zusammen. Er hörte an ihrem Atem, dass sie gleich eingeschlafen war. Sie ließ sich seufzend fallen in ein fernes Traumland, zu dem er keinen Zutritt hatte. Er dachte an das Haus am Strand und alles, was plötzlich so unendlich weit weg war, als wäre es ein Teil seines Lebens in einem anderen Universum. Er schloss die Augen und fühlte die harte Isomatte zwischen dem hölzernen Boden des Tipis und seinem Daunenschlafsack. Das war sein Leben. Wie würde er all das verbinden können mit dem, was auf ihn wartete? Mit diesem letzten Gedanken sank er in den Schlaf.

Tage des Zweifels

Als er mich nach zwei Wochen Funkstille anrief, fühlte ich sofort, dass etwas zwischen uns stand. Etwas, das er nicht aussprach und das uns trennte, war deutlich spürbar. Ich wartete ab, was von ihm kam. Er erzählte

Belanglosigkeiten aus der Firma, von neuen Plänen und Visionen. Ich fühlte ihn fern und entgleiten, zurück in das Alte im neuen Gewand. Natürlich freute ich mich, dass er plötzlich wieder gut im Team ankam und seine neuen Ideen dort Resonanz fanden. Er wollte etwas verändern und sah die Chance, dort anzufangen, wo das Leben ihn hingestellt hatte.
Er war am richtigen Platz, doch ich spürte, das war nicht mein eigener Platz. Ich sah mich nicht am Strand bei den Menschen, die jetzt sein Leben waren, ich sah mich nicht mit ihnen leben und ihn im Hintergrund unterstützen. Mein Platz war hier, meine Aufgabe, und das ging nicht mit seinem Leben am Meer zusammen. Es machte mich traurig, das zu fühlen, und ich hatte den Verdacht, dass eine andere Frau im Spiel war. Ich wollte nicht eifersüchtig wirken, wollte ihm seinen Freiraum lassen, die Erfahrungen zu machen, die für ihn wichtig waren. Trotzdem war es für mich nicht einfach, alles wahrzunehmen und nichts zu sagen, weil nichts von ihm selber kam. Ich wünschte mir sein Vertrauen, mit mir darüber zu sprechen und seine Gefühle zu teilen, doch er blieb an der Oberfläche, gab sich locker und heiter und meinte, er fühle sich so wohl wie schon lange nicht mehr.
Ich konnte ihn nur lassen, spüren, was es mit mir machte, ihn in dieser Distanz wahrzunehmen, hinter der unsichtbaren Mauer, die er schon abgelegt gehabt hatte, als wir zusammen waren. Ich legte seufzend den Hörer auf, nachdem er sich locker und unbeschwert verabschiedet hatte, und fühlte ihn in der Ferne ebenfalls wieder aufatmen und sich entspannen. „Die Show muss weitergehen." Sein Leitspruch aus alten Tagen war wieder da, und diesmal war ich ein Teil

seines Show-Programms. Es stimmte mich nachdenklich, weil ich uns näher geglaubt hatte und Sehnsucht nach mehr Offenheit und nach Ehrlichkeit spürte. Möglicherweise war da Angst, mich zu verlieren, wenn er sich zeigte mit allem. Schade. Ich drehte den Fernseher an und versuchte, mich mit einem Film abzulenken. Es gelang mir nicht. Gefühle wollten gefühlt werden, nicht verdrängt und weggeschoben in den Keller des Unterbewussten. Ich ließ es zu, dass ich Sorgen hatte, ihn zu verlieren.
Möglicherweise konnte ich mich selbst nicht mit meiner Eifersucht zeigen, konnte ich selbst nicht, was ich ihm unterstellte, nämlich offen und ehrlich sein. Ich fürchtete, als unreif zu gelten, wenn ich ihm eine Szene machte oder ihm einfach sagte, dass es mich verletzte, wenn er mit anderen Frauen flirtete. Mein Anspruch an die Reife, die ich selber haben wollte, verbat mir, mich so zu zeigen. Ich konnte mich sehr gut erinnern an frühere Szenen in Beziehungen, die ich aus Angst veranstaltet hatte. Und an Szenen, die mir andere Männer gemacht hatten, auch wenn sie keinen Grund dazu hatten, außer ihre Verlustangst. Das wollte ich niemand antun, ich wollte es in mir selber bearbeiten, es als mein eigenes Thema betrachten und ihn nicht mit hineinziehen. Erst, wenn danach etwas übrig war, worüber ich mit ihm reden musste, würde ich danach handeln, aber nicht in aufgewühlten Emotionen und im Streit Porzellan zerschlagen. Dazu war mir die Liebe zu wertvoll, die ich für ihn empfand.
Es stimmte, es wäre ehrlicher von mir gewesen, mich authentisch zu zeigen mit allem was ich fühlte, in meinem Schmerz, der Eifersucht und der Verlustangst. Ich vermittelte ein Bild einer Reife, die noch nicht ganz

vorhanden war, und ermöglichte ihm damit nicht, sich selber unreif zu zeigen. Das alles wurde mir klar, als ich fühlte, was er in mir ausgelöst hatte.
Ich atmete durch und spürte, wie ich allmählich wieder zu mir kam, als die, die ich wirklich war, jenseits der Identitäten, die ihre Spiele spielten, die etwas wollten und litten und Widerstand aufbauten. Ich sagte Ja zu allem, was war, und ich spürte, wie sich der Krampf in mir langsam auflöste. Die Gefühlswelle ebbte ab, die Illusion war erkennbar, mein Festhalten-Wollen, meine Sehnsucht, ihn hier zu haben und nach meiner Fasson zu leben. Er hatte dort sein eigenes Leben. Wir konnten einander unterstützen, über uns hinauszuwachsen, konnten einander beistehen, unsere Freuden und Leiden teilen, austauschen was wir dachten und fühlten und uns aus unseren Leben erzählen. Das, was gute Freunde machten, und er war der beste von allen.
Ich fühlte Liebe, sie war da und verband uns noch immer. Nichts würde uns trennen können, wenn wir zusammengehörten – aber nichts konnte uns halten, wenn unsere Wege sich trennten. Das alles war mir klar und trotzdem wollte ich mich noch manchmal der Illusion hingeben, dass wir gemeinsam leben könnten. Momentan wusste ich nicht wie. Das gemeinsame Dasein ließ uns den Raum zu wachsen, aber an unterschiedlichen Plätzen. Das waren Freiheit und Liebe, die ihren Ausdruck fanden in unserem Leben.
Als ich am nächsten Morgen im Halbschlaf das Telefon läuten hörte, dachte ich, er wäre dran, um das Gespräch fortzusetzen. Ich stolperte zum Apparat, um ihn nicht zu verpassen, doch als ich die Stimme hörte, die sich am anderen Ende meldete, war ich einen Moment lang sprachlos. Es war mir vertraut, dieses

Timbre, obwohl ich einige Jahre nicht mehr daran gedacht hatte, wer zu dieser Stimme gehörte. Nachdem er sich nicht mehr gemeldet hatte, weil ihm seine Ehe doch zu wertvoll gewesen war, sie ernsthaft zu gefährden, hatte ich ihn schweren Herzens gehen lassen und als schöne Episode im Gedächtnis behalten. Als ich jetzt seine Stimme hörte, waren all die Gefühle von damals mit einem Schlag wieder da. Es war nicht aufgelöst, nur vertagt. Ich wollte mich damals nicht wirklich lösen, als ich ihn losgelassen hatte, ich folgte nur der Stimme des Herzens, die mir gesagt hatte, dass dieses Loslassen notwendig war, um irgendwann wieder weiterzumachen. Darauf hatte ich vergessen, jetzt war diese Erinnerung spürbar.
Ich atmete tief und hieß ihn willkommen. Was wollte oder sollte ich noch mit diesem Mann erleben? War ich selbst noch nicht frei für das Neue, ehe ich das gelebt und gelöst hatte? – „Hallo, ich bin in der Stadt und wollte dich sehr gerne sehen. Hast du Lust, mit mir essen zu gehen?“ – Als wären wir nie getrennt gewesen, als wären all die Jahre dazwischen nicht vergangen, als hätten wir erst gestern geredet und uns von einander verabschiedet, stand er plötzlich da. So als wäre gar nichts zwischen uns vorgefallen, als wären wir noch ein Liebespaar. Ich sog den Luftstrom durch die Nase und setzte nach Sekunden voll mit Gedanken und Gefühlen, die sich anfühlten wie Stunden, langsam zu sprechen an. „Schön, dich zu hören. – Was ist geschehen? Was verschafft mir das Vergnügen?“ – „Wir haben uns getrennt.“ Ich wusste es. Tief im Herzen hatte ich ganz genau das geahnt. Der Satz, den ich vor Jahren so herbeigesehnt hatte, den ich als die Erfüllung meiner Träume betrachtet hatte, kam nun,

nachdem es mir gleichgültig war. Ich musste mich schwindelnd setzen. Was bedeutete das nun? War das der Test für die Treue, die ich erwartete, und die in mir selbst nun wankte, als ich den Gefühlscocktail wahrnahm, der sich in meinem Körper entfaltete? Ja, ich wollte ihn wiedersehen, und ich wollte herausfinden, ob das mein Mann sein könnte, wie ich so lange gedacht hatte.
Nachdem der schnell rotierende Boden wieder allmählich zum Stillstand gekommen war und ich mich langsam fasste, kam die Antwort aus mir ganz klar: „Dann lass uns einfach herausfinden, was uns zwei noch verbindet." – „Ja, deshalb bin ich da. Ich hole dich um zwölf Uhr ab." – „Ich freue mich, dich zu sehen." Das war nicht gelogen. Die Schmetterlinge waren zurück und flatterten in meinem Bauch herum. Mein Körper schlug Kapriolen und die Hormone brodelten. Seine Stimme zu hören hatte mich immer schon erotisiert, das hatte sich nicht verändert. Ich war im Begriff, mich einem Gefühl hinzugeben und nicht mehr länger nachzudenken, einfach den Widerstand aufzugeben. Ob mein Körper, mein Herz, meine Seele das wollte, war nicht mehr zu unterscheiden. Alles in mir sagte Ja.
Ich konnte mit einem Mal meinem Liebsten weit weg am Strand zugestehen, auch Erfahrungen zu machen, weil ich plötzlich fühlte, dass das eine mit dem anderen nicht das Geringste zu tun hatte. Ich konnte ihn weiter lieben und seinen Platz im Herzen bewahren, auch wenn ich mit diesem Mann noch etwas Ungelebtes nachholen musste. Erstaunt, diese Gedanken in mir wahrzunehmen, schlüpfte ich in den Morgenmantel. Mein Körper zeigte mir, dass ich erregt war. Ich ließ

meine Hände über den weichen Stoff gleiten, fühlte die warmen Rundungen meiner Brüste, die sich immer mehr strafften, glitt tiefer, eine Hand unter den Stoff schiebend, meinen Bauch, die Schenkel betastend. Mein Atem wurde tiefer und ich gab dem Gefühl in mir nach, legte mich auf mein Sofa und ließ meine Hände wandern.

Heiß und feucht wurde ich empfangen und plötzlich war er da. Plötzlich waren es seine Hände, die mich liebkosten, seine Lippen, die die meinen küssten, seine Zunge, die mich kostete. In mir bebte ihm alles entgegen. Ich wünschte, wir hätten unser Essen schon längst genossen und wären beim gemeinsamen Nachtisch angekommen. Ich überlegte, ob ich ihn einladen sollte, zu mir zu kommen oder ob ich ihn zu Mittag einfach wortlos küssen und ins Schlafzimmer ziehen sollte. Mein Körper entschied, nicht zu warten, sondern die Phantasien zu leben. Was zu Mittag passieren würde, konnte ich noch nicht wissen und ich wollte nichts manipulieren, sondern es mit ihm gemeinsam herausfinden.

Als es wenige Stunden später an meiner Türe läutete, klopfte mein Herz zum Zerspringen. Würde ich ihm noch gefallen? Die Feministin in mir verbog sich vor Lachen und beobachtete staunend, was da vor sich ging. Nach einer ausgedehnten Toilette mit Enthaarung und Körperpeeling folgte die Wahl des richtigen Outfits. Nicht zu burschikos, eher weiblich, sexy, aber nicht zu erotisch, einladend, aber nicht aufdringlich. Meine Wahl fiel auf einen schillernd roten Wickelrock und eine kurze Bluse, die meine weiblichen Formen betonten. Jetzt noch ein dezentes Make Up, strahlende Augen und glänzende Lippen, und ich war mit meinem

Spiegelbild zufrieden. Ich öffnete atemlos und stand einem strahlenden Blonden gegenüber, dessen himmelblaue Augen mir vom ersten Augenblick an weiche Knie beschert hatten. Er strahlte mich an und sein Blick war entwaffnend wie damals, als ich mich in ihn verliebt hatte. Obwohl ich lange nicht mehr an ihn gedacht hatte, war die Erinnerung an dieses Lächeln und seine Wirkung wieder da. Waren wirklich Jahre vergangen oder bloß wenige Tage, Stunden, Minuten, seit wir uns getrennt hatten? Er schloss mich in die Arme und ich fühlte seinen warmen Körper an meinem, der mich einlud, zu verweilen und mein Herz für ihn aufzumachen. Als wir uns wieder lösten und ich in seine Augen sah, wusste ich, es war nichts vergessen von den gemeinsamen Momenten, die uns den Atem genommen hatten.

Als ich mich bückte, um meine Schuhe zu angeln, spürte ich seine Blicke. Ich wusste, dass ihn mein Anblick erotisierte und ich liebte diese Spiele. Wir hatten sie oft und lustvoll gespielt, einander eingeladen zum Verführen und Umgarnen. Ich fühlte mich wie eine Spinne, die langsam ihr Netz wob, wohl wissend, dass sich die Beute bald schon darin verfangen würde. Als ich mich wieder aufrichtete, war er nah hinter mich getreten. Ich fühlte seinen Atem in meinem Haar. Er legte eine Hand auf meinen Unterkörper und zog mich näher an sich. Ich fühlte, dass er erregt war. Seine andere Hand schob sich zielsicher unter meine Bluse, während er mich auf den Hals küsste. Meine erogenen Zonen hatte er schon immer mit dem Instinkt eines sinnlichen Mannes innerhalb von Sekunden entdeckt gehabt. Als sich seine Hände von hinten auf meinen Busen legten, hörte ich mich leise stöhnen. Seine

Rechte bahnte sich zwischen den übereinander geschlagenen Teilen meines Rockes ihren Weg zwischen meine Schenkel, wo ihm mein Körper freigiebig von seiner Lust erzählte.
Er begann, mich zu streicheln und mit der anderen Hand von hinten meinen Busen sanft zu liebkosen, während seine Lippen und seine Zunge meinen Hals entlang wanderten und die zarte Haut am Schlüsselbeinansatz küssten. Ich fühlte mich erregter werden, während er nicht aufhörte, mich zu streicheln, bis ich mich nicht mehr halten konnte und stöhnend unter seinen kosenden Händen bebte. Sanft und bestimmt beugte er mich vornüber, ich stützte mich auf die Kommode, während er meinen Rock hochschob und den Reißverschluss seiner Hose öffnete. Ich fühlte ihn kraftvoll eindringen, eine Hand an meinem Busen, die andere an meinem Becken, und spürte die Wellen der Lust, die uns trugen. Es dauerte nur Sekunden, bis wir beide gemeinsam noch einmal zum Höhepunkt kamen und uns dann atemlos über einander gebeugt und verschmolzen langsam auf dem Boden dieser Welt wiederfanden.
Er hatte sich als erster wieder gefangen und küsste mich lachend auf den Nacken. „Schön, dich wiederzusehen. Du hast mir gefehlt." Wir lösten uns langsam von einander und ich drehte mich zu ihm, um ihm in die Augen zu sehen. „Nette Begrüßung nach all den Jahren. Schön, dass du mich nicht vergessen hast." Er grinste mich an und ich konnte nicht sagen, ob ich mich freute. Ein Teil von mir spürte Unbehagen, obwohl ich die Lust genossen hatte, und kam sich benutzt vor. Die Liebe, die uns verbunden hatte, war plötzlich nicht mehr spürbar. Wer war dieser Mann,

der so schamlos lachend hier bei mir im Vorzimmer stand, siegessicher und strahlend und ohne einen Gedanken, wie es mir ergangen war, als er sich nicht mehr gemeldet hatte? Mit einer schnellen Entschuldigung verschwand ich im Badezimmer und sperrte die Türe ab. Ich sah mich im Spiegel an und realisierte allmählich, was eben geschehen war. Als ich kurz darauf wieder hinaus kam, war ich gefasst und frisch gemacht und er ging ins Bad.

„Willst du noch Essen fahren oder soll ich uns hier etwas machen?“ – Ein Teil von mir wünschte sich die Vertrautheit der früheren Jahre, als wir kuschelnd auf meinem Sofa saßen, bei Kerzenlicht und Rotwein tafelten und die Liebe fühlten. Er sah mich an. „Ja, lass uns fahren.“ Der Zauber war verflogen. Er hatte mich angeturnt, doch die Liebe war mir abhanden gekommen. Hatte ich ihn je gekannt, wie er wirklich war, ihn tatsächlich wahrgenommen, oder hatte ich mich verrannt in Illusionen und mich in ein Bild verliebt gehabt, das ich mir von ihm gemacht hatte? Dieser Mann war ein Fremder, schön und strahlend, doch selbstbezogen und gefangen in seinem Wollen. Ich dachte an meinen Liebsten am Strand und wie es ihm wohl gehen mochte. Mein Herz zog sich sorgenvoll zusammen. Ich wollte nicht in Gefahr bringen, was uns verband. Kein Abenteuer würde das aufwiegen, das war mir plötzlich klar.

„Sei mir nicht böse, ich glaube, wir lassen das besser. Es war schön, dich zu sehen, aber es ist zu viel inzwischen geschehen. Ich kann nicht so tun, als wären wir noch die Selben.“ Er sah mich überrascht mit hochgezogenen Brauen an und hielt auf halben Weg inne. „Gibt es einen anderen Mann?“ – „Ja.“ – „Und

liebst du ihn?" – „Ja." – „Dann fahr zu ihm und lass ihn nicht gehen." Ich umarmte ihn dankbar und sah sein sanftes Lächeln und die Liebe in seinen Augen. Er hatte erfüllt, was noch offen gewesen war und nahm Abschied – für immer, das war spürbar in unserer Umarmung, die voller Dankbarkeit für alles war, was wir jemals geteilt hatten. „Ich wünsche dir das Beste." Ich küsste ihn auf die Wange und schloss die Tür mit einem Aufatmen. Obwohl es mir nicht bewusst gewesen war, dieses Kapitel war unabgeschlossen die ganze Zeit im Raum gestanden. Jetzt war die Entscheidung gefallen. Ich schloss es endgültig ab.

Prüfungen des Lebens

Als er ihre Stimme am Telefon hörte, war er überrascht und beunruhigt zugleich. Sie rief sonst nie untertags an und der Tonfall verriet ihm, dass etwas vorgefallen war, das sie emotional berührt hatte. „Was ist passiert?" Er bemühte sich, seine Fassung und einen kühlen Kopf zu bewahren. Hatte sie eine Ahnung von Sheena? Wollte sie ihn verlassen oder zu einer Entscheidung zwingen? Er bemerkte, wie sein Verstand ein Angstszenario malte und er blitzschnell überlegte, wie er reagieren sollte. Leugnen oder gestehen, reuiges Einlenken oder auf seinem Recht auf Freiheit beharren? Im Bruchteil einer Sekunde ratterten die Rädchen seines Verstandes.

„Ich muss dir etwas sagen. Ich habe einen Freund getroffen, in den ich einmal sehr verliebt war. Wir haben miteinander geschlafen." Er fühlte, wie seine Knie weich wurden und wenn er nicht gesessen wäre,

hätte er sich setzen müssen. Damit hatte er nicht gerechnet. Seine treue, sich selbst genügende, reife Gefährtin, über jeglichen Zweifel erhaben, war fremdgegangen? Er wollte das nicht glauben. „Du verarscht mich, nicht wahr? Willst du mich auf die Probe stellen, wie ich reagiere? Ob ich angerannt komme, weil ich Angst habe, dich zu verlieren?“ Er geriet in Panik und seine Stimme war angespannt. „Nein, es ist so wie ich sage.“ Er wusste nicht, was er tun sollte. War das der Zeitpunkt, ebenfalls von den Nächten zu berichten, die er mit Sheena verbracht hatte?
In seinem Kopf war ein Vakuum, das verhinderte, einen klaren Gedanken zu fassen. „Ich weiß nicht, was ich sagen soll.“ Wenigstens das entsprach der Wahrheit. – „Soll ich am Wochenende kommen und am Strand auf dich warten?“ – „Ja, wir sollten reden.“ Sein Verstand war sich noch nicht im Klaren, ob er verletzt reagieren sollte oder froh war über seine Chance auf „mildernde Umstände“. Er wollte noch darüber nachdenken, wie er reagieren würde und was er selbst erzählen sollte. Momentan wusste er gar nichts und er brauchte Abstand zu beiden Frauen, um sich wieder zu fangen.
Er beschloss, früher im Büro Schluss zu machen und an den Strand zu gehen. Dort kamen ihm die besten Gedanken. Er packte seine Sachen, fuhr den Computer herunter und schaltete alle Geräte ab. In seinem Kopf begann es zu summen. Zeit, hier hinaus zu kommen und die Sonne zu spüren, die alles aus ihm herausbrannte, was sich wie eine Schlange den Weg durch die Windungen seines Gehirns bahnte. Er schloss die Tür zum Büro und verließ fast fluchtartig das

Gebäude. Erst in der Garage konnte er wieder aufatmen und sich erlauben, nicht mehr Haltung zu bewahren. Er stützte sich auf die Kühlerhaube seines Wagens und nahm ein paar tiefe Atemzüge. Als er mit offenem Verdeck aus dem Bürogebäude hinaus fuhr, hatte er sich gefangen. Kein Mensch würde ihm ansehen, was in ihm vorging. Er steuerte den Strand an und freute sich auf die Möwen, die er schon lange nicht mehr besucht hatte. Sie waren ihm treue Freunde und geduldige Zuhörer. Er hatte ihnen viel zu sagen.
Als er bei ihrem Strandhaus ankam und sich auf den Baumstamm setzte, der ihr gemeinsamer Platz gewesen war, fühlte er Trauer und Tränen hochsteigen. Wie hatte es so weit kommen können? Es hatte wunderschön begonnen. Sie dachten, nichts auf der Welt könnte diese Liebe mehr trennen, und nun schien es, als hätten sie alles verloren. Sein Herz verkrampfte sich und er fühlte, er wollte sie nicht verlieren. Die Nächte mit Sheena waren aufregend, aber sie verblassten, wenn er an die Zeit zurückdachte, die sie hier am Strand verbracht hatten. Diese Liebe war stärker als alles, was er bisher erlebt hatte. Sie hatten sich bloß entfremdet und es galt nun Bilanz zu ziehen und sich wieder anzunähern.
„Man muss auch manchmal Distanz herstellen, um die Anziehung wieder zu fühlen", hatte sie ihm einmal gesagt. Nur: die Distanz war zerstörerisch für sie beide geworden. Er hatte auf die Liebe vergessen und bei aller Arbeit wieder verloren, was er mit ihr gefunden gehabt hatte: die wahre Liebe. Allmählich löste sich der Knoten, nachdem er die Gefühle zugelassen hatte, und er konnte freier durchatmen. Morgen würde sie kommen, sie würden reden und sich versöhnen. Er

wusste, wo er hingehörte. Sie würde es fühlen können und ihm vergeben, so wie er ihr vergeben hatte.

Liebe auf dem Prüfstand

Als ich am Wochenende an den Strand kam, roch es nach zu Hause. Ich öffnete die Fensterläden und sog die Meeresluft tief in die Lungen. Wie sehr ich das vermisst hatte! In allen Ecken hingen noch die Erinnerungen an die gemeinsamen Tage und es schien mir wie gestern, dass wir von hier weggefahren waren. Was war seither mit uns geschehen? Wir hatten versucht, den Traum zu verpflanzen. Er war mit mir mitgegangen, so weit er konnte, doch wir waren nicht mehr die selben wie hier am Strand gewesen. Was wir begonnen hatten, war uns nicht so gelungen, wie die Liebe, die wir gemeinsam hier im Strandhaus gelebt hatten.

Ich war traurig, dass ich so egoistisch gewesen war und gedacht hatte, ich müsste mein Leben an die erste Stelle setzen und unsere Liebe danach reihen. Liebe stand über allem, sie wollte immer gelebt werden und sich verwandeln, verströmen, wachsen und ganz entfalten. Ich hatte sie beschnitten, indem ich hier wieder weggegangen war, um mein Leben fortzusetzen. Ich wollte ihn verpflanzen, in meinem Leben einsetzen, statt gemeinsam ein neues Leben zu erschaffen.

Nachdenklich ließ ich mich vor dem Haus nieder und sah die Wellen näher rollen, ohne ihn zu bemerken. Erst als er knapp hinter mir war und ich seine Wärme fühlte, hatte ich ihn erkannt. Wie weit weg er war, trotz der Nähe. Wie Fremde sahen wir uns an. Er war verletzt, das konnte ich spüren, doch da war eine Art von Distanz, die ich am Telefon schon bemerkt hatte, etwas Unausgesprochenes, das zwischen uns stand. „Hallo. Schön, dass du da bist", bemühte er sich, die Konversation zu eröffnen. Er wirkte verspannt und angespannt klang auch seine Stimme, die mühsam die Worte hervorpresste. – „Hallo. Ich bin auch froh, dass ich endlich wieder da bin." Es war wahr, ich fühlte mich zu Hause angekommen, seit Monaten zum ersten Mal. „Ich habe dich vermisst und den Strand." Die Spannung wich allmählich und wir sanken einander unsicher in die Arme. Er drückte mich etwas linkisch an sich und ich fühlte den Abstand, den unsere Herzen hatten. „Wie ist es dir ergangen? Wie läuft es in der Firma?" Ich hoffte, ein wenig Nähe über das Gespräch zu schaffen, aber er wollte nicht antworten.

„Lass uns reden. Über uns." Er eröffnete das Feuer und ließ sich neben mir nieder. „Wie ist es so weit gekommen? Wie haben wir das verloren, was wir gemeinsam gefunden hatten?" Seine Fragen waren ehrlich und kamen aus tiefstem Herzen. Ich fühlte seinen Wunsch, den Fragen wirklich auf den Grund zu gehen und begann, mich zu entspannen. – „Ich hatte vergessen, dass zwei Menschen ein neues Leben gemeinsam brauchen. Ich dachte, ich könnte dich verpflanzen und in mein Leben zu Hause einpassen, doch ich bin hier eine andere als ich es zu Hause war oder jemals sein werde." Er begann, tief durchzuatmen. „Ich muss dir auch etwas sagen. Ich habe eine Affäre."

Mein ganzer Körper zitterte. Ich hatte es tief drinnen geahnt und wollte es nicht wahrhaben. Jetzt war es Gewissheit. „Liebst du sie?" Er sah mich an. „Ich dachte es. Aber seit ich im Begriff bin, dich zu verlieren, weiß ich wieder, was Liebe ist. Ich habe sie mit dir erfahren und ich will das nicht aufs Spiel setzen. Es tut mir leid, dass ich das getan habe." Seine Augen wurden glasig und ich fühlte Tränen aufsteigen. „Mir tut es auch leid. Ich habe genauso aufs Spiel gesetzt, was ich liebe. Aber ich weiß wieder, was ich möchte und wohin ich gehöre."

Als wir uns jetzt umarmten, waren die Herzen wieder offen für einander und ich fühlte seine Tränen, die sich mit meinen vermischten und über unsere Wangen rollten. Wir hatten unsere Liebe gemeinsam neu erschaffen, uns erinnert, wer wir waren und was wir wirklich wollten. Ich fühlte unser Leben zurückkehren in einem magischen Moment, in dem die Zeit sich verlangsamte. Mir wurde klar: Ich gehöre hierher, zu diesem Mann, an diesen Strand. „Ich werde meine Wohnung aufgeben und an den Strand zu dir ziehen. Was hältst du davon?" Er sah mich ungläubig an. „Das würdest du tun? Und dein Job?" – „Ich kann überall schreiben. Das ist es, was ich wirklich will. Ich kann hier im Strandhaus bleiben, und du kannst mich besuchen und dein Haus behalten, wenn du das möchtest." – „Wir könnten mein Haus auch umgestalten. Mach es zu unserem gemeinsamen. Ich würde mich darüber freuen."

Seine Junggesellenbude zu opfern für ein gemeinsames Leben war ein großer Schritt für ihn. Doch das Strandhaus meines Vaters war zu klein für uns beide. Ich könnte es zum Büro machen, zu dem Kreativraum, der es war, als mein Vater noch hier gelebt hatte. Der Gedanke gefiel mir. „Ich denke darüber nach, ich danke dir!" Ich sah ihn zärtlich an und wir atmeten

beide auf und lachten. Das Eis war endlich gebrochen und die Nähe spürbar, als wären wir nie getrennt gewesen. Wie sehr wir Trennung erschaffen konnten, obwohl es in der Liebe niemals eine Trennung gab. „Wir Menschen sind schon seltsame Wesen", dachte ich, „ungetrennt vom Ganzen, und doch getrennt, weil wir Trennung erschaffen, um uns als Menschen getrennt zu erfahren. Individuen schaffen Leiden und denken, das sei das Leben. Der Schöpfer und die Schöpfung sind sehr viel mehr und untrennbar verbunden. Mehr als wir jemals erfassen können."
Ich versank in der Stimmung, die plötzlich in mir auftauchte. Stille und Frieden waren fühlbar. Die Grenzen begannen sich aufzulösen und ich sah die Einheit, die wir in Wahrheit waren. Zellen des Großen Ganzen und das Ganze gleichermaßen. Es ließ sich nicht in Worte fassen. Ich war nicht mehr vorhanden und trotzdem mehr als je zuvor. Die Wirklichkeit wurde unsichtbar und zum ersten Mal tatsächlich sichtbar. Die Illusion verblasste und die Wahrheit im Nichts erstrahlte, nahm mit der Wucht der Erkenntnis die letzten Scheuklappen von meinen Augen. Er sah mich an und im Zeitraffer liefen die Leben vor mir ab, die wir gemeinsam gelebt hatten oder gerade in anderen Zeit-Räumen lebten. Ich sah ihn an wie zum ersten Mal und fühlte die tiefe Liebe, die uns im Innersten verband. Ich sah, wer er war und wie weit hinter uns, in Zeit und Raum gemessen, der ursprüngliche Schöpfungsimpuls lag, der uns verbunden hatte. Wir wollten gemeinsam gehen und wir taten es Leben für Leben immer wieder und immer tiefer eintauchend in die Liebe, die uns verbunden hatte. Wir waren Kinder des Göttlichen und das Göttliche selbst, nicht getrennt

von einander und immer eins mit dem Ganzen, dem Ungetrennten, Untrennbaren, aus dem alles entstand.
Ich atmete tief und kam wieder an, als würde ich neu im Körper landen. „Wo warst du gerade?“ Er hatte meine Reise ins Gewahrsein gesehen und fühlte, dass sich etwas in mir verändert hatte. „Es war etwas Unbeschreibliches. Eine Erkenntnis, die sich nicht wirklich mitteilen lässt, nur fühlen.“ Ich umarmte ihn von Herzen und er fühlte die Botschaft des Großen Ganzen, dessen Ausdruck er ebenso war. Er sah mich an und in seinem Blick erkannte ich, dass auch er das wahrnahm, was ich gerade gefühlt hatte. Danach würde uns nichts mehr mit dem irdischen Leben so sehr verschmelzen lassen, dass wir darauf vergaßen. Wir hatten unsere Augen aufgemacht und wir sahen, dass es gut war, so wie es war. Das Ganze hatte sich verkörpert und spielte Leben. Wir waren dieses Leben, das wir als Ganzes erschaffen hatten und nun erlebten wir, wie es sich anfühlte, in eine Form zu schlüpfen und sich als Mensch zu erfahren.
Das Fühlen im Körper war unvergleichbar, deshalb waren wir da. Die Liebe auch im Körper von Mensch zu Mensch zu erleben und gemeinsam die Welt zu erschaffen, die wir uns als Seelen erträumt hatten, war das Ziel, das vor uns lag. Die Liebe auf Erden nahm Gestalt an durch Menschen, die liebten, die sich erinnerten, was sie wirklich waren. Die neue Erde entstand aus jeder einzelnen Sekunde der Liebe zwischen zwei liebenden Wesen. Unsere Herzen hatten sich weit geöffnet für einander, und die Liebe des Planeten, die zu uns zurückströmte, füllte sie mit Wärme und Dankbarkeit für unser Leben. Wir waren zu Hause angekommen, gemeinsam, und wollten ein

neues Zuhause für uns beide erschaffen. Das Spiel ging in die nächste Runde: Ein erwachtes Leben als Paar. Das, wovon ich geträumt hatte, war endlich wirklich da. Unsere Augen fanden einander und wussten, es wurde wahr.

Abschied und Neuanfang

Er war glücklich, dass sie wieder da war und trotzdem gestaltete sich der Alltag nicht mit der Leichtigkeit, wie er gehofft hatte. Ihre Liebe war spürbar, aber auch die Wunde, die der Vertrauensbruch in ihren Herzen verursacht hatte. Was passiert war konnte nicht ungeschehen gemacht werden. Es würde Zeit brauchen, um zu heilen.

Sich von Sheena zu verabschieden, fiel ihm schwerer als er gedacht hatte. Sie hatte die letzten Wochen sein Leben bereichert und er liebte sie auf eine andere Art als die Frau seines Herzens. Eigentlich wollte er sie nicht verlieren, aber er wusste, beide Frauen wollten mit ihm zusammenleben und beide wollten die Einzige sein. Also musste er sich entscheiden, wollte er nicht sie beide verlieren. Etwas schnürte ihm das Herz zu, als er von Sheena Abschied nahm. Er sah in ihre samtigen Augen und fühlte ihre Traurigkeit, als er ihr seine Entscheidung mitteilte. Auch in der Firma würden sie einander nicht mehr begegnen. Er wollte sich zurückziehen. Sein Projekt ging zu Ende. Aber er hoffte insgeheim, dass sie einander in ein paar Jahren wieder als Freunde begegnen konnten.

Sheena umarmte ihn und er fühlte den Schmerz in ihrem Herzen. Sie konnte schwer die Tränen verbergen,

und es war nichts mehr zu sagen. Sie gingen auseinander, dankbar für all die Zeit, die sie miteinander verbracht hatten, und voller Trauer, dass sie vorbei war. Sheena hatte überlegt, ob sie vorschlagen sollte, es zu dritt zu versuchen, doch er wollte nichts davon hören. Er konnte sich nicht vorstellen, dass das gut gehen würde und er wollte beiden Frauen diesen Schmerz ersparen.
Wie wäre es für jene, die allein zurückblieb, während er die Nacht bei der anderen verbrachte? Immer wieder Abschiede, immer wieder ein Loslassen, das einer Trennung gleichkam. Er konnte und wollte es sich nicht vorstellen und er wollte nicht eine der Frauen zu einer Dauergeliebten machen. Das war nicht seine Art. „Ganz oder gar nicht", war die Devise, und er wollte Beziehung mit allen Konsequenzen, sich voll und ganz darauf einlassen, und er wusste wieder mit wem.
Sheena war da gewesen, als seine Einsamkeit groß war und die Sehnsucht nach etwas, das er verloren geglaubt hatte: sein ureigenes Leben, das was er wirklich war. Er war ein anderer Mensch geworden, nicht über Nacht, aber langsam und stetig. Jetzt konnte er die Arbeit loslassen, ohne sich nicht mehr gebraucht zu fühlen, ohne die Angst zu haben, seine Firma würde ohne ihn nicht mehr existieren – oder er nicht ohne sie. Er konnte wieder loslassen, ohne die Träume zu verraten, weil er ihnen gefolgt war, und jetzt standen neue Träume und ein neues Leben an.
Er ging fort, ohne sich noch einmal umzudrehen, obwohl er wusste, dass Sheena ihm lange nachschaute. Was ihn erwartete, war die Frau, die er immer gewollt hatte, und sie würden es schaffen. Er war froh und zuversichtlich und voller Pläne für das neue zweisame

Leben. Jetzt würde es beginnen, in diesem Moment, weil er es wollte und sich dafür entschied. Er war sicher, sie würden alle künftigen Hindernisse gemeinsam überwinden können. Ja, er glaubte an diese Liebe, die man nur einmal im Leben findet. Langsam startete er den Wagen und fuhr zu ihrem Haus am Strand.

Jenseits der Wunden

Wir waren nicht mehr die selben, die wir vor unserer Krise gewesen waren. Etwas Neues war aufgegangen, das zuvor verschlossen gewesen war: eine Tür in der Mauer um unsere Herzen, die wir sicherheitshalber noch nicht aufgeschlossen gehabt hatten. In das Allerheiligste hatten nur wenige Zugang. Das Vertrauen war gewachsen, dass uns nichts mehr erschüttern konnte. Wir fühlten uns als Paar und wussten, wir wollten unser Leben künftig gemeinsam verbringen und es zusammen erschaffen.

Ich begann, auf seine Einladung sein Haus allmählich umzugestalten und meine Möbel mitzubringen. Die Wohnung im Landesinneren hatte ich dafür aufgegeben, ich wollte mich auf uns ganz einlassen. Das Strandhaus meines Vaters war meine Klause, zu der ich immer wieder zum Schreiben und Meditieren pilgerte. Dort war mein Rückzugsraum von allem, was mit dieser Welt zu tun hatte, mit dem Leben „da draußen“. Es war mein Refugium, mein innerster Raum, um mich und meine Schöpferkraft voll zu entfalten. Hier konnte ich in alles eintauchen, was ich

mir lange erträumt hatte, in alle Phantasien und Visionen, und sie endlich verwirklichen.
Er war bei mir und ich wusste, unsere Liebe ging ihm über alles. Da waren wir uns einig, so sehr wir auch manches liebten, das wir uns selbst zur Aufgabe machten. Unser Haus nahm Gestalt und Wärme an, meine Dinge integrierten sich harmonisch in seine und wurden zu einem Ganzen. Wir fühlten uns so wohl gemeinsam, als hätten wir nie anders gelebt. Ihm ging sein Junggesellenleben mit den rauschenden Festen nicht ab und mir mein Rückzug in die einsame Stille ebenso wenig. Wir waren glücklich und wollten es bleiben. An den Abenden schmiedeten wir unsere Zukunftspläne von gemeinsamen Projekten. Wir wollten Brücken bauen und eine Pforte für Menschen sein, die sich nach Liebe und Spirit sehnten, wollten unsere Art zu leben und Liebe zu verwirklichen anderen irgendwann weitergeben.
Die Nächte wurden wieder wärmer und wir verbrachten sie häufig am Strand, mit ein paar Kerzen, den Wellen lauschend, unter uns den weichen Sand. Die Sterne glitzerten wie eine diamantbestickte Decke, funkelnd und gleißend, und erinnerten uns immer wieder, wie groß und scheinbar grenzenlos das Universum war. Wir mit unserem beschränkten irdischen Bewusstsein konnten nur einen Bruchteil erfassen, aber wir waren viel mehr, als wir wahrnahmen – jenseits unseres Verstandes, mit dem wir uns identifiziert hatten. Rund um uns war so vieles, was unsere Sinne nicht ahnten, war unsichtbare Energie und sie brachte uns alles, was wir zu träumen wagten. Wir erkannten den Zusammenhang zwischen unserem Leben, den Visionen, Gedanken, Gefühlen und

wie sie sich verwirklichten. Unsere Visionen der Liebe nahmen immer mehr Gestalt an und wir wussten, die kühnsten Träume würden noch übertroffen werden, weil wir beide aus vollstem Herzen an diese Möglichkeiten glaubten.
Auch wenn die Wellen manchmal hoch gingen und wir anderer Meinung waren, leidenschaftlich diskutierten oder auch zuweilen stritten, brachte uns nichts auseinander, sondern alles einander näher, weil wir uns offen zeigen konnten. Jede Hürde, die wir nahmen, war eine wichtige Erfahrung und wir sahen es letztlich als Liebesdienst, wenn wir die Knöpfe drückten und in einander etwas auslösten. Kindheitsthemen waren plötzlich unvermutet da und wollten losgelassen werden. Alte unverheilte Wunden fingen an zu schmerzen, um endlich Heilung zu erfahren. Körper, Geist und Seele begannen sich zu reinigen und wir unterstützten einander, in unsere Größe zu gehen und unser Potential zu entfalten. Kein anderer Mensch konnte so viel auslösen. Darin lag unsere Wachstumschance.
Der Mond stand rund und prachtvoll am Himmel und die Wellen rollten leise ans Ufer. Die Dunkelheit umfing uns mit Wärme, die Lüfte streichelten unsere Körper und wir sahen einander im Kerzenschein lange und liebevoll an. Es war nichts mehr zu sagen, nur noch zu fühlen, was uns verband. Diese Liebe wurde im Himmel geschlossen und der Mond war der Zeuge unserer Sehnsucht, die sich nun endlich erfüllte. Als sich unsere Körper begegneten und die Seelen einander in einem ewigen Tanz wieder fanden, blieb die Zeit für uns stehen und wir wurden zu dem, was wir

tatsächlich waren: zeitlose liebende Wesen, aus der Liebe geboren, um die Liebe zu leben.

Unter einem Dach

Er hatte sich wirklich eingelassen. Manchmal konnte er es selbst kaum glauben. Seine Junggesellenbude, sein Allerheiligstes, mit einer Frau zu teilen, war für ihn immer Tabu gewesen. Einerseits genoss er ihr Dasein und den Eifer, mit dem sie sein Haus zu ihrem umgestaltete, andererseits war der Rückzugsraum, den er für sich gefunden hatte, seit er zum Strand zurückgekehrt war, jetzt ein für alle Mal Geschichte. Die Beziehung war das Thema und sie forderte ihn mehr als ihm lieb war.
Etwas vor ihr zu verbergen, war schier unmöglich. Sie schien seine Gedanken zu lesen und seine Stimmungen zu fühlen, als wären es ihre eigenen. Eine Verbundenheit wie diese hatte er noch nie erlebt und manchmal machte es ihm Angst, für sie so transparent zu sein. Er fürchtete, sich zu verlieren und völlig in ihr aufzugehen, in dieser Liebe zu verschwinden. So sehr er sich nach Einheitsgefühlen und nach Verschmelzung sehnte, wollte er sich doch selbst nicht aufgeben und der Grat zwischen Liebe, Beziehung und seinem eigenständigen Sein war manchmal ein sehr schmaler. Das Ego wollte noch nicht sterben, wollte sich nicht im großen Strom auflösen. Dazu liebte er das irdische Leben zu sehr.
Sie fühlte seinen Rückzug und Zweifel, ob er dem wirklich gewachsen war, ob sie tatsächlich dasselbe anstrebten und wie es weiterging für sie beide. Seine

Zukunft war offen. Er wollte seine Freiheit leben. Doch wie konnte das gehen? Wie würden sie überleben und das nötige Geld verdienen? Woher würde es kommen? Er hatte es bisher immer geschafft gehabt, gut durch seine Arbeit zu leben und alles zu erschaffen, was er sich wünschte. Plötzlich war seine Zukunft ungewiss. Sie sprach von ihrem Vertrauen ins Leben und dass sich alles von selbst entfaltete, von neuen Energien, Bewusstsein und einer Zeit der Umgestaltung. Hingabe war das Thema und Loslassen, auch wenn es manchmal schwierig war.
Sie schwankten beide immer wieder zwischen Vertrauen und Unsicherheiten, zwischen den Wünschen, Träumen und Visionen in ihren Herzen samt dem inneren Wissen, dass sich alles zum Besten fügte, wenn sie sich in Geduld übten. Doch das fiel ihnen nicht immer leicht. Die Materie war träge und die Veränderungen, auf die sie hofften, brauchten manchmal länger, als ihnen lieb war. Sie konnten einander nur immer wieder aufrichten und neuen Mut machen, um nicht vorschnell die Hoffnung und ihre Träume aufzugeben. Sie waren füreinander da.
Ihm fiel es leichter, seine Gedanken mit sich selbst auszumachen – sie wollte alles teilen und über alles sprechen, was sie bewegte. Das vertrieb ihn manchmal in seine „Höhle“, wie sie das nannte, in seinen Rückzug und sein Alleinsein. Manchmal war sie durch diese Haltung verunsichert, weil sie nicht einordnen konnte, was vor sich ging. Sie hatte sich in ihrer Kindheit nie wirklich sicher fühlen können, ob ein geliebter Mensch bei ihr blieb. Auch wenn ein Teil von ihr wusste, dass Sicherheit im Äußeren nicht wirklich existierte, nicht bei anderen Menschen gefunden werden konnte,

sondern nur in sich selbst, im Innersten, ihrem Ursprung, dem göttlichen Sein, sehnte sie sich nach Geborgenheit und einem sicheren Zuhause.
In der Gegenwart zu leben, bedeutete für ihn mit allen Gelegenheiten zu fließen, die sich ihm tagtäglich auftaten und den Anforderungen, die das Leben an ihn heranbrachte. Wenngleich sie das genauso sah und auch selbst danach strebte, im Hier und Jetzt zu leben, fiel es ihr manchmal schwerer, mit abrupten Veränderungen locker umzugehen. Sie konnte sich auf nichts verlassen, war voll gefordert, sich auf das Auf und Ab des Lebens und die Vergänglichkeit einzulassen, auch im Hinblick auf ihre Vorhaben. Sie bemühte sich, den Weg als das Ziel zu sehen und den Augenblick zu genießen. Es würde sich alles finden, alles zum richtigen Zeitpunkt entstehen. Sie vertraute auf „Perfect Timing", aber es fiel ihr schwer zu warten und die Geduld aufzubringen.
Sie ließ sich in ihrem Lieblingsstuhl nieder und er beobachtete sie verstohlen. Wie schön sie war. Er liebte diese Frau von ganzem Herzen. Warum war nur so viel Angst da, sich völlig fallen zu lassen? Hing es mit seiner Kindheit zusammen, mit der Angst vor den Schmerzen, würde sie ihn eines Tages so überraschend verlassen wie seine Mutter damals, als er im Krankenhaus war und sie so sehr vermisste? Liebe ist gefährlich, Liebe kann weh tun. Das hatte sich tief drinnen eingebrannt. Ein kleiner Sicherheitsabstand, eine offene Hintertür war ihm sympathisch. Man weiß ja nie, was auf einen zukam. Sich bloß nicht zu sehr ausliefern, bloß nicht alles von sich preisgeben. Sich nicht verletzlich zeigen, sich nicht angreifbar machen, das hatte er gelernt in den Jahren seiner wechselnden

Beziehungen. Frauen kann man nicht trauen, sie sind unberechenbar. Obwohl sie ihm keinen Grund gab, war da immer ein wenig Misstrauen. Würde sie ihn wirklich lieben und bei ihm bleiben? Konnte er ihr genügend bieten? War es das, was sie wirklich wollte? Seine eigene Unsicherheit sah er immer auch in ihr, sie war sein perfekter Spiegel und sie wusste, dass sie sich aus diesem Grund gefunden hatten. Gemeinsam konnten sie Wunden heilen, die sie schon lange verdrängt hatten.
Wenn sie auf einander zu gingen und einander zugestanden, was sie jeweils brauchten, fand tiefe Heilung statt. Sie las viel über Partnerschaft und Therapien, fühlte die Chance, die sie hatten, gemeinsam zu wachsen und einander zu unterstützen. Sie wünschte sich, dass er sich ganz einließ und seine Schutzhaltung aufgab, wünschte sich ein Zusammensein, das ihr Geborgenheit vermittelte, um sich selbst ganz fallen zu lassen. Sie war bereit dazu, wie sie es lange nicht mehr gewesen war, und sie zeigte ihm ihre Liebe. Das war für ihn manchmal anstrengend. Sie wollte ihre Gefühle offen ausleben und fand es gut, ihn an ihren Prozessen manchmal teilhaben zu lassen. Er wollte es mit sich ausmachen, wenn ihn etwas tief bewegte, und nicht darüber reden. Sie fühlte sich dadurch ausgeschlossen, aus seinem Leben und seinem Innersten.
Sie griff zu einem Buch und sah ihn lange nachdenklich an. Natürlich fühlte sie seine Blicke wie er auch ihre fühlte, wenn er offen für sie war. Auch wenn sie große Entfernungen trennten, waren sie sich telepathisch nahe. Manchmal wenn er an sie dachte, rief sie ihn an oder schickte ihm eine Nachricht. Sie waren so verbunden, dass es ihn einerseits faszinierte, weil er das

immer gesucht hatte, andererseits aber auch beunruhigte. Manchmal fühlte er den Abstand, wenn sie eine Mauer errichtete, weil er sie ungewollt verletzt hatte. Dann fühlte er sich zurückgewiesen. Er wollte ihre Verbundenheit spüren, aber auch seinen Freiraum bewahren. Seine Höhle war der Rückzug in sein eigenes Inneres, seinen „Safe Place“, wo niemand ungefragt Zutritt hatte. Wenn sie meinte, sie fühle ihn in seinem Schneckenhaus nicht mehr, weil er sich von ihr abkapselte, war das für ihn nicht verständlich. Er war sicher, er liebte sie und war immer erreichbar. Außer, wenn er verletzt war, dann fielen seine Balken und er konnte mit spitzen Bemerkungen für genügend Distanz sorgen.
Sie vertiefte sich in die Lektüre, ließ ihm den Abstand, den er brauchte, während er versuchte, sich dem Computer zu widmen. Er fühlte einen inneren Zug zu ihr und ihre Sehnsucht nach ihm. Es fiel ihm schwer zu arbeiten, wenn sie so nah war. Der Magnetismus war spürbar, auch über viele Kilometer, wenn sie von einander getrennt waren, im selben Raum war er unumgehbar. Sie mussten einander immer wieder umarmen oder küssen, ihre Herzen zog es stark zu einander. Und wenn sie nicht zusammen waren, kostete es Überwindung, diesem Zug nicht nachzugeben und bei der Sache zu bleiben.
Ihre Herzen wussten nur eines: Sie wollten zu einander und verbunden bleiben, wollten sich nicht mehr trennen wie in vergangenen Zeiten. Sie hatten sich gefunden und sie gehörten zusammen, doch sie versuchten manchmal noch, sich dagegen zu wehren und sich unabhängig zu fühlen, statt miteinander aufzugehen im Großen Ganzen. Diese Hürde lag vor ihnen. Auch

wenn es keine wirkliche Hürde war, sondern das Geschenk des Ganzen, fühlte es sich trotzdem so an. Aber sie würden sie meistern, wie sie so vieles gemeistert hatten. Das Leben verlangte Hingabe, an es selbst und an einander, daran führte kein Weg vorbei, weil sie die Liebe schon lange gewählt hatten. Sie duldete keinen Aufschub mehr.

Die nächste Hürde

Ich fühlte seinen Rückzug. Wenn er in seinem Computer oder einem Buch versank und so tat, als würde er konzentriert arbeiten, spürte ich seine Distanz. Ich war ihm nahe gekommen, aber er wollte sich noch nicht ganz zeigen, nicht alles von sich preisgeben. Er wollte sein Gesicht wahren, nicht verletzlich sein, wollte für mich den starken Mann spielen, der weiß, wo es für uns langgeht, auch wenn er keine Ahnung hatte.
Das Leben forderte uns ganz. Alles war total offen. Wovon wir leben sollten, wenn die Ersparnisse aufgebraucht waren, wie die Beziehung sich entwickelte und ob unsere Träume wahr würden. Ob wir am Strand bleiben konnten oder in einer Gemeinschaft landeten. Wir hatten keine Ahnung. Wir konnten uns nur fallen und vom Leben tragen lassen, voll Vertrauen, dass es uns an der richtigen Stelle anschwemmte. Ich hatte keine Kraft mehr zu kämpfen und mich gegen den Strom zu stellen, ich konnte nur noch mit ihm fließen und alles loslassen. Das war meine einzige Wahl.

Und so geschah es, dass die Geschäfte begannen, sich wundersam zu entwickeln. Meine Idee, einen Workshop zu halten, kam sehr gut an und so schien es, dass sich mein Einkommen sicherte. Daneben wollte ich schreiben, kreativ sein und mit ihm unser Leben sich immer mehr entfalten lassen.
Er versank hingegen häufig in Lethargie und ich hatte den Eindruck, eigentlich wollte er gar nichts machen, nur in den Tag hinein leben und lesen und das Nötigste erledigen. All die gemeinsamen Pläne und seine eigenen Ideen waren wie Eintagsfliegen. Sie schwirrten herum, um sich genauso schnell wieder zu verabschieden, wie sie gekommen waren. Das verwirrte mich und ich merkte, wie es mich Energie kostete, immer wieder Ideen zu nähren, die er dann kurz darauf fallen ließ. Ich beschloss, mich wieder meinen Dingen ganz zu widmen und ihn machen zu lassen, was er wollte. Es lag nicht in meiner Macht, es zu ändern und ich wollte auch nicht ständig an ihm und seinem Leben herummeckern.
Als wir uns am Abend sahen, wirkte er blass und verfallen. Er hatte nur sehr wenig gegessen und sah krank und erschöpft aus. Ich machte mir Sorgen. „Ich will mir mein Fundament erschaffen und mich wieder aufbauen“, sagte er mir beim Essen. „Ich muss das alleine machen. Du hast deinen Weg, ich brauche etwas Eigenes, ehe wir etwas Gemeinsames schaffen.“ So, wie er es sagte, klag es wie eine Auszeit für die Beziehung. Ich wusste, er war mit sich nicht wirklich im Reinen, da waren noch die Kindheitsthemen, die ihn häufig beschäftigten und ungelöste Beziehungen, aber ich hatte erwartet, dass wir durch diese Themen gemeinsam durchgehen würden.

„Wie hast du dir das vorgestellt? Soll ich wieder ins Strandhaus ziehen?“ – „Das wäre eine gute Lösung.“ Ich fühlte mich weggeschoben und meine eigenen Kindheitsthemen waren mit voller Wucht wieder da. Warum konnten die Menschen, die ich von Herzen liebte, nicht bei mir bleiben? Ich wollte mit ihm die Liebe leben und mich voll und ganz auf uns einlassen und er wollte das doch auch. Aber wie sollte es funktionieren, wenn wir uns kaum noch sahen und getrennte Wege gingen?

„Ich muss das selber schaffen, in meinem Leben aufzuräumen, damit ich wirklich bereit bin, mit dir zusammenzuleben.“ Es schien, als hätte er meine Gedanken gelesen. Ich war verwirrt und konnte nichts sagen. In meinem Herzen fühlte ich Traurigkeit. Ich wollte mit ihm ins Leben starten, und er bremste plötzlich ab. War es Zeit, all die Kräfte, die ich in uns investiert hatte, in die Beziehung, das Gemeinsame, wieder auf mich zu richten? War es Zeit, mich selbst zu heilen und zu umsorgen, statt ihn aufzupäppeln und mich auf ihn zu konzentrieren? Ich hatte mich abgelenkt von meinen eigenen Träumen und Sehnsüchten, hatte mich selber verlassen. Er war mein Spiegel. Ich wollte nicht verlassen werden, also musste ich hier und jetzt bei mir selbst beginnen, mich nicht mehr zu verlassen und mir selbst treu zu bleiben.

In mir brannte die Einsamkeit, die ich von früher kannte. Ich fühlte mich alleingelassen. Er konnte mich nicht befreien und ich ihn genauso wenig. Wir mussten uns selber retten, unsere Wunden heilen und als Erwach-sene weitermachen. Wir mussten unsere inneren Kinder, die verletzt in der Ecke saßen, liebevoll an der Hand nehmen und von Herzen umarmen, damit sie

wieder Vertrauen fassten – in einander und in das Leben. Er sah mich an und ich fühlte sein Bedauern, mich zu verletzen. Und trotzdem wusste ich, dass es wichtig war, so zu handeln. Das war das Schlimmste, was er tun konnte, und deshalb musste er es tun, damit die alten Wunden endlich ganz heilen konnten. Ich hatte das selbst gewählt und als Seelen spielten wir perfekt zusammen. Die Liebe stand nicht in Frage, das konnte ich immer fühlen. Es war nur völlig offen, wie es mit uns weitergehen würde.
Ich packte meine Sachen, die ich im Strandhaus brauchen würde, und umarmte ihn noch einmal. Seine Entscheidung war gefallen. Jede Sekunde länger neben ihm wäre eine Qual gewesen. Er musste selbst herausfinden, was er in seinem Leben wollte, und sich den Ängsten und Schatten stellen. Und ich würde das selbe für mich tun. Das Kind in mir wollte eine Mutter, die in Liebe da war, es versorgte und unterstützte. Ich nahm mein inneres Kind an der Hand und küsste ihn ein letztes Mal. Dann ging ich zu meiner Hütte am Strand.

Leere

Das Haus war leer und kalt ohne sie. Aber obwohl er das spürte, wusste er, dass er jetzt ganz genau durch diese Leere durchgehen musste. Wollte er mit ihr in Liebe leben, musste er sich seinen Ängsten und lange verdrängten Schmerzen stellen. Er fühlte ihre Trauer, auch wenn sie nicht bei ihm war. Sie fortzuschicken, war ihm nicht leicht gefallen. Am liebsten würde er sie Tag und Nacht umarmen und mit ihr in der Liebe

versinken. Aber seine Seele forderte diesen Weg vehement. Ausweichen war nicht mehr möglich.
Er kannte seine Kindheitstraumen, wusste um die Verlassenheit, die er gefühlt hatte, als er mit drei Jahren ganz allein im Spital lag und niemand zu ihm durfte. Die Familie war damals in Quarantäne und wenn sich jemand blicken ließ, dann nur durch eine Glasscheibe, die ihn von jeder Berührung trennte. Der Schmerz des Verlassenseins war mächtig und er strich alle, die er liebte, sicherheitshalber aus seinem Gedächtnis. Liebe war gefährlich, sie machte ihn verwundbar. Er musste es alleine schaffen, das war immer noch besser, als sich abhängig zu machen von Menschen, die ihn verlassen konnten. Er fühlte sich völlig ausgeliefert, ohnmächtig und alleingelassen mit seiner Angst. Als er wieder entlassen wurde, war seine Mutter für ihn wie eine Fremde, der er nicht mehr vertrauen konnte. Nur mit Tricks und Mühe und der Bestechung durch Schokolade gelang es ihr, ihn zum Verlassen der Krankenhausstation zu bewegen.
Der alte Schmerz war wieder da und all die Liebe, die er der Mutter seit dieser Zeit verwehrt hatte. Er wollte ihre Liebe nicht mehr, er konnte ihr nicht mehr trauen. Er wollte niemand mehr lieben und sein Herz nicht mehr aufmachen. Diese Angst war immer zwischen ihnen gestanden. Sein Kindheitsschmerz hatte ihn begleitet, von Beziehung zu Beziehung, von Frau zu Frau, von Trennung zu Trennung. Eine Sehnsucht nach Liebe war immer geblieben, aber auch Angst, sie zu empfangen. Er wollte nicht die Kontrolle verlieren, immer wieder sicher gehen, dass er allein noch fähig war zu überleben, und sich nicht in der Liebe zu einer Frau völlig auflösen. Seine Angst, sich ganz fallen zu

lassen und preiszugeben, verhinderte die Nähe, nach der er sich so sehr sehnte.
Er griff zum Hörer und rief nach Jahren zum ersten Mal seine Mutter an. „Hallo?“, hörte er ihre Stimme. Sie war gealtert, seit er sie letztes Mal gehört hatte. „Hallo Mutter, ich bin es.“ Schweigen am anderen Ende. „Hallo, dich gibt es auch noch?“ Die halb scherzhafte und halb bittere Bemerkung klang etwas müde. „Ja, ich wollte sehen, wie es dir geht.“ Wieder Schweigen. „Ich habe nicht mehr viel Grund zu leben“, kam es von der anderen Seite. „Das darfst du nicht sagen!“ Er fühlte auf einmal Schuldgefühle, dass er sich all die Jahre nicht um sie gekümmert hatte. „Wem würde ich schon abgehen?“ Sie klang resigniert und einsam. „Allen, die dich lieben. Mir zum Beispiel.“ Sie lachte ein wenig ungläubig, aber er fühlte, dass er sie aus ihrem Loch geholt hatte. „Wie ist es dir ergangen? Was machst du?“ Sie wollte mehr von ihm wissen, von seinem Leben, seiner Beziehung. Er begann bereitwillig zu erzählen – etwas, das er seit Jahren nicht mehr gemacht hatte – und ließ sie an seinem Leben teilhaben.
„Und was machst du?“ – „Ich warte auf meinen Tod und dass vielleicht noch jemand von der Familie vorbeikommt, um sich bei mir zu verabschieden.“ Sie klang sehr klar und gefasst. Ihre Gesundheit war seit Jahren nicht mehr die beste, aber sie hatte sich immer mehr damit abgefunden und war fröhlich, wenn sie Besuch hatte. Nur wenn sie ganz allein war, fühlte sie sich sinn- und nutzlos. Sie hatte für die Familie gelebt, nun war sie alt und einsam. „Ich komme dich besuchen, bald! Ich möchte dich gerne sehen.“ Er fühlte plötzlich ein ehrliches Anliegen, sie in seine Arme zu nehmen und festzuhalten. Er wollte die Liebe zu ihr fühlen, die

er jahrelang von sich fern gehalten hatte und das Tor wieder aufmachen für die Menschen, die in Liebe auf ihn warteten. Seine Mutter klang wacher und lebendiger, als er auflegte. Nächsten Sonntag würde er zu ihr zum Essen fahren, wie in alten Zeiten, als er noch ein Student war.
Er griff zu seiner Gitarre und stimmte einen Blues an. Er konnte sie nicht vergessen, seine Liebste, so fern und doch so nah. Nur wenige hundert Meter trennten ihn von ihr im Strandhaus, aber er konnte nicht zu ihr gehen. Er musste in seiner Höhle bleiben und die Gefühle fühlen, die er so lange vermieden hatte. Über seine Wangen liefen die ersten Tränen und er ließ sie laufen, erleichtert, dass sie sich ihren Weg bahnten, und das Eis im Herzen taute. Er spürte ihre Nähe und dass sie an ihn dachte. Ihre Liebe war ewig, und das würde sie bleiben, was immer jetzt für ihn bevorstand. Daran hatte er keine Zweifel, als er ihr aus der Ferne den Blues sang und die Gitarre anschließend wieder an ihren Platz stellte. Todmüde ging er schlafen. Morgen war auch noch ein Tag.

Wunden der Vergangenheit

Ich saß im Strandhaus und weinte. Wieder einmal fühlte ich mich verlassen. Die alten Wunden aus meiner Kindheit waren aufgerissen. Der abwesende Vater, die nicht verfügbare Mutter, die Schmerzen der Einsamkeit, des Alleinseins. Ich wusste, ich musste sie ein für allemal heilen lassen, wollte ich nicht immer wieder im selben Drama landen. Ich ließ meine Gefühle fließen, ließ mich in sie fallen, um die

Einsamkeit ganz zu fühlen. Wenn ich bereit war, sie ohne Widerstand zu erleben, konnte sie sich integrieren.
Er gab mir die Chance zu heilen und ich sie ihm, wir brachten einander an die ungelösten Themen in unseren Leben. Jetzt konnten wir sie lösen und verabschieden. Die Zeit dafür war gekommen. Wir unterstützten einander aus der Ferne durch unsere Liebe, während wir unsere Arbeit machten und die Schmerzen fühlten, die wir herumgetragen hatten und die uns trennten. Wollten wir einander wirklich nahe kommen, mussten wir Vertrauen fassen, und das war nicht möglich, solange wir die Vergangenheit nicht geheilt hatten.
Er nahm mich im Geiste in seine Arme, das fühlte ich in meinen Träumen, er war da, wann immer ich an ihn dachte. Ich fühlte seine Seele, seine unendliche Liebe, die meine Seele umarmte, fühlte den Raum in uns, der heil war. Manchmal ging ich den Strand entlang, suchte den Horizont nach ihm ab und ließ mich bei meinem Baumstamm nieder. Ich träumte von unseren ersten Stunden an diesem Strand, als wir uns geliebt hatten und einander wie Kinder in die Arme gesunken waren. Wie viel war seither geschehen. Wir hatten die Unschuld verloren, aber wir holten sie uns wieder. Unsere Liebe heilte alles und konnte allem standhalten. Aber es brauchte das Vertrauen in diese Liebe und ihre Heilkraft, die Entscheidung für sie statt die Ängste, die uns immer noch plagten.
Wir sahen den Weg nicht, aber wir wussten, dass es ihn irgendwo gab. Unseren Weg zu einander. Und wenn das Dickicht ausgeholzt war, lag er in voller Schönheit da. Es ging darum, zu warten und dem Prozess zu

vertrauen. Die Zeit heilte unsere Wunden, und wenn wir einander Raum gaben, würden wir neu geboren in das gemeinsame Leben starten. Es fing etwas Neues an und verlangte nach einer neuen Vertrauensbasis, die wir nur selbst erschaffen konnten, beide für sich und gemeinsam.

Ich träumte von einem Leben am Strand, von Nächten mit Gesprächen und Lachen, von Liebe vor dem Kamin, von unserer gemeinsamen Arbeit, von einem Roman und Seminaren, von Zeiten des Rückzugs, Spaziergängen an diesem Strand, von Zweisamkeit und dem Dasein für andere. Es hielt sich die Waage: Zeit für uns und Zeit für andere, Zeit um nach innen und außen zu gehen, und über allem stand die Liebe. Wir waren uns so nah wie nie in diesen wundervollen Träumen, harmonisch miteinander verbunden, zwei Menschen und doch ein Ganzes, zwei Individuen, eins mit dem Göttlichen, dem Untrennbaren. ES floss neuen Ufern entgegen, ganz von selbst, wir mussten den Fluss nicht antreiben, um ihn zum Fließen zu bewegen, nur das Vertrauen aufbringen, dass das Wasser uns tragen würde.

Als er am nächsten Morgen dastand, war ich ehrlich überrascht. Ich hatte ihn losgelassen und akzeptiert, dass die Prozesse, die wir durchmachten, etwas Zeit brauchen würden. „Ich liebe dich." Er nahm mich in seine Arme und küsste mich wie beim ersten Mal. Alle Barrieren waren verschwunden, wir sanken – Herz in Herz – in einander. „Ich liebe dich." Eine Ewigkeit lang standen wir in der Umarmung versunken, im Spüren und im gemeinsamen Fließen. „Du bist da." – „Ich musste dich sehen." Unsere Körper wollten sich nie wieder von einander lösen und sanken auf das Fell

auf dem Boden. Wir lagen eng umschlungen, einander liebevoll kosend, unseren Körpern vertrauend, die sich bewegten und im gleichen Rhythmus wiegten. Wir fielen in einander, lösten uns auf und vergaßen Zeit und Raum, tauchten ein in die Welle der Liebe, die uns höher und höher trug und über uns emporschwappte.
Als wir erschöpft schließlich liegen blieben, waren Stunden vergangen. Ich wusste, er würde sich bald verabschieden, und ich wollte jede Sekunde noch gemeinsam genießen, ohne nachzudenken. Ich war dankbar für jeden Moment, den wir gemeinsam in Liebe verbrachten. Die enorme Heilkraft der Berührung unserer Herzen war in jeder Faser zu fühlen und durchdrang die Körper und Seelen. In unserer Liebe zu einander lag der Schlüssel zu einer gemeinsamen Zukunft und zu allem, was wir noch vor hatten zu erschaffen.
Als er sich löste um zu gehen, war ich ohne Wehmut. Ich wusste, wir würden uns wiedersehen, wenn unsere Herzen es verlangten. Und wir schrieben das nächste Kapitel unserer Liebe gemeinsam.

Heilung

Er war wieder bei sich zu Hause und allein mit seinen Ängsten. Immer, wenn er mit ihr zusammen war, schien alles richtig zu sein und er sehnte sich nach Beziehung. Aber wenn er alleine war, kamen die Ungeheuer wieder, die ihm leise zuflüsterten: „Sie wird dich genauso verlassen wie alle anderen Frauen.“ Er war ihnen in den letzten Jahren zuvor gekommen und hatte sie verlassen, sicherheitshalber, um seinem

Schmerz zu entfliehen. Das hatte ihm die Illusion vermittelt, es selbst in der Hand zu haben und niemand mehr zu brauchen. Aber die Frauen, die er wirklich von Herzen geliebt hatte, waren von sich aus gegangen. Auch wenn er wusste, es hing mit seiner frühesten Kindheit zusammen, sah er noch keinen Ausweg, um diesem Kreislauf zu entfliehen.
Er ahnte, es stand eine Entscheidung an – für oder gegen die Beziehung. Würde er die Angst überwinden und trotzdem ins tiefe Wasser springen, sich auf sie voll und ganz einlassen, oder zur nächsten Frau fliehen und das Spiel wieder neu beginnen? Er sehnte sich nach wahrer Liebe und er wusste, er fand sie bei ihr. Aber würde sie ihn ertragen? Konnte er sich ihr zeigen und zumuten mit all den ungeklärten Fragen? Sie hatte auch ihre Themen, aber sie schien viel stärker, als er sich selber vorkam.
Waren seine Beziehungen wirklich gelöst, hatte er die Schmerzen verkraftet und wieder losgelassen? Konnte er seinen Frauen verzeihen und sich selber vergeben, dass er ebensowenig perfekt war? Es machte ihn sehr traurig, sie zu verletzen und auch sich selbst, indem er ihre Liebe nicht ganz annehmen konnte. Er war permanent am Schwanken. An einem Tag schien er mit sich im Reinen und fühlte ihr Ja zu ihm so stark, dass er alles überwand. Am nächsten Tag reichte ein Gedanke und die Spirale aus Angst und Zweifel hatte ihn wieder in der Hand. Er war es leid, sich selbst zu verletzen und zu boykottieren. Ja, er wollte die Liebe leben, aber wie konnte er es schaffen, sich von Herzen einzulassen, wenn da immer diese Angst war?
Er rief einen alten Freund an, Therapeut und Psychiater, der für ihn immer ein offenes Ohr hatte,

wenn ihn seine Fragen quälten. „Hallo, wie geht es dir? Lange nichts gehört von dir“, hörte er die erfreute Stimme auf der anderen Seite der Leitung. „Hallo, ja, es geht so.“ – „Oh, wo drückt denn der Schuh?“, kam es mit einer Mischung aus Schmunzeln und Verständnis. „Ich habe mich verliebt.“ – „Gratuliere!“ – „Und ich zerstöre es gerade.“ – „Das ist nicht so gut. Wie kann ich dir helfen?“ – „Ich kann diese Angst nicht überwinden, wieder verletzt und verlassen zu werden. Ich schaffe es nicht, mich einzulassen und wirklich voll und ganz Ja zu sagen.“ – „Was könnte dich unterstützen, diese Angst zu überwinden?“ – „Dass meine Liebste wirklich da ist, ganz egal was ich mache, ob ich gehe oder bleibe. Ich will darauf vertrauen können, dass ich machen kann, was ich möchte, und sie mich trotz allem liebt.“ – „Wie eine Mutter ihr Kind.“ – Er schwieg irritiert. – „Das nennt man bedingungslose Liebe und Mütter und Väter lieben meist ihre Kinder auf diese Weise. Bei Erwachsenen ist das selten. Die Frage ist, wo fängt es an, auf ihre Kosten zu gehen? Wo muss sie sich selber lieben und vor dir schützen, weil es zu weh tut, dich immer kommen und gehen zu fühlen? Wenn sie dich liebt, wird sie bleiben. Aber wenn du sie liebst, dann musst du dich irgendwann für sie entscheiden.“ – „Ja, ich weiß das ja alles, aber wie kann ich da aussteigen?“
„Die Frage ist, willst du einsteigen? Bist du bereit, deine Angst zu fühlen, dich ihr voll und ganz hinzugeben, ohne dich durch Arbeit abzulenken oder zu anderen Frauen zu flüchten? Bist du bereit, deinen Tod zu sterben – denn so kann es sich anfühlen, wenn du die Angst wirklich zulässt, die Angst des Kindes, ohne Mutter nicht länger zu überleben. Bist du bereit, dich

der Angst zu stellen? Das ist die alles entscheidende Frage." – „Ich weiß es nicht, ich habe Angst. Angst vor all meinen Ängsten." – „Du kannst nur herausfinden, wie sie sich anfühlen, wenn du sie zulässt und annehmen kannst. Solange du noch Widerstand leistest, wird die Angst immer bleiben und wachsen. Sie kann sich lösen und integrieren, wenn du bereit bist, sie zu fühlen. Sonst wird sie dich durchs Leben begleiten, durch viele weitere Leben, bis du dich ihr endlich stellst. Glaubst du an Karma, an Wiedergeburt? Was wir hier und jetzt nicht lösen, werden wir ein andermal lösen, aber es bleibt uns nicht erspart."

Er atmete tief nach dieser Rede und wusste, dass sein Freund recht hatte. Er konnte sich nur stellen, wollte er die Angst überwinden. „Ja, ich will es versuchen. Darf ich dich anrufen, wenn ich damit Probleme habe?" – „Natürlich, immer. Aber brich den Prozess nicht ab. Wenn du voll hineingehst in die Gefühle, die dir Angst bereiten und in die Angst, die du vermieden hast, kann sich alles auflösen. Wenn du Ja zu den Ängsten sagst und sie fühlend beobachtest, sind sie plötzlich nicht mehr da. Du bist es selbst, der das erschafft. Also kannst du es wieder lösen und die Ängste, Gefühle loslassen, wenn du sie voll und ganz gefühlt hast. Du entscheidest immer selbst. Du bist kein Opfer deiner Gefühle, du bist ihr Schöpfer. Du hast die Macht, sie wieder loszulassen, wenn du zu deiner Schöpfung Ja gesagt und sie ganz anerkannt hast als etwas, das du selbst erschaffen hast. Das darfst du nie vergessen. Du bist nicht ausgeliefert, du hast es in der Hand!"

Er bedankte sich für die Erinnerung an alles, was er schon wusste, aber immer wieder vergaß. Auch das Verlassenwerden zog er selbst an, um es endlich hinter sich zu lassen und frei für Neues zu sein. Er wollte diese Dinge lösen und sie war es wirklich wert, dass er sich seinen Themen stellte. Wenn nicht sie, wer dann? Mit ihr könnte er seine Träume in die Tat umsetzen und das war es, was er wollte, wonach sein Herz sich lange schon sehnte. Also sagte er Ja zu der Angst.

Die letzte Hürde

Ich fühlte so genau, wo er stand und wie er immer wieder schwankte. Das brachte mich an meine Grenzen und an meine eigenen Ängste. Aber ich beschloss zu bleiben und das alles auszuhalten, weil ich ihm Sicherheit geben wollte. Sicherheit, die wir beide brauchten, weil wir verletzte Kinder waren. Ich wollte bleiben, aus Liebe, und ihm alles geben, was er zum Heilsein brauchte. Und ich wollte nicht mehr verlassen, wollte mich für das Bleiben entscheiden und auch selbst nicht verlassen werden, weder von ihm noch von mir. Ich blieb mir selbst wie ihm treu und stand zu meinen Gefühlen und Ängsten, fühlte sie immer wieder. Ich entschied mich Tag für Tag für diese Liebe. So zeigte sich Schritt für Schritt der Weg. Ich wusste, wir konnten miteinander unsere tiefsten Wunden heilen, das war die Chance unseres Lebens, darüber endlich hinauszugehen. Wir sollten sie nicht vergeben.

Als ich am nächsten Morgen erwachte, war etwas anders geworden. Ich fühlte ihn zum ersten Mal seit langem voll und ganz bei mir. Etwas war geschehen, das ich noch nicht ganz greifen konnte. Vielleicht hatte er endlich Ja gesagt zu uns beiden. Ich ging zum

Strand und freute mich über das Rauschen der Wellen, die langsam an das Ufer rollten. Die Möwen sangen ihr schönstes Lied und stürzten sich kopfüber in die tiefsten Fluten, um kurz darauf ihre Richtung zu wechseln und zum nächsten halsbrecherischen Sturzflug anzusetzen. Die Sonne wärmte mein Gesicht und ich schloss die Augen, um ihre Strahlen und Energie in jede Zelle aufzunehmen. Es war ein Gefühl von Freude und tiefem Frieden, Ruhe und Ankommen, als würden sich all die Kämpfe der letzten Monate auflösen.
Als ich die Augen wieder öffnete, sah ich ihn auf mich zukommen. Er strahlte und lachte mir entgegen. Etwas war mit ihm geschehen. Als er mich umarmte, fühlte ich seine Freude und Wärme und eine innere Leichtigkeit. Es war keine Bedürftigkeit in der Umarmung, kein an mir Klammern und Festhalten-Wollen. Er war einfach nur da und liebte und unsere Herzen sagten „Willkommen". Ich atmete auf und ließ mich in die Umarmung fallen. „Schön, dass du da bist! Was ist geschehen?" – „Ich bin durch meine Angst gegangen." Er lächelte sein befreitestes Lächeln und begann zu erzählen, wie er sich allem gestellt hatte, was ihm seit seiner Kindheit Angst machte. Seiner Angst, verlassen zu werden oder ausgeliefert zu sein. „Es war die Hölle, ich dachte, ich würde sterben. Es brannte in allen Nervenbahnen und mein Körper konnte sich nicht mehr bewegen. Er war wie vor Angst gelähmt. Ich konnte das nur irgendwie aushalten und es wieder gehen lassen, nachdem es leichter geworden war. Je mehr ich meinen Widerstand aufgab und die Angst vor der Angst, desto erträglicher wurde es und desto leichter konnte ich fühlen, wie sich die Ängste

allmählich lösten. Ich fühlte mich wie ein Forscher: So fühlt sich also Angst an, aha, das macht sie in meinem Körper. Ich fühlte, wie sie mich eng machte, wie alle Energiezentren zumachten, wie sich alle Muskeln verspannten, mein Atem schneller ging und mein Herz schnell zu schlagen begann. Es war kaum auszuhalten. Aber ich habe es getan, wie der Prinz sich im Märchen dem Drachen stellt, der die Prinzessin oder den Schatz bewacht. Und plötzlich wurde es leichter und leichter. Ich wusste, ich konnte alles ertragen, es würde mich nicht das Leben kosten, auch wenn es sich so anfühlte, und die Angst fiel plötzlich ab. Es waren Frieden und Freude und innere Ruhe im Zentrum der Angst. Als ich völlig Ja zu allen Gefühlen gesagt hatte, voll im Bewusstsein, dass ich das erschaffe und jederzeit wieder loslassen kann, löste sich plötzlich alles."
Er war begeistert über sein neues Erlebnis. So viele Jahre lang hatte er immer die Angst umgangen und versucht, ihr durch Ablenkung zu entkommen. Jetzt war er durch sie hindurchgegangen und vor mir stand ein neuer Mann. Er war er-wach-sen geworden, reif und ungleich attraktiver, als ich ihn in Erinnerung hatte. Ein neuer, sanfter Schimmer war sichtbar. Es hatte ihn viel weicher gemacht und seinen Panzer geschmolzen, inneres Blei in Gold verwandelt. Die Alchemie der Liebe war wirksam geworden, weil er sie zugelassen und sich für sie entschieden hatte. Ich freute mich mit ihm darüber und für uns und die Beziehung, die wir noch vor uns hatten. Auch wenn wir beide nicht wussten, was noch auf uns zukam, wir wollten es gemeinsam schaffen und miteinander durchs Leben gehen. Ich packte meine Sachen und kam mit ihm nach Hause.

Töne des Lebens

Sie hatten neu angefangen, doch es war ein Abstand spürbar. Manchmal fehlte das Vertrauen, das sie vor der Krise gehabt hatten. Meinte er tatsächlich, was er sagte? Er fühlte ihre stumme Frage und ihren inneren Sicherheitsabstand. Es war viel geschehen und ihre Liebe hatte Mühe, dem Alltag standzuhalten. Wenn er in die Stadt fuhr, spürte er die Fragen, die sie nicht zu stellen wagte. Traf er die andere Frau wieder? Und wenn ja, würde er es sagen? Ihre Herzen schlossen sich halb, wenn die Zweifel kamen. Würde es je wieder werden können, wie es früher einmal war? Würde die Unschuld ihrer Liebe jemals wieder zurückkommen oder war sie zerstört, ein für allemal?
Es bedrückte ihn, dass er sie manchmal so fern fühlte, obwohl sie neben ihm war. Immer öfter verschwand sie in ihrem Zimmer, um zu meditieren und sich zurückzuziehen. Sie hatte sich einen Raum erschaffen, zu dem er keinen Zutritt hatte. Sie war gerne alleine und suchte in sich das Große Ganze, ohne ihn wirklich zu brauchen. Das machte ihm zu schaffen. Er wollte noch gebraucht werden, sei es als Mann und Partner, als starke Schulter zum Anlehnen, weil er sich dadurch selbst stärker fühlte. Doch sie gab ihm das nicht mehr. Er war auf sich allein gestellt und gefordert, glücklich zu werden ohne die alten Abhängigkeiten, und sich selber glücklich zu machen.
Sie kümmerte sich mehr um sich selbst. Für sie war das die Basis der Liebe. „Ich kann nur andere glücklich machen, an meinem Glücklichsein teilhaben lassen, wenn ich es selber in mir trage“, hatte sie einmal gesagt. Wie recht sie damit hatte. Er fühlte sich

manchmal einsam, obwohl sie im selben Haus lebten. Ihre innigen Stunden, die er früher so geliebt hatte, fanden nur noch selten statt. Er hatte sie zu oft weggeschoben aus seiner Angst vor Verschmelzung. Jetzt brauchte sie die Zeit für sich, um sich zu stabilisieren und in sich selber ganz zu werden. Sie suchte nicht mehr bei ihm die Erfüllung, sondern im Großen Ganzen, im Göttlichen. Er sehnte sich plötzlich nach Ergänzung, wie er sie in ihr gefunden zu haben schien. Doch sie entzog sich immer wieder, wenn er sie binden und festhalten wollte.
„Ich bin hier, um der Welt zu dienen und nicht nur einem einzelnen Menschen“, hatte sie ihm zur Antwort gegeben auf seine Frage, warum sie ihn nicht mehr an sich näher heranlasse. „Über allem steht die Liebe. Liebe ist göttlich. Die menschliche Liebe ist nur ein Ausdruck der göttlichen Liebe, kann zu ihr führen, aber sie kann sie niemals ersetzen. Ich kann die Liebe zu einem Menschen nicht über Liebe als Ganzes stellen.“
Das war ein Schlag gewesen. Er war nicht mehr die Nummer Eins im Leben der Frau, die er liebte. Sie ging auf in der göttlichen Liebe und er fühlte sich überflüssig und entbehrlich für ihr Leben.
„Lieben ist nicht Brauchen. Brauchen ist Abhängigkeit. Ich will dich lieben, nicht brauchen.“ Er verstand das alles, aber es machte ihm zu schaffen, weil er nicht mehr wusste, wie er selbst dorthin kommen konnte, wo er sie seit einer Weile fühlte. Manchmal gelang es ihm, zu meditieren, dann wieder gar nicht. Er schien von sich selbst verlassen zu sein. Wie sollten andere Menschen ihn nicht mehr verlassen, wenn er das selbst nicht schaffte? Er glitt ab in Alltäglichkeiten, ließ sich wehleidig gehen, vergeudete Zeit, verträumte Tage

oder verkroch sich in Depressionen. Was sollte er mit sich anfangen? Er war auf sich zurückgeworfen, seit sie ihn nicht mehr mit ihrer vollen Aufmerksamkeit bedachte.
Sein Leben war leer geworden. Solange er noch für die Firma und seine Ziele gearbeitet hatte, war er kraftvoll gewesen. Jetzt konnte er sich selbst nicht mehr ausstehen und manchmal kaum auf den Beinen halten. Das war kein Leben mehr. Er wollte wieder seinen Einsatz für etwas bringen, für das es sich lohnte, am Morgen aufzustehen. Er wollte seinen Lebensplan endlich erfüllen, aus ganzem Herzen seinen Weg gehen.
Manchmal, wenn er vor ihrer Tür stand, wünschte er sich, sie könnten gemeinsam in diesem sphärischen Raum ganz aufgehen. Aber der Zugang war ihm verwehrt. Wie könnte er sich selbst näher kommen und damit ihr Herz erobern, so wie er es erobert hatte, als sie sich damals am Strand sahen? Wie könnten sie einander wieder wie Kinder einfach vertrauen? Die Tränen stiegen ihm in die Augen, weil sie sich von einander entfernt hatten, obwohl die Liebe sie verband. Warum war es nicht gelungen, in dieser früheren Unschuld zu bleiben? Warum musste er sie verletzen, um einen Abstand zu provozieren, den er doch nicht ertragen konnte? Warum musste er sich verletzen und sich bestrafen durch diese Schmerzen? Er ging langsam wieder in sein Arbeitszimmer und zog die Tür hinter sich ins Schloss. Er wollte sich Hilfe holen, um das zu überwinden, was er seit Jahren bekämpfte und immer wieder verdrängte: seine Angst vor und Sehnsucht nach Nähe.

„Die größte Angst ist die größte Sehnsucht", hatte sie gesagt. Er fühlte, wie sehr das auf ihn zutraf. Das, wonach er sich sehnte, konnte er nicht leben, weil die Angst zu groß war. Würde er sich je auf sie einlassen und das in ihr gespiegelt sehen? Würden sie ihre Wunden gemeinsam heilen und vertrauen, wie sie es früher noch konnten?
Er wünschte sich, dass ihre Herzen wieder bereit dafür waren, mit einander weiter zu wachsen und durchs Leben zu tanzen. Er wollte sein Leben mit ihr feiern und sich dem Lebensstrom hingeben, ganz ins Vertrauen fallen lassen, in das Wasser des Lebens, ohne Angst, darin unterzugehen. Vertrauen ins Leben und in die Liebe, die sie beide tragen würde, wenn sie es zulassen konnten. Das war der Weg zu einander, das war ihm klar. Wie er ihn gehen konnte, musste das Leben ihm zeigen. Der Weg entstand ihm Gehen. Der nächste Schritt war, die Liebe in seinem Herzen ganz zuzulassen und rund um sich zu verströmen. Das würde sie sicher fühlen.
Liebe zog immer Liebe an. Er musste selbst Vertrauen fassen, dann würde ihr Vertrauen wachsen, danach sehnte er sich so sehr. „Du kannst mir vertrauen", wollte er sagen, doch die Worte blieben ihm im Hals stecken. Wie sollte sie ihm vertrauen, wenn er sich selbst nicht mehr traute? Wenn er Gott nicht vertraute, dem Leben? Der nächste Schritt hieß: Vertrauen und Liebe.

Verwundungen

Ich merkte, dass ich noch immer verletzt war. Bei aller Freude, dass er zu mir zurückgekommen war, hatte ich übersehen, wie tief die Wunden gegangen waren, die wir einander geschlagen hatten. Mein Vertrauen hatte gelitten, das Vertrauen in ihn, die Beziehung und in alles, was wir vor hatten. Ich musste mich wieder fangen und in mir selbst verankern. Vorher war eine stabile Beziehung nicht wirklich denkbar.
Ich fühlte seine Enttäuschung. Er dachte, er könnte dort mit mir anschließen, wo wir stehen geblieben waren, doch es war zu viel geschehen. Dass er eine Affäre mit einer anderen Frau gehabt hatte, ohne es mir zu sagen, konnte ich nur schwer verwinden. Die Lügen hatten mich tief getroffen, mehr als seine Verliebtheit in eine andere. Wie sollten wir einander nahe sein, wenn die Vergangenheit zwischen uns stand?
Ich meditierte viel und merkte, wie unsagbar gut mir das tat. Auch die Spaziergänge am Strand und die Zeiten im Strandhaus, die ich mir nahm, um zu schreiben, ließen mich bei mir selber ankommen. Er musste sein Leben ordnen, ich meines. Wir waren beide erwachsen. Zu lange hatte ich mich zurückgestellt, um ihn zu unterstützen, seine Träume zu leben und seine Wunden zu heilen, statt mich um meine eigenen Träume und Wunden zu kümmern. Ich war mir selber Vater und Mutter, nahm mein inneres Kind in den Arm und leckte meine Wunden.
Je mehr ich mich mit mir beschäftigte, desto mehr entspannte ich mich. Ich kam nach und nach in Frieden und der Krampf im Herzen ließ nach. Von Liebe, wie

ich sie früher noch unbeschwert für ihn gefühlt hatte, war ich jedoch noch weit entfernt. Ich hielt ihn auf Abstand, weil ich nie sicher sein konnte, wie ernst er meinte, was er sagte. Seine Worte hatten an Gewicht für mich verloren, ich brauchte Taten. Vertrauen fassen war nur möglich, wenn seinen Worten Handlungen folgten, die damit im Einklang standen. Sonst waren sie nur hohl und wertlos. Denken, Fühlen, Sprechen und Handeln in Übereinstimmung wäre authentisch und würde Integrität vermitteln, neues Vertrauen zwischen uns schaffen

Ich war härter zu ihm geworden. Die offene, liebevolle Art war mir abhanden gekommen. Ich fühlte mich von ihm ausgenutzt und schamlos hintergangen. Die Enttäuschung war groß. Ich hatte mich getäuscht in der Kraft der Liebe, die uns verbunden und der ich alles zugetraut hatte, auch jede Hürde zu überwinden, wenn wir es nur genug wollten. Diese Hürde war groß. Könnte ich sie doch einfach im Stabhochsprung nehmen, aber mein Stab war zerbrochen.

„Komm, lass uns heute Abend wieder gemeinsam kochen, wie in vergangenen Zeiten“, versuchte er mich zu locken. Wir hatten es geliebt zu kochen und einander zu verwöhnen. Liebe geht auch durch den Magen. Ich lächelte müde und sagte ja. Es kam auf einen Versuch an. Wir kochten vegetarisch – Gemüse, frisch und knackig, mit Räuchertofu im Wok gebraten, Reis und Tamari, ein bisschen Curry und Ananas. Eine Flasche Rotwein zum Essen – ein seltenes Ereignis. Ich hatte fast nichts mehr getrunken, seit ich ins Strandhaus gezogen war, und hatte das beibehalten, als ich zu ihm zurück kam. Mein Denken und Fühlen waren klarer ohne Alkohol. Ich spürte jeden Tropfen

umso mehr, je weniger ich zu trinken gewohnt war und je häufiger ich energetisch an mir arbeitete. „Auf die alten Zeiten!“ Wir stießen an und sahen einander in die Augen. Ich sah darin seine Besorgnis, etwas, das er nicht aussprechen wollte. Ich hatte mich zurückgezogen und das machte ihm Sorgen.
Als wir uns gegenüber saßen und die Kerze zwischen uns brannte, war es beinahe wie früher. Einen Moment lang schien es, als wäre keine Zeit vergangen, als wäre keine Mauer spürbar, wenn ich bereit war, sie fallen zu lassen. War ich bereit? Ich brauchte Abstand und konnte mich noch nicht annähern. Ein Teil von mir wollte es auch gar nicht. Sollte ich es ihm so leicht machen? Ich schmunzelte und erkannte, ich war nicht frei von Rache. Er sollte sich um mich bemühen, sollte beweisen, dass er es ernst meinte, mit uns beiden und seiner Liebe. Ich wollte warten und ihn wieder auf mich zukommen lassen. Diesen Schritt nahm ich ihm nicht ab, auch wenn ich selber nicht frei von Schuld war. Vielleicht war die unerbittliche Art ihm gegenüber mein projiziertes Schuldgefühl. Ich bestrafte mich selbst in ihm.
Das trotzige Kind in mir war noch da. Ich erinnerte mich an die Kindheit, an meine Mutter, die ich früher häufig getröstet hatte, bis sie mich so verletzte, dass ich mein Herz wieder zumachte. Jahrelang nahm ich Rache, nahm ich ihre Liebe nicht an, bis ich ihr verziehen hatte. Wollte ich das wiederholen? Würde ich nicht nur mir selber weh tun? Tränen stiegen in meine Augen, während er mich ansah. Ich liebte diesen Mann. Ich hatte meine Liebe hinter einer Mauer aus Angst verborgen, doch sie war immer noch da und ich wollte sie wieder fühlen, sehnte mich nach seinen

Armen und danach mit ihm zu verschmelzen, wie wir das früher gemeinsam erlebt hatten.
Ich nahm einen großen Schluck Rotwein und wandte mich meinem Teller zu. Plötzlich griff er nach meiner Hand. „Es tut mir leid, dass ich dich verletzt habe. Das war nicht meine Absicht." Plötzlich begannen die Tränen zu fließen und mein innerer Damm war gebrochen. Das waren Worte der Liebe. Ich hatte lange auf sie gewartet und konnte fühlen, dass es ihm ernst war und er jedes Wort meinte, das er mir sagte. Die Verbundenheit war wieder spürbar, während die Mauer zusammenbrach, die ich aus Verzweiflung gebaut hatte. Er nahm mich in die Arme und ich schluchzte an seiner Schulter meinen Schmerz, die Enttäuschung, die Trauer, meine Verletztheit, Wut und Ärger über ihn und mich selbst hinaus. Als der Strom nachgelassen hatte und die Tränen versiegten, atmete ich befreit wieder auf. Eine Last war abgefallen, der Schutzwall aus ungeweinten Tränen und ungesagten Worten gebrochen, ungefühlte Gefühle und weggesperrte Emotionen hatten sich in Luft aufgelöst. Ich war ihm dankbar, dass er bei mir war.
Fing nun tatsächlich das Neue an? Ich konnte es nicht sagen, aber ich fühlte mich erleichtert. Nach all den Wochen der stillen Verzweiflung war wieder Zweisamkeit spürbar und die Einheit unserer Herzen. Es konnte etwas Neues beginnen, wenn wir beide bereit waren, uns wirklich voll und ganz einzulassen, ohne Angst, ohne Sorgen und Zweifel, ohne Erwartungen oder Befürchtungen, ohne etwas zu wissen, einfach nur, weil wir einander liebten. Das musste uns genügen. Der Weg entstand Schritt für Schritt. Wo er uns hinführte, konnten wir nur miteinander her-

ausfinden. Das konnte uns niemand sagen und es gab keine Garantien. Aber die Liebe stand über allem, und nur ihr konnte ich vertrauen, wissend, dass alles zum Besten war, was wir gemeinsam erlebt hatten, und der Schmerz die Herzen öffnete, weil wir ihn zugelassen hatten. Ja, etwas Neues fing an. Was, das würde sich weisen. Aber der Weg begann sich vor uns bereits zu entfalten.

Abstand

Er hatte losgelassen und nahm die Dinge, wie sie waren. Seit er sich entschuldigt hatte, war die Lage entspannter. Der Abstand war trotzdem noch spürbar. Er nützte die Zeit, sein Leben in Ordnung zu bringen, meditierte und machte Tai Chi. Er hatte nicht viel für sich getan, seit er sie kennengelernt hatte, wusste gar nicht mehr, wer er war und was er in seinem Leben wollte. Durch ihren Rückzug war er auf sich selber zurückgeworfen und das war heilsam für sein Innerstes. Er hatte Beziehungen immer beengend erlebt und sah eine neue Qualität in dem Umstand, wieder Zeit für sich zu haben, obwohl sie zusammen waren.
Die Tage verliefen ruhig und friedlich, wenn auch ein wenig bedrückt. Die heitere Lebensfreude war noch nicht wieder zurück. Er las viel und nützte die Stunden für neue Visionen. Manchmal ging er am Meer spazieren, sah auf die Wellen und hörte den Ozean eine Geschichte erzählen. Er konnte von allem lernen, auch von den Möwen, die unbeirrbar ihre Kreise zogen. Das Leben sprach eine stille Sprache, aber er verstand immer mehr, was es ihm sagen wollte. Es sprach aus

jedem Stein, jedem Treibholz und jeder Muschel zu ihm. „Alles erzählt eine Geschichte. Wir müssen nur bereit sein, sie zu hören“, hatte sie ihm früher gesagt. So war ihr erstes Buch entstanden. Er bewunderte ihre Fähigkeit, auf den Klang der Natur zu lauschen und ihr Wispern wahrzunehmen, im eigenen Herzen das ganze Universum zu entdecken und mit ihm zu sprechen.

Alles erzählt eine Geschichte. Er sah die Geschichten sich entfalten, sah die Wellen an den Strand schlagen, sah die Stetigkeit des Lebens sich Tag für Tag aufs Neue aus sich selbst heraus erschaffen. Er sah seine Jahre vorbeiziehen wie die Wolken am Himmel. Was würde von ihm bleiben? War es wichtig, dass etwas blieb? War es nur das Ego, das Spuren hinterlassen wollte? Wollte sein wahres Selbst das genauso? Alles im Leben verging, warum nicht er genauso, ohne Bedauern, ohne Anhaften, einfach ein Werden und Wieder-Loslassen. Wenn er so leben könnte, würde er nie wieder leiden, könnte er nichts vermissen, weil er alles schon hatte, was das Leben lebenswert machte. „Jetzt ist immer alles da“, dachte er und erschrak fast über diesen Gedanken. In seinem Innersten war Frieden und alles da, was er brauchte, um sich glücklich zu fühlen.

Er ging gedankenversunken den Stand entlang und roch das salzige Wasser, das in winzig kleine Partikel zerstäubt in der Luft lag. Seine Haut war salzig und sein Haar, der Wind trieb abgestorbene Pflanzenteile durch den Sand und Sonne und Wolken wechselten sich in einem steten Reigen ab. „Was fehlt mir hier zum Glücklichsein?“, dachte er. – Nichts, es war wirklich alles da. Die Wellen rauschten, als würden sie Meditationsmusik machen, und manchmal war ihm, als

sähe er am Horizont die Fontänen von Walen, die die Küste entlangzogen. Was war sein Leben außer Reichtum? Selbst im Außen war alles da, ging ihm nie etwas ab. Er war beschenkt und begnadet und hatte es nie wirklich geschätzt.
Im Schneidersitz sank er in den Sand, stützte die Ellenbogen auf seinen Knien ab und legte sein Kinn in die Hände. Die Möwen spielten mit dem Wind, ließen sich aufwärts tragen, blieben in den Lüften stehen, mit zerzaustem Gefieder, getragen von einer unsichtbaren und doch starken Kraft. Die Schaumkronen auf den Wellen, die sich regelmäßig an der selben Stelle brachen, zerplatzten am Strand und versickerten. Auf kleine Wellen folgten große, die sich mächtig auftürmten, während das Meer danach wieder seine Kräfte sammelte und das Spiel von vorne begann.
Gezeiten des Lebens, Gezeiten des Meeres, alles war mit einander verwandt. Gab es Trennung außer im Äußeren? Er fühlte sich mit allem verbunden, auch mit dem Meer und den Wellen, die niemals ihr Rauschen einstellten. Stetiger Klang und Veränderungen, stetiges Weiterbewegen. Die Sonne sank tiefer und wechselte ihre Farbe in Orangerot. Ein paar Wolken zogen vorüber und schoben sich wie lila Federn über sie. Eine der Möwen schien es sich zum Ziel gesetzt zu haben, direkt in den Feuerball zu fliegen. „Das ist das Paradies“, dachte er. Er lebte im Paradies und das Paradies war in ihm.
Als er wieder nach Hause kam, war er ruhig und entspannt. Sie stand in der Küche und summte, machte einen Salat und sah lächelnd auf als er kam. Ihr Haar glänzte in der Abendsonne, deren Strahlen sich im Küchenfenster brachen. Er umarmte sie zärtlich von

hinten und drückte ihr einen Kuss auf das Haar. Sie sah ihn überrascht an. Er strich kurz über ihren Arm, lächelte und ging ins Nebenzimmer, um ein paar Sachen aufzuschreiben, die ihn am Strand bewegt hatten.

Als er wieder zurückkam, war der Tisch für zwei gedeckt. Er freute sich auf den Salat und sah sie dankbar an. Die Stille war beredt. Kein Wort hätte sagen können, was zwischen ihnen im Raum stand. Ihre Herzen sprachen von Liebe. Der Mensch war verletzt, das Wesen war ganz, unendlich und unverwundbar. Die Liebe war immer da und heilte alles in der Stille der Stunden, die sie gemeinsam verbrachten. Es brauchte Geduld und den Willen, es immer wieder auszuhalten. Weil das Herz „mach weiter“ sagte. „Geh immer wieder den Weg der Liebe, lass dich nicht unterkriegen durch all die Stürme.“ Der Wind sang sein Lied auf der Terrasse und trieb Blätter vor sich her. Die ersten Lichter der Fischerboote blinkten wie Glühwürmchen über den Wellen, während die Sonne im Meer versank und die Mondsichel am Himmel stand.

Dieses Gefühl war das einzig Wahre und nichts anderes hatte Bestand. Nur die Liebe zählte. Er sah ihr still in die Augen, während sie den Blick erwiderte, und in der Stille hielt die Zeit an. Die Grenzen zwischen ihnen verschwammen. Die ewige Stille im Hier und Jetzt hielt sie in ihren Armen. Alles, was zählte, war da und nichts fehlte in diesem ewigen Moment.

Langsame Annäherungen

War ich wirklich für die Beziehung mit einem Mann geschaffen? Ich stellte mir diese Frage, seit er mir mit seinem Schwanken mein eigenes Schwanken gespiegelt hatte. Etwas in mir schien nicht bereit zu sein, sich wirklich dauerhaft einzulassen. Waren es die Verwundungen durch die Männer vor ihm oder die Wunden des Kindes, die aufgerissen worden waren? Glaubte ich an die Liebe, die alles überwinden kann?

Ich saß am Meer und ließ mir den Wind um die Nase wehen. Die Sonne hatte Kraft bekommen und ich genoss, ihre warmen Strahlen auf meiner Haut zu fühlen. Die Möwen spielten ihr Spiel mit den Lüften und den Wellen des Meeres, der Sand unter mir war weich, warm und einladend. Ich ließ mich rücklings in ihn hineingleiten, aufgestützt auf die Ellenbogen, und hob den Kopf mit geschlossenen Augen zur Sonne empor. Ich fühlte ihre Strahlen, die mich lichtvoll durchdrangen und meine schweren Gedanken wegbrannten.

Jetzt war ich da und nichts anderes zählte. All meine Analysen, all mein Verstehenwollen, all die Fragen und Antworten – alles nur in meinem Kopf. Der Verstand verstand es prächtig, mich in Bewegung zu halten, doch nur der ewigen Stille in mir war die Wahrheit bekannt. „Fühle, was da ist“, sagte mein Herz. All meine Zweifel und Ängste, Gefühle der Unzulänglichkeit, die ich so gerne vermieden hatte, wollten von mir gefühlt werden. Konnte ich ihm eine treue Frau sein? Konnte ich selbst wirklich wissen, dass ich bleiben würde bis der Tod uns trennte oder darüber hinaus? Was wollte mein Herz?

Ich konnte nichts versprechen, genausowenig wie er das konnte, weil wir nicht wussten, was das Leben uns bringen würde, aber wir konnten Ja sagen zu dem Moment, dem Wir im Jetzt. Jetzt war alles, was wir hatten. Wenn wir uns zum Jetzt bekannten, immer und immer wieder, ergab sich unser Weg von selbst. Jetzt bin ich hier, mehr kann ich nicht sagen. Jetzt will ich dich und liebe ich dich. Das ist alles, was zählt. Wie wir morgen leben würden, konnte uns nichts und niemand verraten. Das entschieden wir selbst auf dem Weg. Mit all den Schritten, die wir setzten, entstanden unsere nächsten. Die Aufgabe war, immer klar zu bleiben und zu unserer Wahrheit zu stehen, in Liebe miteinander und wahrhaftig zu sein.

In mir entspannte sich alles. Ich musste es nicht mehr analysieren, ob ich auf Dauer seine Seelenpartnerin war und er mein Seelenpartner. Ich fühlte unsere Liebe, das Einander-Wollen und Dasein füreinander. Vertrauen und Liebe und Ja zu uns. Das war der Schlüssel der Beziehung. Ich wollte mich für ihn entscheiden, um all das zu erleben, was ich im tiefsten Innersten fühlte und das gemeinsam zu schaffen, wonach ich mich schon so lange sehnte. Liebe und Wärme und Überfließen, wenn wir die Liebe teilten, die wir im Herzen fühlten. Es ging um die Liebe im Leben, sonst war nichts entscheidend. Habe ich wirklich geliebt? Das war die wichtigste Frage, die sich mir stellte. War meine Liebe Abhängigkeit, war sie Bedürftigkeit oder ein Überströmen?

Ich liebe, dieses Wesen, das göttlich ist. Das ist die Liebe, die fließt. Wir sind Liebe. Doch sich selber zu lieben, galt nicht als angemessen. Im Gegenteil. Bloß nicht zu viel auf sich einbilden, bloß nicht zu gut sein.

Immer schön klein und bescheiden und auf dem Teppich bleiben. Sich selber schön zu finden, war gleich Hoffärtigkeit. Aber wie sollten wir andere lieben, wenn wir uns selbst nicht lieben konnten? Wie sollten wir das Leben und andere Menschen schön finden, wenn wir es nicht schafften, uns selber schön zu finden? Wie sollten wir andere annehmen, wenn wir uns selbst nicht annehmen konnten, so wie wir waren?

„Du bist vollkommen, mein Kind. Gott hat alles vollkommen erschaffen. Hab' keine Angst." Die Stimme war da, die mich führte, die Stimme in mir. Sie wusste, dass ich mich selber lieben und annehmen konnte und auch ihn. Die Welt war ein Spiegel. Ich konnte mich in ihm gespiegelt sehen und alles, was ich in mir nicht wirklich wahrhaben wollte. Was ich im Außen ablehnte, war nur ein abgespaltenes Stück von mir, das mir so lange begegnete, bis ich es als meinen Teil akzeptierte. Konnte ich alles in mir lieben, würde ich nichts mehr an anderen ablehnen. Dann war alles in mir integriert, Licht und Schatten zur Einheit verschmolzen und transzendiert. Dann erst war Liebe möglich, jenseits der Polarität, jenseits der Abhängigkeiten, einfach in Liebe fließen, die Liebe mit Menschen teilen, die liebten. Frei und in Liebe verbunden sein, ohne einander besitzen zu wollen.

Wir konnten uns entscheiden, uns nach innen zu wenden und die Gefühle anzunehmen, wir konnten uns für uns selbst entscheiden, für den Weg in die Stille, in unsere Mitte, das Zentrum des Seins. Wenn ich mit mir in Liebe sein konnte, konnte ich es auch mit anderen sein. Und je mehr ich meditierte, desto mehr kam ich zur Ruhe.

Ich atmete auf und genoss die Wärme auf meiner Haut, den Wind in den Haaren und das Rauschen der Wellen gepaart mit den Schreien der Möwen. Ich ließ den Sand durch die Finger gleiten und war so rundherum glücklich wie nie. In diesem Moment war alles ganz genau so wie es sein sollte. Nichts war zu korrigieren. Der Plan der Schöpfung war immer perfekt, ich hatte es nur vergessen und es nicht sehen können, hatte mich ihm widersetzt wie ein trotziges Kind. Ich hatte Widerstand gegen die Seele und ihren Weg geleistet. Aber der Weg war immer da und sie konnte ihn fühlen, konnte ihn sehen. Ich hatte die Wahl, mich zu entscheiden, ob ich ihn gehen wollte, konnte meinen Verstand fragen oder mein Herz. Wenn ich dem Herzen folgte, war alles da und vollkommen.

Ich war durch alles gewachsen, was mir im Leben begegnete, und ich war zu mir selbst geworden, weil mir genau das begegnet war. Meine Schutzpanzer schmolzen wie das Eis in der Sonne. Ich wollte leben und Freude haben, meinen Weg zu gehen. Ich wollte unser Leben genießen, feiern, dass ich es lebte und jeden Augenblick dankbar sein für die Fülle, die mir begegnete. Der Tisch war immer reich gedeckt, meine Erfahrungen machten mich reicher und ich liebte das Leben. Woran sollte es mir fehlen, wenn ich mir das bewahren konnte, diese Liebe zum Leben?

Daraus war alles entstanden, aus der Liebe. Das Leben hatte sich selbst erschaffen und wir erschufen uns weiter von Moment zu Moment. Alles war immer da gewesen, wir hatten bloß nicht sehen können, welche Möglichkeiten vor uns lagen. Wir hatten immer die Wahl. Alles, was wir wählten, konnte aus Freude entstehen, aus Liebe – oder aus Angst. Wandten wir

uns ab von der Liebe und hin zur Angst, war alles schwarz, eingefroren und hart. Wandten wir uns dem Licht zu, der Liebe, war alle Herrlichkeit und Fülle da, ein Überströmen mit allem, was uns das Leben zur Freude machte. Das war meine Wahl. Vertrauen und Liebe und Freude statt Zweifel und Angst und Depressionen.
Es war keine schwierige Wahl. Ich kannte die Zweifel und Ängste zu lange, jetzt wollte ich in Freude leben, in Vertrauen und Liebe und Fülle. Das Leben war überfließend, ich brauchte nur die Natur ansehen, ihre Üppigkeit und ihr Strömen. Den Ozean, einen Fluss oder Strom brauchte niemand anschieben, er floss von selber, langsam und stetig. Unsere Quelle konnte niemals versiegen, sie war unendlich. „In mir ist eine Quelle der Fülle, Freude und Liebe", sagte die Stimme. Ich fühlte sie in meinem Herzen. Ich ließ sie mich ausfüllen, mich ergreifen und über mich hinausströmen, bis sie alles einhüllte, das ganze Universum in meinem Innersten, bis ich eins war mit allem, ungetrennt, und mich darin auflöste. Es war ein Augenblick der Glückseligkeit. Nichts war mehr nötig, nichts vorhanden, das sich getrennt fühlen konnte. ES war und das war alles, einfach nur unbeschreiblich. Ein Moment, in dem alles und nichts gleichermaßen waren. Hier und jetzt bin ich, erschaffen, um in die Welt zu gehen, um die Erfahrungen zu machen, die ich im Leben gewählt habe, um mein Leben zu leben, zu lieben und mit ihm mitzufließen, zu wachsen.
Ich erhob mich aus dem Sand, klopfte meine Kleider ab und dankte dem Meer, der Sonne, den Wolken, den Möwen und meinen Füßen, die mich durchs Leben trugen. Ich war voller Dankbarkeit, mein Herz war

offen und weit. Warme Luft strömte in meine Lungen, ich ließ mich ganz von ihr erfüllen, von diesem Atem des Lebens, der Energie spendete. Ich nahm ihn an wie das Geschenk meines Lebens auf Erden und ich wollte es mit jeder Faser dankbar erleben, beitragen, was ich beizutragen hatte an Liebe, Freude und Fülle. Mit einem inneren Lächeln, das sich auf mir spiegelte, ging ich den Strand entlang, den warmen Sand unter meinen Füßen. Manchmal umspülten mich die Wellen und kühlten meine heißen Sohlen, manchmal lag eine Muschel auf dem Weg als Geschenk und die Lüfte streichelten sanft meine Wangen, Wind spielte mit meinem Haar. Ich war ein Kind des Lebens und ich nahm die Geschenke an, die es mir zu geben hatte, dankbar, dass ich war.

Ein neues Kapitel der Liebe

Einmal war sie nah, als gäbe es keine Grenzen, als würde sie ihn in sich aufnehmen und mit ihm zur Einheit verschmelzen, dann wieder war sie unerreichbar wie auf einem anderen Stern. Die Tage gingen dahin, die Schatten wurden länger und die Schreie der Möwen verhallten. Sie lebten miteinander auf manchmal schwankendem Boden, hofften auf Perspektiven, wie sie ihr Leben gemeinsam weitergestalten konnten.
Er hatte für sich genügend Geld gespart, um die Dinge auf sich zu kommen zu lassen, die er machen wollte. Sie war oft zum Schreiben im Strandhaus oder auf ihren Seminaren an den unterschiedlichsten Plätzen. Obwohl sie ihm davon erzählte und ihn teilhaben ließ

an ihrem Leben, fehlte ihm das Gemeinsame, das sie als Aufgabe verband. Sie dachten oft an die Zeiten, als sie Projekte geplant hatten. Diese Visionen waren es, die ihrer Liebe Bestand gaben, sie waren wie ihre Kinder. Letztere wollten sie nicht in die Welt setzen, nicht in diese Welt voller Kriege und wachsender Unsicherheiten. Obwohl sie an den Frieden glaubten und sie sich einig waren, dass sie dazu beitragen wollten, eine neue Welt zu erschaffen. Es war kein Drang vorhanden, sich zu vermehren, manchmal nur eine diffuse Angst, die nicht ganz erklärbar war. Er sprach mit ihr immer wieder über das Thema Kinder und war selbst überrascht. Sie wäre in seinen Augen eine wundervolle Mutter, hätte dazu das Potential. Doch sie würgte das Thema ab, wann immer es auf den Tisch kam, und widmete sich ihren anderen „Kindern", wie sie ihre Bücher und Seminare nannte. Die Menschen, die um Begleitung zu ihr kamen, waren manchmal auch wie Kinder, die sie ein Stück weit an der Hand nahm und für die sie in Liebe da war.
Er fühlte sich manchmal einsam in ihrer Nähe. Ihm fehlten Aufgaben, die ihn wirklich erfüllten, wie es sein Job getan hatte. Zurück ins Alte konnte und wollte er nicht mehr. Die Strukturen des Geldmarktes machten ihn müde, der Kampf um die Gewinne und Aufträge, das Society-Leben ganz an der Oberfläche. Er hatte sich entfernt von allem, was früher seine Welt gewesen war. Manchmal fühlte er sich wie zwischen den Welten, verloren zwischen den alten, nicht mehr tragfähigen Säulen, die rund um ihn zusammenkrachten, und dem Neuen, das noch im Entstehen war. Er konnte es nicht ganz greifen, obwohl die Lust, etwas Sinnvolles für diese Welt beizutragen,

in ihm seit langem keimte. Lohas war das neue Schlagwort, ein Leben in Gesundheit und Nachhaltigkeit, kulturell kreative neue Lösungen finden, um die Ausbeutung endlich zu stoppen. Er wollte zu einem friedlichen, liebevollen Miteinander und zu Wohlstand für alle beitragen. Es war genügend vorhanden, mehr als genug für alle, wenn nicht die marktpolitischen Ziele, sondern die Menschen das Wichtigste waren.

Sie ging ein paar Tage auf Reisen und er beschloss, zum Strandhaus zu wandern. Er liebte es, ihren Geruch dort in der Nase zu haben, auch wenn sie selber weit weg war. Barfuß und in kniekurzen Hosen ging er den sonnigen Strand entlang, stapfte durch den tiefen, weichen und warmen Sand, in Gedanken an die Tage, als ihre Liebe noch jung und frisch war. Sie hatte ihm den Zugang zu einer neuen Welt verschafft, die ihm zwar fremd und unheimlich, aber seinem Herzen auch alt vertraut war. Ihre Erscheinung faszinierte ihn immer noch. Die Mystik, die sie ausstrahlte, die Präsenz und tiefe Liebe. Sie war anders als alle Frauen, die er vor ihr gekannt hatte. Und sie erinnerte ihn an etwas in seinem Innersten, das er viele Jahre lang gefühlt, aber unterdrückt hatte. Es machte ihm Angst, in die anderen Welten jenseits dieser Welt zu gehen, doch er spürte die Sehnsucht und das innere Wissen, dass sich dort etwas Wichtiges offenbaren könnte, etwas unbezahlbar Schönes, das er nie zugelassen hatte, ein Gefühl von innerer Heimat, nach der er sich so lange gesehnt und die er immer im Außen gesucht hatte.

Als er zu ihrem Strandhaus kam, wehte der Wind den Sand über den Bretterboden der Terrasse und er hob die Hand vor die Augen, um sie zu schützen. Er öffnete die

Türe und schloss sie schnell hinter sich wieder. Das Innere der Hütte umfing ihn mit einer Ruhe und einem Frieden, den er in ihrer Nähe oft spürte. Eine heilige Ruhe aus ihrer Mitte, die er auch selber in sich fühlte, wenn er meditierte oder schweigend die Wellen betrachtete. Er ließ sich auf dem Sofa nieder und genoss diese Atmosphäre. Sie war aufgeladen mit Stille – „mein Tempel“ hatte sie manchmal gesagt. Für sie war Schreiben ein heiliger Akt. Aber auch sich voll Lust auf dem weichen Fell am Boden zu räkeln und ihn zu lieben, war etwas Heiliges.
Er merkte, wie sehr er sie vermisste. Hier in dieser Umgebung, die von ihr aufgeladen war, wollte er sie berühren, doch sie war körperlich nicht da. Ihre Schwingung war spürbar, als käme sie gleich von draußen herein, doch er wusste, sie war nicht da und sehnte sich nach ihr. Er steckte seine Nase in ihre Kissen und sog den Duft ein, der sie umgab. Nur in diesem Raum zu sitzen, gab ihm das Gefühl, sie zu kennen, obwohl er sich manchmal fragte, ob er sie wirklich erkannt hatte. Er konnte sie nicht beschreiben in allem, was sie für ihn ausmachte, aber er konnte in seinem Herzen eine Weite empfinden, die er nie zuvor gefühlt hatte. Der Gedanke, sie zu verlieren oder nie mehr wiederzusehen, war für ihn unvorstellbar. Er wollte mit ihr sein Leben verbringen, das wurde ihm mit einem Mal klar. Er würde ihr, wenn sie zurück war, einen Heiratsantrag machen. Sein Herz hüpfte bei dem Gedanken. Ja, er wollte sich einlassen, ganz und gar.

Ja oder Nein

Als er mich nach meiner Rückkehr fragte, ob ich ihn heiraten wollte, blieb mir die Luft weg. Damit hatte ich nicht gerechnet. Er, der frühere Sunnyboy, eingefleischter Junggeselle, immer bedacht, die persönliche Freiheit durch nichts einschränken zu lassen, wollte sich tatsächlich in den „Hafen der Ehe" begeben? Ich konnte es nicht fassen. „Was hat dich dazu gebracht?" Ein bisschen mehr Begeisterung hatte er sich wohl erwartet, nicht diese analytische Frage. Frauen wollten doch heiraten und sich versorgt fühlen, hatte er immer gedacht. Und dann fragte ich das! Wie unromantisch Zugegeben, ich wusste nicht, was ich sagen sollte. Das „Ja, ich will!" wollte mir nicht über die Lippen kommen. Wollte ich mich so sehr binden? War es mein eigenes Freiheitsbedürfnis, das ich in ihm gesehen hatte?

Mein Herz klopfte zum Zerspringen und ich wünschte mir einen Moment lang, dass die Mutter Erde sich auftat und mich schützend zu sich nahm. Aber sie blieb so fest wie sie war und überließ mich der Flut an Gefühlen, die mich mit einem Mal überkam. „Ich dachte eigentlich, du freust dich über diese Frage", kam es enttäuscht von ihm, statt zu antworten. „Ja, das tue ich auch irgendwie..." – „Irgendwie ist zu wenig. Wo sind die Begeisterungsausbrüche, dass du den begehrtesten Junggesellen der Gegend endlich an Land ziehst?" – „Das war nicht meine Absicht, einen dicken Fisch zu fangen. Ich will dich einfach lieben. Es gibt keinen Garantieschein und es ist nie mein Ziel gewesen, zu heiraten und Kinder zu kriegen." – „Davon ist auch nicht die Rede. Ich will mein Leben

mit dir verbringen. Du bist die große Liebe, nach der ich mich gesehnt hatte. Das ist mir einfach jetzt klar.“
Ich schnappte nach Luft bei der Zielstrebigkeit, die er an den Tag legte. Stein und Bein hätte ich geschworen, dass Männer sich nicht gerne völlig einlassen, und mein Liebster schon gar nicht, dass er, immer wenn es nah wurde, wieder einen Haken schlagen und eine Krise erschaffen würde. Und jetzt stand ich mir selbst gegenüber, meiner eigenen Angst vor dem Ja-Sagen und dem Gefühl, ein Ehering könnte zu Handschellen mutieren. „Ich glaube nicht an die Ehe. Nur an das tägliche Ja-Sagen, immer und immer wieder. Das nimmt uns niemand ab. Ich eigne mich nicht für dafür, die Frau eines reichen Mannes zu sein – mein Haus, mein Auto, mein Boot, meine Frau. Ich bin nicht zu besitzen. Ich lasse mich nicht kaufen.“
Die nackte Panik erfasste mich, Bilder von schreienden Kindern, Bergen von Windeln, eingesperrt in vier Wänden, während der Liebste seelenruhig ausgeht. Gefangen und ausgeliefert, wie meine Mutter, kam mir. Das war sie, die Angst, die mich lähmte. Die Feministin in mir erwachte zum Leben, doch die Frau in mir hatte Angst, wie ihre Mutter zu enden und wie deren Mutter und deren... am Ende ihrer Träume, frustriert und enttäuscht, sich selber aufgebend und verlassen vom Vater der Kinder, der nie da war, wenn er gebraucht wurde.
„Ich habe Angst mich zu binden“, beschloss ich, bei der Wahrheit zu bleiben und die Flucht nach vorn anzutreten. „Ich weiß nicht, ob ich mich dafür eigne. Und ich kenne so viele Paare, die jahrelang wirklich glücklich waren, bis sie geheiratet haben. Dann fällt plötzlich ein Schalter und wir leben unbewusst die

Beziehung der Eltern nach, lassen uns gehen und vergessen uns selbst." – „Erspar' mir das Psychologisieren. Willst du noch mit mir leben?" Er stellte gnadenlos die Kernfrage. Wollte ich mit ihm leben bis der Tod uns scheidet und darüber hinaus? „Ich will hier und jetzt mit dir leben und ich wünsche mir von Herzen, dass es mit uns beiden gut geht. Aber wir wissen nicht, was die Zukunft bringt. Ich kann nicht ruhigen Gewissens sagen: 'Bis der Tod uns scheidet.' Ich weiß nicht, was sein wird. Unser Leben schlägt Kapriolen, mit denen wir nicht rechnen." – „Aber wir können uns entscheiden, immer gemeinsam weiterzugehen. Trotz der Stürme des Lebens." – Da konnte ich nicht widersprechen.

Ich war in der Sackgasse angelangt und stand vor der Entscheidung, mich völlig auf ihn einzulassen, ohne wenn und aber, so wie er es getan hatte. Daran zu glauben, dass die Liebe alles überwinden kann, und dass wir es besser machen konnten als unsere Eltern und Großeltern. „Darf ich darüber schlafen? Ich liebe dich und ich will mit dir leben, aber das ist eine große Entscheidung, die für mich alles auf den Kopf stellt. Ich war bisher überzeugt davon, die Ehe ist nicht mehr zeitgemäß und als ganze Menschen, die keine Kinder haben, bräuchten wir auch nicht mehr heiraten. Ich weiß, man kann ein Zeichen setzen, das die Liebe besiegelt und widerspiegelt, ein Ritual fände ich sehr schön. Ob wir gleich heiraten müssen? Ich brauche für unsere Liebe weder den Segen des Staates noch einer Kirche. Das Göttliche hat uns schon gesegnet, indem es uns verbunden hat."

Ich fühlte, diese Entscheidung war etwas Existenzielles und spiegelte mir meine tiefste Angst wider, mich

selber aufzugeben. Ich musste immer die Freiheit haben, meinen Weg zu gehen und mein Leben zu leben. Die Liebe stand über allem, aber auch meine Liebe zu all den Aufgaben, die ich noch vor mir hatte, nicht nur für diesen Mann. Wollte ich mich durch die Ehe in einer Sicherheit wiegen, die es im Äußeren niemals gab, oder wollte ich in Freiheit und in Liebe mit ihm leben und sehen, wo dieser Weg uns hinführte?
Ich fühlte mich wie erschlagen und sah die Enttäuschung in seinen Augen. Gleichzeitig war mir klar geworden, dass ich auf all meine Männer meine eigene Angst projiziert hatte. Ich war diejenige gewesen, die gerne Fluchtwege offen hatte, ich wollte mich nicht völlig einlassen, ich wollte mich nicht binden bis ans Ende meiner Tage. Ich musste auch einfach gehen können, ohne mich ausgeliefert zu fühlen oder durch eine Scheidung die Existenz zu verlieren. Und ich wollte nicht unterschreiben, was sich die Advokaten des Staates als Vertrag ausgedacht hatten. Auch wenn sie mich damit absichern wollten, es waren Fesseln und Vorgaben, die ich selbst nicht gewählt hatte. Meine Regeln wollte ich mit meinem Liebsten gemeinsam vereinbaren, ohne Kirche oder Staat. War ich hoffnungslos radikal, anarchistisch und eine Hippie-Frau? Ich sehnte mich nach Treue und Liebe, nach Verbindlichkeit und Einheit, aber ich brachte es nicht über mich, diesen Vertrag zu unterschreiben.
„Das eine hat nichts zu tun mit dem anderen“, sagte meine innere Stimme. Meine Sehnsucht nach Verschmelzung und der Liebe meines Lebens hielt sich nicht an äußere Regeln. Sie war aus Freiheit geboren und sehnte sich nach einem freien Ja zu einander, das nur ein Ja des Herzens war. Wir hatten in jeder Krise

immer wieder Ja gesagt und waren weitergegangen, über sämtliche Hürden, weil über allem die Liebe stand. Also wozu ein Vertrag? Würden wir je einen brauchen, wenn wir einander liebten? Konnte man die Liebe binden? War das nicht das Ende der Liebe, sie in den Käfig zu sperren? Konnte man Treue verlangen, nicht einfach schenken?

Ich wusste, unsere Liebe war frei und sie würde es immer bleiben. Mein Ja war lange schon gefallen, ich brauchte nichts unterschreiben, um es endgültig zu besiegeln. Er hatte sich jetzt entschieden, mit mir durch alles durchzugehen. Ich war bei ihm geblieben in allen Stürmen und Gezeiten, glaubte an diese Liebe, wie hoch die Wellen auch gingen. Obwohl ich meine Krisen gehabt hatte und mich ihm nicht immer nah fühlte, zweifelte ich nicht an der Liebe und an unserer Fähigkeit, alles gemeinsam zu schaffen. Und das hatten wir getan, immer und immer wieder, in Zeiten des Zweifels, der Ängste und der Versuchungen, denen wir erlegen waren.

Wir waren wieder aufgestanden und aufeinander zugegangen. Wir hatten längst geheiratet im Grunde unseres Herzens. Ich brauchte keinen Vertrag. Konnte ich ihm das Geschenk trotzdem machen? Oder würde es alles zerbrechen, was uns bisher verbunden hatte? Ich brauchte Abstand zum Spüren, aber ich wusste mit einem Mal: Über aller Liebe zu diesem Mann stand die Entscheidung, selbst-bestimmt und frei zu leben, aus der Tiefe meiner Seele, und meinen Weg des Herzens zu gehen. Das ließ sich niemals einschränken oder umgehen, sondern nur in die Tat umsetzen. Wir würden einander nie besitzen, aber vielleicht ewig lieben, jenseits aller Verträge.

Der Tag danach

Es hatte ihn getroffen wie ein Keulenschlag, dass sie zu seinem Heiratsantrag nicht voller Freude Ja gesagt hatte. Wie viel Überwindung hatte es ihn gekostet, und nun war sie es, die Freiheit verlangte. Es war schon fast zum Lachen. „Die Welt ist ein Spiegel", sagte sie immer. Kein Wunder also, dass sich die Richtigen wieder gefunden hatten. Auch wenn sie manchmal scheinbar mit vertauschten Rollen agierten und eifersüchtig wachten, weil sie verletzte Kinder waren, blieb doch die Freiheit für beide wichtig. Niemand sollte bestimmen können, was sie zu tun und zu lassen hatten. Sie wollten Freiheit, in ihrer Liebe Ja oder Nein zu sagen – zu jedem Tag, jeder Stunde, die sie gemeinsam verbrachten. Sie wollten nicht aus Gewohnheit bleiben oder aus Furcht vor Schwierigkeiten und im Grunde waren sie einig, dass sie einander nicht festbinden wollten, sondern sich schenken, aus vollstem Herzen.

Insofern blieb ihm nichts anderes übrig, als die Entscheidung zu akzeptieren. Vielleicht würden sie ein Ritual an ihrem Jahrestag am Strand machen, gemeinsam mit lieben Freunden und Freundinnen, um das Versprechen zu erneuern, das ihre Herzen gegeben hatten. Damit konnten sie beide gut leben. Ihre richtige Form zu finden, um die Liebe auszudrücken, jenseits der Traditionen, stellte sie täglich vor neue Aufgaben. Die alten Muster und Rollen passten nicht zu ihren Empfindungen und neue Formen der Liebe musste jeder und jede Einzelne für sich persönlich finden. Wichtig war, dass sie übereinstimmten und sich in einer Partnerschaft fühlten, statt einander zu dominieren oder

zu manipulieren, um sich durchzusetzen. Das waren alte Spiele, die sie früher gespielt hatten, die aber nicht mehr zu den neuen Zeiten passten.
Es ging um einen Dialog, es ging um eine gewaltfreie Sprache und Kommunikation miteinander, von sich selbst zu erzählen, ohne Schuldzuweisungen, zu sich selbst zu stehen, wenn die Wogen hoch gingen, und in der Liebe zu bleiben. Sie wollten sich ehrlich zeigen, mit allem, was sie als Menschen ausmachte, ohne Angst zu schockieren, mit Respekt vor einander. Sie kamen einander wirklich nahe, so nahe, wie sie keinem anderen Menschen gekommen waren. Zentimeter für Zentimeter öffnete sich die raue Schale und fassten sie Vertrauen. Sie standen einander in nichts nach, hatten beide Fehler gemacht und sie wollten trotzdem miteinander weitergehen. Das war es, was sie verband. Diese Liebe im Herzen war wie ein seidenes Band, weich und zart und trotzdem stark.
Zum ersten Mal seit langem gingen sie wieder eng umschlungen den Strand entlang. Auch wenn die Illusionen zerbrochen und ein paar Träume zerplatzt waren, fühlte es sich sehr innig an. Oder vielleicht gerade deshalb, weil sie sich ehrlich gezeigt hatten. Ihre Liebe hatte mehr Bodenhaftung bekommen, ohne schwerer zu werden. Sie standen gut verwurzelt auf dieser Erde und waren bereit für die Stürme des Lebens, die ihre beiden Stämme nicht knicken, sondern nur biegen konnten. Ihre Kronen waren miteinander verwachsen und das Tor, das sich bildete, führte in eine andere Welt, in eine Welt der Fürsorge, Wertschätzung und der Liebe.
Die Farben des Wassers und des Himmels flossen ineinander und erinnerten sie an den Tag, als sie

einander begegnet waren. Auch heute lag wieder Treibholz am Strand und auf dem Weg zur Hütte kreischten die Möwen als finge alles gerade erst an. Der Sand gab nach unter ihren Füßen und im Gleichschritt hinterließen sie ihre Spuren, die die Wellen hinter ihnen wieder verwischten. Warmer Wind zerzauste ihnen die Haare und manchmal blieben sie stehen, um einander zu umarmen, anzuschauen und zu küssen. Es fühlte sich nach Einheit an, obwohl der letzte Tag das Gegenteil hätte vermuten lassen. Nichts war wirklich vorhersehbar. Das Leben spielte Melodien, die sie nicht bewusst komponiert hatten, doch ihre Seelen fühlten, dass sie ihre eigenen waren. Eine Symphonie der Liebe und der Verbindung der Herzen, wenn sie es nicht erwarteten. Mittlerweile ließen sie sich gerne überraschen. Ja, das Leben war spannend. Manchmal würde auch weniger reichen, meinten sie scherzhaft, aber besser als ein monotoner Gleichklang.

Als sie bei der Hütte ankamen, ließen sie sich auf den Stufen zur Veranda nieder und beobachteten den Ozean, wie seine Wellen an den Strand rollten, Wasser versickerte, Muscheln anspülte, Sandburgen aushöhlte. Ewiges Werden und Vergehen, gleichmäßig, unbeirrbar, unbeeinflussbar durch einen menschlichen Willen, der diese Wellen stoppen wollte. Leben war Werden und Vergehen, die Gesetze des Lebens konnte der Wille nur akzeptieren, innerhalb ihrer Grenzen spielen, während der Geist sie überschritt. Kein Mensch würde das Meer am Fließen hindern. Wir konnten Flüsse aufstauen, sie verschmutzen, austrocknen lassen oder wieder sanieren, es hinderte nicht die Gezeiten, die Wellen an den Strand zu spülen.

Die Gezeiten der Liebe waren immer am Fließen, sie ließen sich nicht daran hindern. In ihnen und um sie war Fließen. Die Wellen rauschten, die Wolken zogen, Leben auf Erden war ein Kommen und Gehen. Ihre ewigen Seelen tauchten in Gezeiten des Lebens ein, die sie nicht immer verstanden, aber fühlend erlebten. Was nötig war, war ihr Ja zum Leben, ihr Ja zur Liebe, zueinander, zu allen Erscheinungsformen des Lebens. Je mehr sie in Harmonie lebten – mit dem Leben, mit der Liebe – je weniger sie sich auflehnten gegen die Gezeiten und Stürme, desto mehr wuchs der Frieden und das Vertrauen in die Schöpfung, die ihrem innersten Plan folgte. So wie die Gezeiten des Meeres, die tagtäglich, ohne einen Gedanken zu verschwenden, die Wellen in Bewegung brachten, die den Ozean letztlich ausmachten.

3 Jahre später – Ein Epilog

Wie eine Welle im Ozean war ich ein Teil des Ganzen und das Ganze in mir, in jedem Tropfen alles enthalten. Seit uns die Stürme des Lebens gebeutelt und die Gezeiten der Liebe hin und her geworfen hatten, war viel Zeit vergangen. Der Seegang war ruhiger geworden, die Wellen plätscherten sanft an den Strand. Wir waren unseren Weg gegangen – zusammen und scheinbar getrennt voneinander. Es war wichtig geworden, dass wir uns jeweils auf uns selbst besannen, auf das Ureigene, Untrennbare. Nur wenn ich ganz und gar bei mir war und wenn er ganz und gar bei sich war, jeweils auf dem ureigensten Weg, entstand der Weg gemeinsam im Gehen. Wir hatten

Zeit gebraucht, zu verstehen, dass die Sehnsucht, Verschmelzung und Einheit mit einem Menschen zu erleben, uns leicht wegbringt von unseren Wegen. Wir waren ganze Menschen, wir konnten uns nicht halbieren, um gemeinsam ganz zu werden.

Ich war meinen Weg gegangen, hatte Erfolg mit meinen Büchern, begleitete Menschen in Seminaren und Einzelarbeit durch ihre Themen und inneren Prozesse auf ihrem Weg des Erwachens. Ich kannte die Stolpersteine aus eigener Erfahrung und ich wusste, die Arbeit bestand darin, ganz im Hier und Jetzt anzukommen und das Leben zu er-leben, nichts mehr von uns fernzuhalten. Der Verstand erzählt Geschichten und will sie gerne glauben und festhalten, aber sie sind allesamt nicht wahr. Was wirklich Wahrheit hat, lässt sich nicht mit Worten erfassen.

Die Arbeit ging gut voran, die Steine waren aus dem Fluss geworfen. Er konnte wieder frei fließen und strömen, ohne behindert, gestaut zu werden, der Fluss des Lebens. Ich war Fülle, immer gewesen. Die Fülle fernzuhalten, die Illusion der Getrenntheit zu schaffen, dauerte mein halbes Leben. Dann war der Schleier gefallen, die Ewigkeit war immer da und war in allem vorhanden. Er war seinen Weg gegangen, der unabhängig von meinem war und doch Berührungspunkte hatte. Wir waren neugierig aufeinander und auf die jeweils nächsten Schritte, die allmählich den Weg ergaben. Alles entstand im Gehen, nichts war zu planen, nur wahrzunehmen und danach aus dem Herzen zu handeln. Unsere Seelen wussten den Weg und es war unsere Aufgabe, die Herzen offen zu halten, für das Leben und füreinander, um die Sprache zu verstehen, die uns leitete auf diesem Weg.

Wenn wir einander nahe waren, waren keine Worte da. In der Stille war alles enthalten, was uns jemals wichtig war und was uns Kraft zum Weitermachen gab. Unsere Liebe brannte stark und verbrannte alle Schlacken, die noch sichtbar waren. Der Vulkan brachte sie nach außen, in die Welt des Sichtbaren, aus der verdrängten Unterwelt, der Vulkan der Liebe. Er hatte transformatorische Kraft, manchmal so stark, dass wir weglaufen wollten, aber wir standen zueinander, auch wenn wir uns eine Auszeit gönnten, um das Erkannte zu verarbeiten. Der Vulkan des Göttlichen. Er war in allem die treibende Kraft, die Kraft des Werdens und Vergehens in der Dualität, die Kraft der heiligen Matrix, die alle Dinge am Leben erhält, die Lebenskraft in allem Erschaffenen.
Als wir uns damals begegnet waren, hatten wir nichts von der großen Kraft geahnt, die uns allmählich erfasste und Blei in Gold verwandelte. Die Alchemie war spürbar, die diese Liebe ausgelöst hatte, wir waren nicht dieselben geblieben. Die Gezeiten des Lebens, der Liebe, hatten das Innerste nach außen, das Unterste nach oben gekehrt. Wir waren mitgeschwommen, hatten uns tragen lassen vom Leben, weil wir keine Kraft mehr hatten, gegen die Strömung anzukämpfen und ihr Widerstand zu leisten. Wenn der Widerstand wegfällt, wenn die Bewertungen wegfallen, ist nur Frieden und Liebe und Sein.
Wir gingen am Strand entlang wie damals, aber wir waren andere, waren wieder zu Kindern geworden, aufgegangen im Unmittelbaren, in der Gegenwärtigkeit. Das Leben schenkte uns Aufgaben, die uns im Innersten erfüllten und froh und dankbar machten. Unser Dasein war so reich und die Liebe, die

wir uns immer so sehr gewünscht hatten, brannte in unseren Herzen. Es war die Liebe des Göttlichen, nie getrennt von uns, es war die Liebe, die wir im Innersten selbst waren, immer gewesen sind und immer sein würden. Wir konnten sie nie verlieren, wie die Welle den Ozean niemals verlieren konnte. Auch wenn er sie an den Strand spülte, könnte er sie niemals verlassen und war sie immer Teil des Ganzen und das Ganze in ihr enthalten. Liebe ist untrennbar mit dem Leben verbunden. Sie ist es, woraus das Leben entsteht. Das zu begreifen, zu erfassen, waren wir auf die Erde gekommen und dieses Leben der Liebe zu leben gab uns die Kraft, um weiterzumachen und alle daran zu erinnern, die diese Liebe vergessen hatten. Deshalb waren wir da.